BIBLIOTHÈQUE ROSE ILLUSTRÉE

LES GOÛTERS

DE

LA GRAND'MÈRE

PAR

MME Z. CARRAUD

OUVRAGE ILLUSTRÉ DE 17 GRANDES VIGNETTES

PAR ÉMILE BAYARD

10990

PARIS

LIBRAIRIE HACHETTE ET CIE

79, BOULEVARD SAINT-GERMAIN, 79

PRIX : 2 FRANCS 25

LES GOÛTERS

DE

LA GRAND'MÈRE

23 088. — PARIS, TYPOGRAPHIE A. LAHURE

9, rue de Fleurus, 9

La bonne maman surveillait les jeux. (Page 2.)

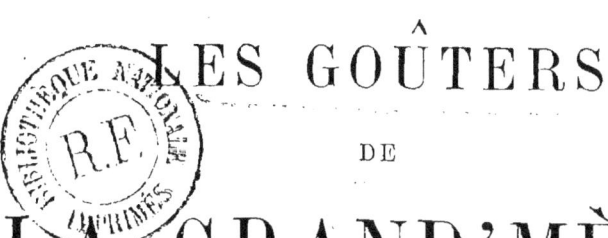

LES GOÛTERS

DE

LA GRAND'MÈRE

PAR

MME Z. CARRAUD

OUVRAGE ILLUSTRÉ DE 18 GRANDES VIGNETTES

PAR ÉMILE BAYARD

QUATRIÈME ÉDITION

PARIS

LIBRAIRIE HACHETTE ET Cie

79, BOULEVARD SAINT-GERMAIN, 79

1879

LES
GOÛTERS

DE LA GRAND'MÈRE

Mme Moreau était l'heureuse grand'mère de
huit petits enfants que lui avaient donnés son fils
et sa fille : quatre garçons et quatre fillettes.
Tous les jeudis elle réunissait le petit troupeau
qui s'amusait cordialement, malgré la diversité
des âges, Oscar l'aîné de tous ayant déjà quinze
ans ainsi que sa cousine Alice, et Mignonne la
plus petite n'ayant pas encore atteint sa septième
année. La maison de Mme Moreau, située aux
portes de la ville, était entourée d'un beau grand
jardin tout rempli d'arbres, de fruits et de fleurs.

On laissait aux enfants la liberté de courir et de
jouer à leur guise; les fillettes cueillaient des
fleurs pour en faire des bouquets et des couron-

nes ; et si l'on avait envie de manger quelques fruits, la grand'mère indiquait où se trouvaient les meilleurs, et laissait le très-grand plaisir de les cueillir soi-même.

Quand ce petit peuple avait bien ri, bien couru, bien dansé, il venait se grouper autour de la bonne maman qui surveillait les jeux, assise à l'ombre d'un grand catalpa.

Alors la vieille Jeanneton, assistée des petites filles, dressait la table en plein air et la couvrait de tout ce qui pouvait exciter la convoitise des jeunes convives; elle servait surtout de ces bonnes pâtisseries qu'elle faisait si bien. Un garçon et une fillette étaient chargés, chaque fois, de faire les honneurs du goûter, et les plus jeunes n'étaient pas ceux qui s'en acquittaient le moins bien.

Le repas fini, Alice préparait le thé, ou bien Jeanneton servait à chacun du café dans des tasses turques grandes comme la moitié d'une coquille d'œuf, portée par une espèce de coquetier en filigranes d'argent.

Mme Moreau exigeait de ses petits enfants à table une tenue irréprochable, comme s'ils avaient goûté chez des étrangers; et elle tenait singulièrement à ce qu'ils usassent entre eux d'égards et de politesse.

La table enlevée, on se réunissait de nouveau

sous le catalpa, les fillettes avec leur ouvrage, les garçons assis ou étendus par terre, et alors on faisait quelque récit intéressant.

Cette année-là, Mme Moreau pria secrètement sa petite-fille Alice de recueillir toutes les histoires qui seraient dites pendant la saison; elle lui donna pour aide sa cousine Edith, d'un an moins âgée, mais très-avancée et très-raisonnable pour une demoiselle de quatorze ans.

Oscar qui était loin de se douter qu'on pût écrire ce qu'il dirait, s'écria en sortant de table :

Que je vous raconte une sigulière aventure arrivée à un collégien de Paris, dont j'ai fait la connaissance aux vacances dernières!

Nous t'écoutons, répondit-on.

PREMIER GOÛTER

LE VANTARD

Cyprien Dubos est un des bons élèves du lycée Bonaparte ; l'égalité de son humeur aussi bien que son intelligence, le rendent cher à tous ses camarades. Il a un défaut pourtant, le seul peut-être qui ternisse ses bonnes qualités ; il est *vantard !* Quand il parle de sa famille et de son beau pays de Touraine, il ne tarit pas, et souvent même il se laisse aller à des exagérations dont il ne sent pas le ridicule.

C'est surtout quand il vante la campagne qu'habite son père qu'il faut l'entendre !

« La Rupelle, s'écrie-t-il avec toute l'emphase d'un élève de seconde, la Rupelle est un site aimé des dieux ! Les bois sacrés de l'antiquité ne sont rien auprès de ceux qui l'entourent, et le vin de son cru est un nectar digne de la coupe d'Hébé. Le parc est magnifique, et l'on ne vit jamais fruits semblables à ceux de ses vergers. Et ses eaux donc ! en fut-il jamais d'aussi fraîches et d'aussi limpides ! Mais c'est l'air surtout qui n'a pas son égal. De mémoire d'homme, il n'y eut de malades dans notre vallée, où les centenaires abondent.

« Voilà un pays qui te conviendrait, criait Cyprien à un grand jeune homme pâle, visiblement affaibli par une trop rapide croissance, et qui toussait souvent (c'est son meilleur ami). Quel dommage que ton Alsace soit si loin ! tu viendrais passer les vacances avec moi ; nous chasserions dans le parc, et un domestique nous apporterait à point nommé un succulent déjeuner. Tu aurais bien vite repris des forces, et à la rentrée tu serais un véritable hercule. »

Les vacances dispersèrent les lycéens qui ne se quittèrent pas sans promettre de s'écrire, et sans se donner rendez-vous pour la rentrée dans cette maison dont ils disent tant de mal, mais qu'ils aiment tous.

Depuis quatre jours, seulement, Cyprien était à la Rupelle, heureux d'être rendu à la liberté des champs et aux caresses de ses parents qu'il aime beaucoup. On fauchait les gros prés dont l'herbe mûrit tardivement. M. Dubos venant d'inspecter ses ouvriers, se rendait à la maison quand il fut accosté sur le chemin, juste à l'entrée de l'avenue qui conduit chez lui, par deux messieurs suivis d'un homme chargé d'une malle et d'un sac de nuit.

« Le château de M. Dubos? dit en saluant le plus âgé.

— Messieurs, voici l'avenue qui mène à sa demeure vers laquelle je vais vous conduire, si vous le permettez.

— Serait-ce donc à M. Dubos que j'ai l'honneur de parler.

— A lui-même, monsieur.

— M. votre fils a invité le mien, Théodule Grünn, à passer les vacances avec lui, l'assurant que le bon air de votre vallée remettrait infailliblement sa santé fort débile, ainsi que vous le voyez. Bien qu'il m'en coûte extrêmement de priver ma femme de la présence de son fils pendant ces deux mois, je me suis déterminé pourtant à l'amener ici, pensant bien, monsieur, que cette invitation n'a pas été faite sans votre aveu. A l'époque de la rentrée, je reviendrai prendre les deux jeunes gens, que je me charge de reconduire au lycée. »

M. Dubos un moment interdit, assura l'ami de son fils qu'il recevrait chez lui tous les soins qui pourraient lui être nécessaires.

« Je n'en doute pas, monsieur ; je crains seulement que les tentations que lui offrira votre table ne portent Théodule à enfreindre son régime ; car c'est un véritable malade que je vous confie. Il ne doit prendre ni café ni liqueur ; il ne sort qu'alors que le soleil a suffisamment échauffé l'atmosphère ; et s'il peut prendre le lait d'ânesse pendant son séjour à la Rupelle, je ne doute pas qu'il s'en trouve fort bien. »

M. Dubos examina Théodule et reconnut en lui un jeune homme énervé par des soins excessifs, par le manque d'exercice et un régime mal entendu : craignant le froid comme la chaleur, et souffrant de la faible constitution que l'on fait à la plupart des enfants riches.

« Soyez assuré, dit-il au père du jeune malade, que votre fils, dont le mien ne parle qu'avec la plus vive affection, sera traité chez moi comme s'il m'appartenait ; seulement je vous demande une confiance absolue. Voulez-vous prendre la peine de voir comment il sera installé ?

— Mille remercîments, monsieur ; mais je n'ai pas un moment à perdre. Je dois prendre le prochain convoi de Nantes pour ensuite aller à Bordeaux, et mes jours sont comptés ; car les affaires commandent. A mon retour, je serai heureux d'avoir l'honneur de répondre à votre invitation. »

En achevant ces mots, M. Grünn embrassa son

fils et remonta dans la voiture qui l'attendait à quelque distance.

Théodule le cœur un peu gros, suivit M. Dubos qui le conduisit à sa maison, où l'on entrait par une grande cour fermée d'une humble grille en bois. Cette cour était remplie d'une quantité de volailles de toutes espèces : sur un des côtés se trouvaient les étables et les écuries, et de l'autre la bergerie et un immense hangar sous lequel on remisait les charrettes et les instruments aratoires. L'habitation se voyait au fond ; elle avait seulement six fenêtres à la façade, et l'on y montait par un perron.

« Mon cher ami, dit M. Dubos en introduisant le jeune homme dans le vestibule au fond duquel était l'escalier, l'amour du pays natal a étrangement égaré le jugement de Cyprien en donnant des proportions exagérées à toutes choses ici. Jugez-en ! Voici mon château dont vous venez de traverser la cour d'honneur, et je suis très-content de vous y recevoir, croyez-le bien. Les prés, les champs, les vignes qui entourent le manoir, composent ce parc magnifique dont il a dû vous parler. La châtelaine, comme au moyen âge, surveille activement les travaux du ménage, et le seigneur du lieu ne dédaigne pas d'aller en personne visiter ses laboureurs aux champs, comme le doit faire tout petit propriétaire faisant va-

loir lui-même son modeste domaine. Vous trouverez une grande simplicité dans nos habitudes,
car je préfère être riche entre les pauvres que
pauvre entre les riches. Mais ne craignez rien ;
vous allez être reçu comme le fils de la maison,
et si nous ne pouvons vous offrir les agréments
de la vie de château, celle que vous mènerez réa-
lisera bien mieux les souhaits de M. votre père.
Laissez-vous aveuglément guider par moi, et je
vous promets merveilles. »

Théodule fut étonné, et, il faut bien le dire, un
peu effrayé de l'aspect rustique de tout ce qui
l'entourait, lui, accoutumé à toutes les recherches du luxe ; mais, en garçon d'esprit, il n'en
laissa rien paraître. D'ailleurs, la cordiale franchise et le regard bienveillant de son hôte avaient
attiré toute ses sympathies.

M. Dubos précéda le jeune homme dans une
grande salle pour le présenter à sa femme, puis
le fit entrer dans son cabinet.

« Nous ne sommes pas si rustiques, lui dit-il
gaiement, qu'il n'y ait ici pâture pour l'esprit ; voici
quelques centaines de volumes bien choisis ; et
chaque matin l'on nous apporte les journaux. »

On alla chercher la malle et le sac de Théodule, restés à l'entrée de l'avenue, et on les
monta dans la chambre de Cyprien où se trouvaient deux lits jumeaux.

Un grand râteau sur l'épaule. (Page 13.)

Théodule, assis tristement à la fenêtre, vit arriver son ami en blouse grise, un grand râteau sur l'épaule, chantant en partie avec une belle enfant de quinze ans chargée d'un panier où se trouvaient quelques bouteilles vides. Il se précipita au-devant de Cyprien, et ce premier moment fut donné tout entier et sans arrière-pensée au plaisir de se revoir.

M. Dubos qui les regardait du haut du perron, s'écria :

« Voici M. Théodule Grünn qui vient passer les vacances à ton château, ainsi que tu l'y as convié ; il compte sur les belles chasses projetées dans ton grand parc. Allons, mon fils, sonne du cor, afin que pages et varlets se rendent à cet appel ; et toi, ma fille, cours au milieu de tes suivantes, et fais-nous préparer un repas homérique.»

Le pauvre Cyprien, la tête baissée et tout confus, hésita un instant ; puis, embrassant de nouveau son ami :

« Je suis un grand sot, dit-il ; mais c'est égal, tu seras bien reçu et bien traité chez nous, sois tranquille ! »

Adrienne Dubos, accoutumée à se mêler des choses du ménage, mit promptement le couvert sous un berceau de treilles à l'entrée du jardin, et une servante apporta un déjeuner plus substantiel que délicat.

Le repas fut joyeux, car tout le monde était en appétit, même Théodule, qui d'ordinaire mangeait fort peu.

« Je crois en vérité que le bon air agit déjà, dit-il en riant.

— Comme vous le voyez, jeune homme, vous n'aurez pas de peine à suivre votre régime, car nous n'usons de café et de liqueurs que dans les grandes occasions, notre ordinaire étant des plus simples; ainsi, pas de tentations à combattre. »

En achevant de déjeuner, on parla du collége et des bons tours qu'on y fait; maîtres d'études et professeurs y furent passés en revue, et les jeunes gens ne brillèrent pas par l'indulgence.

On quitta la table, et M. Dubos dit :

« Allons! mon jeune ami, prenez un râteau comme Cyprien, et allez faner l'herbe dans la prairie.

— Quoi! mon père, vous voulez que ce pauvre Théodule?...

— Mon cher ami, j'ai mes raisons d'agir ainsi, et ton camarade m'a promis une entière obéissance. »

Celui-ci monta chez Cyprien et revint bientôt avec un costume tout blanc à la dernière mode, et les jeunes gens allèrent se joindre aux faneurs. Ils firent comme eux de grosses meules, mal d'abord, puis mieux ensuite, puis enfin tout à fait bien, non sans avoir ri de leur maladresse.

Quand vint l'heure du dîner, Théodule se jeta sur une chaise en s'écriant :

« Je suis rompu, jamais je n'aurai la force de manger.

— Tant mieux! tant mieux! dit en riant le maître de la maison; demain, vous ne vous en porterez pas plus mal. »

Théodule, qui s'était traîné péniblement jusqu'à la table, fut tout surpris de sentir son appétit s'éveiller à mesure qu'il le satisfaisait. Il but un dernier verre de vin vieux et alla se coucher immédiatement.

Le matin, dès cinq heures, on lui porta un bol du lait qu'on venait de traire.

Pendant huit jours les jeunes gens travaillèrent ainsi, autant à charger qu'à décharger les voitures de foin. Théodule, d'abord tout endolori, n'eut bientôt plus qu'un sentiment de bien-être après ces violents exercices. Puis, ce fut la récolte des fruits. On montait aux arbres, on rapportait à la maison les lourds paniers de pommes et de poires que l'on avait cueillies. Enfin, les vendanges vinrent clore les travaux de la saison qui avaient été entremêlés de bonnes parties de chasse et de pêche, et de longues courses à cheval. Théodule apprit à ramer et à diriger un bateau sur le

grand étang; puis il montait les poulains qui s'é-
battaient dans les pâturages; si bien qu'à la fin
des vacances, ce jeune homme qui, naguère, se
refusait à tout mouvement et ne s'intéressait à
rien, était devenu ardent et habile à tout exercice. Son œil était vif, son teint coloré, et sa gaieté
franche et soutenue.

M. Grünn annonça son retour, et il fut décidé
qu'on irait le chercher à la station, M. Dubos en
voiture, et les deux jeunes gens à cheval.

Théodule apercevant son père dans la foule des
voyageurs, tâchait de parvenir jusqu'à lui; mais
celui-ci regardait vaguement, cherchant M. Dubos
qu'il reconnut enfin; et, s'avançant précipitamment :

« Et mon fils? lui cria-t-il.

— Ne me reconnaissez-vous donc pas, père? »
dit Théodule en tâchant de fendre la foule.   .

M. Grünn, voyant le beau jeune homme qui ac-
courait à lui l'œil brillant et les joues fraîches,
ne put que le serrer dans ses bras sans articuler
un seul mot.

« Eh bien, monsieur, ai-je tenu ma promesse?
dit gaiement M. Dubos.

— Ah! monsieur, que de grâces ai-je à vous rendre! Vous nous tirez de la mortelle inquiétude
qui troublait ma vie et minait lentement celle de
ma femme.

— Le pauvre garçon a eu plus d'un mécompte, car il n'a pas trouvé à la Rupelle ce qu'il y venait chercher.

— J'y ai trouvé cent fois plus, cent fois mieux, s'écria le jeune homme, et mon père voudra bien, j'en suis sûr, que je vous place, monsieur, tout auprès de lui dans mon cœur.

— Oui, certes, mon enfant, tu ne saurais trop les aimer tous; car, je puis bien te le dire maintenant, tu leur dois la vie! »

L'on se remit en route pour la Rupelle. M. Grünn voyant Théodule caracoler autour de la voiture, puis partir au galop pour revenir bien vite auprès de lui, manifesta quelque crainte.

« N'ayez peur, dit M. Dubos, il en a fait bien d'autres, ma foi! »

En descendant de voiture, M. Dubos regarda son fils, et dit :

« Vous voyez, monsieur, la simplicité de notre installation : Cyprien, obéissant à un puéril sentiment de vanité, parlait à ses amis du château de son père, de son parc, de ses chasses; et je vous reçois dans la ferme qui compose tout mon avoir et que je dirige moi-même. Ce n'est donc pas à une vie recherchée que votre fils doit son retour à la santé; il a partagé nos travaux et nos fatigues, mais aussi l'appétit et le contentement qu'ils donnent. J'espère qu'à l'avenir, Cyprien ne rou-

2

gira pas de la médiocrité qui sera son partage, et qu'il appréciera le bonheur qu'il lui doit. »

En effet, de retour au lycée, Cyprien, dont le cœur était excellent, fit bon marché de son *château*, de son *parc*, rit tout le premier de ces sottes vanteries, qui ne se renouvellent plus, et chaque jour resserre l'amitié qui l'unit à Théodule.

L'histoire fut trouvée charmante, et la grand'-mère félicita le conteur sur la façon dont il l'avait dite.

« Au tour de Raoul ! s'écria-t-on de toute part : voyons comment il se tirera d'affaire !

— En vertu de quelle loi les garçons doivent-ils faire tous les frais de la séance? demanda Raoul, assez bon enfant, mais d'humeur peu accommodante.

— En vertu de leur inutilité, répondit vivement Zoé, sa cousine, fillette de dix ans, puisqu'ils ne savent pas occuper leurs doigts.

— Ou plutôt en vertu de votre incapacité à faire une narration intéressante, mesdemoiselles, répliqua le mutin, s'animant toujours davantage.

— Ce n'est pourtant pas faute d'avoir la langue affilée ! ajouta le mordant Oscar.

— Quelle horreur ! » dirent les petites filles. La dispute menaçait de dépasser les bornes du bon goût quand la douce Édith, sœur de Raoul, assez silencieuse d'ordinaire, prit la parole :

« Si vous voulez bien m'écouter, je vous racon-
terai un trait de ma meilleure amie qui vous fera
juger de ce qu'elle vaut. »

LA PARTIE DE BOSTON

Anicette (c'est son nom), était occupée, ainsi
que sa sœur Gertrude, à peindre une branche de
rosier en fleurs quand Anna entra joyeusement
dans leur petit parloir.

« Mes chéries, dit-elle en les embrassant, je
viens vous proposer une charmante promenade
en forêt : dans quelques instants ma mère viendra nous prendre en voiture, pour nous mener à
la clairière *aux Cerfs*.

— Quel bonheur ! s'écria Gertrude : maman attend des visites et ne peut sortir aujourd'hui. J'é-
tais toute maussade en me voyant condamnée à
garder la maison par un aussi beau soleil.

— Et toi, Anicette, tu ne dis rien ? Cette partie
ne te sourit-elle donc pas ?

— Si, vraiment, ma bonne Anna ; il y a de si
belles fleurs dans la clairière, et j'aime tant la
senteur des bois ! Mais j'ai promis à la cousine
Poncey de lui consacrer cette après-midi, et tu
comprends que je ne puis lui manquer de parole.

— Mais ton absence gâtera tout notre plaisir ! Comment peux-tu préférer à notre compagnie celle de cette vieille fille qu'on dit être d'humeur si revêche !

— Vous saurez fort bien vous amuser sans moi, Anna, tandis que personne ne me remplacerait auprès de ma cousine si je n'allais faire sa partie.

— Elle est donc bien plus aimable qu'on ne le dit, cette vieille demoiselle ?

— Aimable, elle ! interrompit vivement Gertrude. Allons donc ! elle est jalouse, envieuse, acariâtre, et de plus laide à faire peur, avec les cicatrices dont la petite vérole a couvert son visage.

— Comment, Anicette, c'est pour une telle personne que tu nous délaisses ? Je ne te le pardonnerai jamais.

— Mon Dieu ! parce que la pauvre fille est laide et peu aimable, il faut en convenir, est-ce une raison de l'abandonner ? ses défauts, que ma sœur exagère à plaisir, tiennent moins à son cœur qu'à l'isolement où on la laisse et qui aigrit son caractère. Si elle était toujours entourée d'affection, je suis persuadée que son humeur s'adoucirait et qu'elle serait tout autre.

— Et à quoi peux-tu passer ton temps avec cette aimable personne ?

— Ma cousine aime beaucoup les cartes et je fais son piquet à défaut de la partie de boston, constant objet de ses désirs. Mais où trouver deux personnes de bonne volonté pour jouer avec nous !

— Qui donc, hors toi, ma sœur, voudrait jouer avec cette agréable demoiselle qui, lorsqu'elle perd, s'imagine qu'on la triche !

— Que veux-tu, ma chère ! ne doit-on pas de l'indulgence aux gens qui souffrent comme notre parente, laquelle ne saurait prendre son parti de l'abandon où elle vit? Je voudrais bien voir quelle mine tu nous ferais, toi, chez qui la patience n'est pas la vertu capitale, si tu te voyais dédaignée de tout le monde ?

— Ce qu'il y a de charmant, continua l'impitoyable Gertrude, c'est que la cousine à qui ma sœur s'imagine plaire en jouant avec elle, a l'air de faire son piquet par condescendance.

— Eh bien ! tant mieux, s'il en est ainsi ; son amour-propre souffrirait peut-être à l'idée de mon sacrifice, tandis qu'elle éprouve sans doute quelque douceur en croyant m'en faire un. Sa vieille servante me remercie de mes visites, assurant que chacune d'elles laisse sa maîtresse plus calme et meilleure.

— Et, chose inouïe, c'est qu'Anicette a l'air d'y prendre goût. Quand ma mère et moi allons la chercher, nous avons mille peines à l'arracher à ces doux entretiens.

— N'est-ce donc pas un véritable plaisir que de donner un peu de bon temps à cette pauvre abandonnée! Quand je vois ses yeux briller, ses traits se détendre, sa bouche essayer un sourire, je vous assure, mesdemoiselles, que j'éprouve une satisfaction réelle.

— Ah! je devine, dit finement Anna, il y a là une succession en perspective!

— Hélas! non, s'écria Gertrude avec un désespoir comique, la cousine n'a que des rentes viagères!!! »

A cette révélation, Anna resta silencieuse; puis regardant Anicette avec attendrissement : « J'irai faire avec toi la partie de boston de Mlle Poncey, lui dit-elle, et même une fois par semaine. Tu es un noble cœur, Anicette !

— Bien vrai, Anna, tu lui ferais cet immense plaisir! c'est qu'elle n'est pas toujours gracieuse, la pauvre fille, il faut bien l'avouer.

— Eh! ma chère, savons-nous ce que nous serons à son âge! En attendant, nous allons, aujourd'hui même, lui donner cette *fête* de boston si ardemment désirée : car Gertrude sera des nôtres. »

Celle-ci n'osa refuser, et se dédommagea de cette contrariété en faisant un peu la moue. On conta l'affaire à la mère d'Anna qui venait d'arriver ; et la voiture au lieu de mener les trois amies en forêt, les déposa à la porte de Mlle Poncey.

« Chère cousine, s'écria joyeusement Anicette en ouvrant la porte du salon, je vous amène une partie de boston complète. Vite, Gothon, vite, les cartes et les paniers ! »

En regardant ces trois belles jeunes filles toute souriantes, venues exprès pour faire sa partie, la vieille demoiselle fut un moment interdite ; mais, se remettant bientôt, elle leur fit l'accueil le plus empressé, et ses manières pour être un peu surannées, ne manquaient pas de distinction. Comme elle avait l'esprit fort orné, elle sut rendre la conversation intéressante. Anna n'en revenait pas : elle oubliait entièrement que Mlle Poncey louchait et avait la figure ravagée par la petite vérole.

Gothon dressa promptement la table, et après avoir reçu les ordres secrets de sa maîtresse, elle quitta le salon, et le fameux boston commença.

Quand la partie, que Mlle Poncey perdit de bonne grâce de moitié avec Anicette, fut terminée, l'on servit une fine collation, puis des glaces, et la conversation se soutint jusqu'à l'heure du départ.

Gertrude qui, au début de cette longue séance, s'était bien promis d'être le plus désagréable possible, étonnée et charmée de l'esprit de sa vieille parente, se sentit vaincue et devint aimable à son tour ; elle la divertit fort par ses vives reparties.

« Mais que disait donc Gertrude! s'écria Anna dès qu'elles furent en voiture ; elle est très-aimable la cousine, et je dirai même remarquable.

— C'est le plaisir de vous voir si charmantes avec elle qui lui a enlevé cette terrible timidité provenant du sentiment de sa laideur, et qui lui a permis de se montrer telle qu'elle est réellement; l'indulgence et la bonté font des miracles, comme tu vois.

— Ma sœur, dit Gertrude en embrassant Anicette, j'ai grand'honte de mes sottes plaisanteries : j'ignorais ce qu'il y a de bon à sacrifier son plaisir à celui d'autrui. Maintenant que, grâces à notre amie, je le sais, tu n'iras plus seule chez la cousine.

— Et moi, dit Anne, je ne manquerai certes pas à mon engagement. Il serait vraiment trop cruel de priver cette pauvre fille de son rayon de soleil parce qu'elle est défigurée par les traces d'une cruelle maladie. »

En effet, les trois jeunes filles ne manquèrent pas d'aller chaque semaine faire la partie de boston de Mlle Poncey. Leurs mères les y accompagnaient quelquefois, et finirent par y attirer plusieurs personnes de leur monde. La vieille demoiselle eut enfin SON JOUR !

La joie qu'elle en ressentit exerça la plus heureuse influence sur son humeur et sur sa santé Aussi, chaque fois que Gothon se trouvait seule un instant avec Anicette, lui prenait-elle les mains en l'appelant leur chère bienfaitrice.

« Bravo, Édith, dit Oscar ; puisse le ciel me garder une femme comme ton amie ! »

L'idée qu'Oscar pût avoir une femme amusa beaucoup les petits.

« Puisqu'on peut raconter les histoires de ses amies, dit Zoé, je vais vous dire ce qui est arrivé à Gédéa la compagne que j'aime le mieux au monde ; et la petite personne, toute fière de ses dix ans, s'établit bien droite sur sa chaise et prit l'air important qu'elle a quand elle récite une leçon.

LES BOHÉMIENS

Vous saurez d'abord, mesdames et messieurs, que mon amie Gédéa qui a onze ans, est une petite fille accomplie. L'an dernier, dans la saison des fruits, elle jouait avec son frère Irénée dans la cour de leur habitation qui, vous le savez, est la première de la ville sur la route de Paris. Un petit garçon, tout timide et à peine vêtu, se présente à la porte offrant à vendre des corbeilles d'osier artistement tressées. Gédéa les trouvant toutes jolies, était bien embarrassée pour en choisir une; enfin elle se décida pour un délicieux panier que vous connaissez tous, car elle me l'a donné, et je m'en sers pour mettre mon ouvrage. En le payant elle remarqua l'air souffreteux du petit garçon. Elle lui fit boire un peu de vin pur, et Irénée alla lui querir une bonne tartine de confitures.

« N'as-tu donc personne pour te soigner, pauvre petit? lui dit-elle; tu parais bien malade.

— Oh! si fait, mademoiselle; mon père et ma mère sont là sur la route, tout près d'ici; ils travaillent pour la foire de demain. »

Mme Lemut, mère de Gédéa, survint; et voyant le petit malheureux nu-pieds, elle alla lui chercher des chaussures. Irénée continua d'interroger l'enfant.

« Quel est ton pays, lui demanda-t-il, remarquant qu'il avait un accent très-prononcé.

— Mon pays! mais je n'ai pas de pays, moi!

— Comment, tu n'as pas de pays! s'écria Irénée fort étonné; mais tu es bien né quelque part, j'imagine, et tes parents logent bien dans une maison.

— Je crois bien être né comme mon petit frère dans la voiture qui nous sert de maison et où nous demeurons toujours.

Un petit garçon tout timide. (Page 25.)

— Cette voiture ne peut pas être assez grande pour contenir des lits.

— Est-ce que nous avons des lits, nous autres ! je n'ai jamais couché dans un lit, moi, mon bon monsieur. »

Gédéa et son frère n'en pouvaient croire leurs oreilles. « Et l'hiver ?

— Ah ! dame, quand nous nous trouvons dans des pays froids comme celui-ci, nous restons blottis sous la paille, dans la voiture, pour tâcher de nous réchauffer.

— Tu as donc beaucoup voyagé, petit ?

— Mais oui, pas mal ; nous arrivons d'Espagne, et l'an dernier nous étions en Hollande.

— Que ·tu es heureux ! s'écrièrent simultanément les deux enfants qui désiraient tant voir de nouveaux pays.

— Pas si heureux que vous le croyez, reprit le pauvre petit en secouant la tête ; nous pâtissons bien quelquefois, allez ! quand nous trouvons un endroit bien abrité, l'on dételle le cheval ; maman descend le poêle pour faire la soupe ; ma sœur et le petit font des couronnes de fleurs pendant que le père et les deux grands frères travaillent.

— Dis donc, Irénée ? manger à l'ombre des grands arbres, cueillir des fleurs et changer de lieu tous les jours. Quelle bonne vie ! »

Et Gédéa fit un gros soupir.

« Et quand il pleut? objecta son frère moins enthousiaste.

— Ah! quand il pleut, dit le petit bohémien, c'est bien pire que le froid : l'on rentre tout mouillé dans la voiture et l'on ne se réchauffe pas : on ne peut pas faire cuire des pommes de terre, et souvent il n'y a pas assez de pain pour tout le monde.

— Comment faites-vous alors ?

— Les grands ne mangent pas afin de laisser meilleure part aux petits qui sont trop faibles pour supporter la faim. »

Gédéa, tout émue, courut chercher des provisions pour les petits frères.

Le soir de ce même jour, la famille Lemut allant se promener sur la route, trouva les bohémiens installés dans le fossé qui est au pied de la haie du verger. La mère avait étalé sur le gazon une quantité de pommes de terre cuites à l'eau que les cinq pauvres enfants se disputaient avec une avidité qui faisait mal à voir. Parmi eux se trouvait un garçon de quatre ans à peine, d'une beauté idéale, mais dont le regard déjà triste et profond, accusait de précoces souffrances ; une blouse en guenille couvrait mal son charmant petit corps. Gédéa l'embrassa à plusieurs reprises et Irénée lui donna toutes les billes qu'il avait dans sa poche.

L'enfant restait en extase pendant que son frère remerciait pour lui. Le maigre cheval paissait dans le fossé surveillé par la petite fille.

Quand, à neuf heures, le valet de chambre vint servir le thé, Irénée lui dit :

« Jean, as-tu vu les pauvres gens qui sont installés à la porte du verger ?

— Oui, monsieur, et le jardinier est assez mécontent de les y voir.

— Que lui importe donc qu'ils soient là ou ailleurs ?

— C'est qu'il prétend que tous ces mauvais gamins trouveront bien moyen de voler des fruits cette nuit.

— Pourquoi cela ?

— Parce qu'ils sont si pauvres !

— Fi ! monsieur Jean, c'est fort mal ce que vous dites là, » s'écria la petite fille indignée.

Après le thé, Gédéa emmena son frère dans un coin. « Au fait, lui dit-elle, il est bien dur pour des enfants privés de tout, de ne pouvoir goûter à ces bons fruits qu'ils ont eus toute la journée devant les yeux ; je comprends bien cela, moi qui en suis si gourmande ! Tiens, Irénée, allons prendre deux paniers. »

Et les enfants coururent au verger, secouèrent avec toutes leurs forces réunies, pruniers, poiriers et pommiers. Les paniers furent bientôt remplis; puis, portant avec peine **le far**deau qui excédait leurs forces, ils allèrent au lieu où ils avaient laissé la famille nomade, comptant bien l'y retrouver. Mais la place était vide ; seule, la voiture était restée, et le vieux cheval attaché à l'une des roues dormait étendu sur le bord du fossé.

Irénée fit le tour de la voiture et put observer que l'arrière en était entre-bâillé. Il fit signe à sa sœur de venir auprès de lui, et ayant ouvert cette espèce de porte, les deux enfants virent à la clarté de la lune toute la famille entassée dans cet espace trop petit pour qu'ils pussent s'y étendre; ils étaient assis vis-à-vis les uns des autres, adossés aux flancs de la voiture. Seul, le beau petit chérubin sommeillait étendu sur les genoux de sa mère.

Personne hors lui ne dormait encore.

« Que désirez-vous? demanda le père.

— Nous apportons aux enfants les meilleurs de ces fruits qu'ils ont pu apercevoir par-dessus la haie, afin qu'ils s'en régalent, » répondit Gédéa en versant le contenu des paniers dans la voiture, sur les genoux de tout ce petit monde qui poussa un joyeux hourra à la vue de tant de bonnes choses, convoitées bien certainement.

Le lendemain, la vieille bonne des enfants les conduisit à la foire pendant que leurs parents faisaient des visites. Leur attention fut entièrement captivée par les mille tours d'un singe qui divertissait la foule.

Un grand tumulte s'éleva tout à coup; les hommes s'agitaient, les femmes fuyaient emportant leurs enfants et en poussant des cris de détresse. Gédéa se retournant, vit une vache furieuse venir tout droit à elle. La bonne avait été entraînée par la foule, et Irénée fuyait comme tout le monde; mais en voyant le danger de sa sœur, il revint et se campa résolûment devant elle tout en tremblant de tous ses membres. La petite fille éperdue était tombée à genoux et priait son ange gardien d'avoir pitié d'elle.

La vache effleurait déjà les vêtements de ma pauvre amie qui mourait de peur, quand un grand garçon de quinze ans, couleur de pain d'épice, sauta sur le cou de la bête avec une agilité merveilleuse.

Celle-ci, surprise, se tint immobile, et un homme d'assez mauvaise mine la saisit par les cornes et lui maintint la tête jusqu'à ce que le propriétaire vint la reprendre.

La vieille bonne accourue aussitôt qu'elle avait pu se dégager, remercia chaleureusement les deux étrangers, et les enfants joignirent leurs remercîments aux siens autant que le permit leur grande émotion.

« Il n'y a pas lieu de tant nous remercier pour

3

si peu de chose, dit le jeune garçon; c'est bien plutôt moi qui suis content de vous avoir rendu service. »

Et comme les enfants paraissaient tout surpris de l'entendre parler ainsi :

« Vous oubliez donc les fruits d'hier au soir ? » leur dit-il.

En racontant cette aventure à leurs parents, Gédéa s'étonnait que les bohémiens se fussent montrés si reconnaissants d'une semblable bagatelle

« Mon enfant, dit la mère, ce n'est point l'importance d'un don qui en fait le prix aux yeux de celui qui le reçoit; c'est la manière dont il est offert. Votre gracieuse attention est allée droit au cœur de ces pauvres gens que la société repousse, et je puis bien vous répondre qu'ils ne l'oublieront jamais.

— Viens m'embrasser, Zoé, dit Mme Moreau ; tu as très-bien raconté ton histoire, et j'aime beaucoup cette petite Gédéa qui sait faire plaisir aux pauvres gens, et qui comprend qu'eux aussi, doivent avoir leur part de joie. Mais voici l'instant de retourner chez vos parents : à jeudi donc, les histoires. »

Les enfants se levèrent en tumulte, chacun voulant être le premier à embrasser cette chère bonne maman.

DEUXIÈME GOÛTER

Ce jour-là il faisait de l'orage, et les petits enfants de Mme Moreau regardaient, comme elle, les éclairs et les beaux nuages frangés d'or et d'argent, mais non d'un courage égal; plus d'une petite fille sentait battre son cœur bien fort à chaque coup de tonnerre, et se fût volontiers bouché les oreilles, n'eût été la crainte d'être raillée par les impitoyables écoliers qui faisaient les braves. Enfin Zoé voulant se donner une contenance dit en tremblant un peu :

« Grand'mère, n'avez-vous donc jamais eu peur de l'orage?

— Si, mon enfant, et peur de bien autre chose encore. Mais mon père entreprit de m'expliquer ce qui produit le tonnerre : et quand il faisait quelque grand orage, il me forçait d'admirer les éclairs, le mouvement des nuées qui changent d'aspect à chaque instant : il me disait que le grand bruit qui me faisait trembler si fort était produit par la rencontre de deux nuages chargés d'électricités différentes qui cherchent à se mettre en équilibre, et que les beaux éclairs qui sillonnent le ciel en zigzag ou qui semblent l'ouvrir, naissent du choc de ces deux électricités. Il ajoutait que s'il n'était pas prudent de s'exposer à l'orage, il était ridicule de s'en effrayer outre mesure, de se boucher les oreilles ou de fermer les volets. »

Comme Mme Moreau disait ces mots, un coup plus fort que les autres retentit, et Zoé, ainsi que son petit cousin Georges qui n'avait que huit ans, baissa la tête en mettant les mains sur les oreilles ; tous les autres partirent d'un grand éclat de rire.

« Elle veut faire la grande demoiselle et elle a peur du tonnerre! dit Oscar qui ne laissait passer aucune occasion de railler.

— Mon enfant, répondit la grand'mère, je réclame l'indulgence pour toute personne atteinte du mal de la peur; car j'en ai assez souffert pour y compatir; je veux vous conter cela. »

Alors Mme Moreau s'installa dans un large fauteuil à la porte toute grande ouverte du vestibule, d'où l'on voyait un magnifique arc-en-ciel.

LA PEUR

Moi aussi, mes enfants, moi aussi j'ai été jeune et même toute petite. Je n'ai pas toujours eu les cheveux blancs, la figure ridée et ma robe noire. Cela vous fait rire, Georges et Mignonne! Il est pourtant bien vrai que j'ai eu de jolis cheveux blonds comme les vôtres, et certainement vous ne m'auriez pas attrapée à la course.

L'idée que leur grand'mère qui ne quittait plus guère son fauteuil avait pu courir, fit sourire la folâtre assistance.

Et comme vous tous, je n'étais pas toujours sage, et surtout j'étais peureuse à l'excès.

« Comme Mignonne, » crièrent les enfants tous à la fois.

J'avais une mère adorable; si tendre, si bonne, que je l'aimais extrêmement. Si je me trouvais éloignée d'elle pour quelques instants, je devenais toute triste. Aussitôt qu'elle montait à sa chambre, je lui approchais un fauteuil et je lui mettais un carreau bien moelleux sous les pieds. Était-elle fatiguée de sa promenade, j'ôtais ses

souliers et les remplaçais par des pantoufles;
quand elle avait la migraine, je fermais les rideaux afin qu'elle reposât dans l'obscurité, et je
respirais bien doucement pour que rien ne vînt
troubler son repos. C'est qu'elle était si bonne,
maman! elle me donnait tout ce qui pouvait me
faire plaisir, et quand je faisais quelque faute,
elle m'en reprenait tout doucement et s'en montrait plus triste que moi. J'avais un grand chagrin quand elle sortait sans moi, ce qui la rete-
nait souvent à la maison. Papa grondait bien un
peu : il disait que ma mère ne devait pas se priver de ses plaisirs pour moi, et il avait raison.
Cela me donnait parfois le courage de cacher mon
chagrin ; mais je n'y réussissais pas toujours, car
j'avais une peur extrême de rester seule.

« De quoi pouviez-vous avoir peur dans la maison de votre père? » dit Oscar.

J'aurais été bien embarrassée de le dire.
Quand j'étais seule, le moindre bruit m'effrayait,
et le silence me semblait plus effrayant encore;
c'était une véritable maladie. J'avais peur des chevaux, des chiens, des souris, des mouches, de
tout enfin! Mais ce que je redoutais le plus au
monde, c'était l'obscurité; et mon père défendait
qu'on laissât de la lumière dans ma chambre
quand j'étais au lit. Ma bonne, en me couchant,
me racontait de sottes histoires qui redoublaient

ma peur. Et ce qu'il y a de particulier, c'est que plus elles étaient effrayantes, et plus j'aimais à les lui entendre dire.

— Mais votre mère lui permettait donc de vous effrayer? dit Alice.

— Non, en vérité, ma mère ignorait tout cela, et j'avais le tort de ne pas le lui dire; elle eût renvoyé Manette qui était bonne et attentive pour moi. C'était là une grande faute, mes enfants! quand on aime bien sa mère, il ne faut lui cacher rien de ce que l'on a dans l'esprit; et j'étais punie de cette faute-là par le redoublement de la peur qui me faisait tant souffrir. »

On soupait dans ce temps-là. Mon père, espérant me guérir de ces vaines frayeurs, exigeait qu'on me laissât seule dans ma chambre aussitôt que j'étais couchée, une heure avant que mes parents ne se missent à table.

Si je m'endormais immédiatement, peu m'importait qu'il restât quelqu'un auprès de moi; mais quand Manette m'avait dit un de ces contes effrayants que j'aimais tant, le sommeil ne venait pas, ou bien je m'éveillais en sursaut me croyant environnée de figures étranges. Alors la peur me saisissait au point de me faire descendre du lit, et j'allais en robe de nuit jusque dans la cour. Je me blottissais auprès de la fenêtre de la salle à manger dont on ne fermait jamais les volets. De

cette place, je voyais papa et maman, je les entendais parler, et j'étais rassurée. Quand ils faisaient mine de sortir de table, je remontais bien
vite me tapir dans mon petit lit où j'avais beaucoup de peine à me réchauffer. Aussi j'étais perpétuellement enrhumée, ce qui affligeait beaucoup
ma mère qui n'y comprenait rien ; car elle me
soignait avec une grande sollicitude et me vêtis
sait chaudement.

Un jour que Manette m'avait parlé d'animaux
fabuleux qui vomissaient des flammes et man-
geaient les petits enfants, je rêvais à toutes ces
affreuses choses quand je fus éveillée tout à coup
par un bruit qui se faisait dans mes rideaux. Je
me pelotonnai dans un coin de mon lit et j'atten-
dis en tremblant que le bruit se renouvelât. Mon
cœur battait si fort qu'il faisait autant de bruit
que la grosse horloge de la cuisine. Au bout d'un
quart d'heure qui me parut long comme une journée, quelque chose sauta tout auprès de moi et
une main velue passa sur ma figure. Je crus que
j'allais mourir. Je voulus crier et je n'avais plus
de voix. Un instant après, le verre qui était sur
ma table de nuit tomba et se cassa. Retrouvant
alors toutes mes forces, je gagnai l'escalier que
j'eus bientôt descendu.

La neige tombait à gros flocons et couvrait le
pavé de la cour d'un beau tapis blanc. Je me glis-

sai nu-pieds tout le long de la muraille, et je parvins à la fenêtre de la salle à manger. La vue de mes parents me rassura complétement. Justement ma mère parlant de moi disait :

« Je suis sûre que cette pauvre Lucile a bien peur, là-haut, par le vent qu'il fait !

— Bah ! répondait mon père, tu gâtes cette enfant. Depuis que j'exige qu'elle reste seule et sans lumière dans sa chambre, elle en a fort bien pris son parti et elle n'en est pas morte. »

En disant ces mots, il tourna par hasard les yeux vers la fenêtre et vit ma petite figure collée au vitrage. Il se leva vivement et courut à la porte du vestibule.

Craignant d'être grondée bien fort pour ma désobéissance, je me mis à genoux en joignant les mains. Je ne sentais plus le froid de la neige où mes jambes étaient toutes cachées tant j'avais de chagrin d'avoir mécontenté mon bon père que j'aimais beaucoup. Mais au lieu de me gronder il me dit en souriant :

« Que fais-tu donc là, petite ? Pourquoi n'entres-tu pas dans la salle ? »

Ces douces paroles, auxquelles j'étais loin de m'attendre, me firent un bien infini. Je pleurai, tant je me sentais heureuse ! Ma mère m'enveloppa de sa pelisse et me prit sur ses genoux. Elle pleurait aussi en silence. On me fit prendre un peu de vin chaud sucré, puis papa me questionna ; et je finis par avouer que toutes les fois quand je ne dormais pas, je descendais ainsi les voir souper. Ma mère regarda son mari et ses larmes redoublèrent.

« Ma petite mère mignonne, lui dis-je en l'embrassant tendrement, ne pleurez plus ! Je resterai là-haut puisque cela vous plaît, et j'attendrai que les vilaines figures viennent m'emporter ; et le lendemain au matin, quand vous ne trouverez plus votre petite fille, vous direz qu'elle a mieux aimé mourir que de vous faire de la peine. »

Alors on me demande de quelles vilaines figures je veux parler, et je raconte toutes les histoires de ma bonne.

Mon père m'explique aussitôt que ces figures qui me causent tant d'effroi, n'existent que dans ma pauvre tête où les absurdes récits de Manette les font naître ; et la preuve, ajouta-t-il, c'est qu'elles se dissipent aussitôt que la chambre est éclairée.

On gronda beaucoup ma bonne ; dès le lendemain, elle entra au service de mon grand-père qui n'avait pas de petits enfants qu'on pût effrayer, et il nous céda sa servante. Nous pleurâmes beaucoup, Manette et moi, en nous séparant, mais rien ne put fléchir mon père. Je couchai

[Que fais-tu donc là, petite ? (Page 41.)

dans la chambre de maman où il y avait de la lumière pendant toute la nuit, et je ne vis plus les vilaines figures dès que je ne fus plus effrayée par ces contes ridicules.

« Mais, grand'mère, dit Mignonne, vous aviez pourtant bien senti une main velue passer sur votre figure, et votre verre a bien été réellement cassé? »

Cette main velue était tout simplement une chauve-souris qui, embarrassée dans mes rideaux, tomba sur ma figure et, aussi effrayée que moi, sauta sur la table de nuit d'où elle fit tomber le verre.

« Au tour de Mignonne maintenant, dit Zoé.

— Oh! Mignonne est trop petite pour nous raconter quelque chose.

— Eh! pourquoi cela, monsieur Albert? s'écria le petit lutin. Moi aussi, je sais une jolie histoire et bien vraie; elle est arrivée à la sœur de ma meilleure amie; et je vais vous la dire. »

LE TESTAMENT

(Véridique.)

Mme Dalmès, que vous connaissez tous, était restée plusieurs années en Italie pour cause de santé. A son retour, elle s'empressa d'aller voir le général Lavergne, frère de sa mère et parrain de sa fille aînée; car, n'ayant reçu aucune réponse aux lettres qu'elle lui avait écrites, Mme Dalmès ne savait qu'en penser. Elle fut reçue par Germain, le vieux valet de chambre du général, qui lui assura que son maître se refusait à voir qui que ce fût.

« Est-il donc assez malade pour ne pas me recevoir? S'il en est ainsi, Germain, allez lui dire que je viens m'installer auprès de lui comme garde-malade, et qu'il n'en saurait avoir une plus attentive ni plus affectueuse. »

Germain rentra dans l'intérieur de l'appartement, en prenant l'étrange précaution de fermer à clef la porte de communication.

Restée seule dans l'antichambre, Mme Dalmès cherchait à deviner les motifs qui poussaient son oncle à fuir toute société.

Germain revint dire que son maître persistait dans sa résolution.

Mme Dalmès renouvela plus d'une fois ses tentatives sans succès, et les autres neveux du général ne furent pas plus heureux; tous comprirent que leur oncle voulait tenir sa famille à l'écart.

Mme Dalmès, qui avait beaucoup d'affection pour son vieil oncle, s'attrista de cette détermina-

tion, et elle en parlait souvent à son mari devant
ses enfants. Dinah, sa fille aînée, qui avait alors
neuf ans, la voyant si affligée, lui dit un jour :

« Chère maman, j'ai bien envie de voir mon
parrain; voulez-vous que j'essaye de pénétrer jusqu'à lui? Je suis persuadée que j'y parviendrai.

— Mon enfant, je craindrais pour toi le mauvais
accueil de Germain qui, bien certainement, ne te
laissera pas entrer.

— Qui sait, maman? d'ailleurs, je me soucie
fort peu de M. Germain et de son accueil. Laissez-
moi tenter l'aventure, je vous en prie! J'ai si
bonne envie de vous ôter ce chagrin-là ! »

Et Dinah embrassa sa mère si tendrement que
celle-ci ne put lui résister.

Elle partit donc accompagnée de sa nourrice
qui lui servait de bonne. Arrivée à la porte du général, l'intrépide fillette sonna fort et longtemps.

Germain arrive tout effaré, croyant à quelque
sinistre. Ne trouvant à la porte que la petite visi-
teuse qu'il ne reconnaît pas tout d'abord, il lui
dit d'un ton bourru :

« Qu'y a-t-il donc de si pressé, mademoiselle?
On ne sonne pas ainsi à la porte d'une maison
honnête.

— Il y a, répondit l'enfant d'un air résolu, que
je *veux* voir mon parrain, le général, et que je le
verrai.

— Ah ! vous le *verrez !* Vous êtes sans doute
mademoiselle Dalmès ? Eh bien ! mademoiselle, on
ne voit pas mon maître.

— Et pourquoi cela, je vous prie ?

— Que vous importe ?

— Comment que m'importe ! cria Dinah tout en
colère : le général est mon parrain, je l'aime de
tout mon cœur, et je *veux absolument* l'embrasser.

— Oui ! nous connaissons cela : affection d'hé-
ritière.

— Monsieur Germain, s'écria la petite fille toute
rouge et en se grandissant, vous êtes un imperti-
nent. Comme je ne demande rien autre chose à
mon parrain que son amitié, je vous répète que
je *veux* le voir et que je le *verrai.*

— Pas aujourd'hui pourtant, répliqua le vieux
domestique d'un air moqueur, car il est sorti
pour toute la journée.

— Eh bien ! je l'attendrai.

— Avec ma permission toutefois.

— Sans votre permission, monsieur Germain.
Je vais m'asseoir sur l'escalier, tout auprès de la
porte, et il faudra bien qu'il passe devant moi
pour rentrer chez lui. »

Dinah était hors d'elle et parlait très-haut. Tout
à coup un petit vieillard enveloppé d'une douil-
lette de soie puce et coiffé d'une calotte de velours
vert, parut derrière Germain.

Quoique l'enfant n'eût qu'un souvenir assez confus de son parrain, elle se jeta spontanément à son cou, ne doutant pas que ce fût lui.

« Qu'il y a-t-il donc, Germain, et que veut dire tout ce bruit?

— Cher parrain, c'est votre petite Dinah qui vient vous voir !

— C'est mademoiselle qui veut entrer de force, dirent ensemble la petite fille et le serviteur.

— Ne voulez-vous donc pas me recevoir, parrain, ni maman non plus?

— Que me dis-tu là, petite ! Ni elle ni personne de la famille ne m'a donné signe de vie depuis trois ans. Ah ! c'est que la vieillesse n'est pas aimable ni divertissante, et on l'abandonne ! »

Dinah regarda Germain qui détournait la tête pour cacher sa confusion ; mais en petite fille avisée elle ne répondit rien, voulant consulter sa mère. Elle suivit son oncle qui l'emmena dans sa chambre. Elle le combla de caresses, fut très-gaie, même un peu bavarde. Mais elle amusa si bien le vieillard qu'il lui dit avant de s'en séparer :

« Tu viendras me voir chaque jour, n'est-ce pas, petite ? Mais comme tu pourrais t'enrhumer en marchant dans la boue et que je n'entends pas cela, voici de quoi payer une voiture chaque fois qu'il fera mauvais temps. »

Et il lui tendit une petite bourse toute ronde-lette.

« Oui, parrain, soyez tranquille, je viendrai bien exactement ; mais comme je suis maintenant une grande demoiselle, et que j'ai bien la force d'aller à pied par tous les temps, gardez votre bourse, cher parrain ; et, ajouta-t-elle, en regardant Germain qui se tenait debout derrière son maître, je veux que vous compreniez bien que c'est *pour vous* que je viens, pour vous seul ; entendez-vous, parrain !

— Il paraît, répondit le vieillard, que nous avons une petite tête, et que nous aimons à faire notre volonté ?

— Mais, oui, parrain : ne m'aimez-vous pas bien comme cela ? »

Elle embrassa le vieillard qui lui donna sur la joue une petite tape amicale ; il était ravi.

Dinah rentra chez sa mère le cœur plein de joie.

« Maman, chère maman, lui cria-t-elle de la porte, ne vous affligez plus ! J'ai vu mon parrain, et il nous aime encore. »

Et elle raconta ce qui s'était passé.

« Je t'approuve fort, mon enfant, de n'avoir pas insisté sur la conduite de Germain.

— Chère maman, c'est à vous qu'il appartient de vous plaindre, et j'espère bien que vous allez faire chasser ce vilian homme qui voulait nous brouiller avec mon oncle.

— Non, ma fille je n'en ferai rien. Germain a fait là une mauvaise action, il est vrai; mais nous en ferions une aussi mauvaise en privant mon oncle des services de cet homme qui est auprès de lui depuis cinquante ans, et lui a sauvé la vie à la Bérézina. Ces deux vieillards sont fort attachés l'un à l'autre, et il serait cruel de troubler la tranquillité de leurs derniers jours.»

L'enfant retourna chaque matin chez son oncle qui en était de plus en plus charmé. Non-seulement Mme Dalmès rentra en grâce, mais aussi tous ses cousins. Le général rajeunissait au milieu de sa famille et il ne sut jamais que ce fût Germain qui l'en avait privé pendant si longtemps.

Il y avait deux ans que cette réconciliation avait eu lieu quand Dinah eut la rougeole; elle en fut très-malade et sa mère resta un mois enfermée avec elle.

Quand il fut permis à l'enfant de sortir, sa première visite fut pour son parrain : il était mort dans la nuit même d'une attaque d'apoplexie.

Dinah fut désolée de n'avoir pu lui dire un dernier adieu, car elle l'aimait beaucoup.

L'on ouvrit le testament du défunt qui, à la surprise générale, déshéritait tous ses neveux pour laisser sa fortune à des cousins éloignés.

Mme Dalmès se consola de ce mécompte en pensant que son oncle avait dû le bonheur de ses derniers jours à sa petite Dinah qui avait réussi à grouper toute sa famille autour de lui.

Il y a cinq ans que le général est mort. Le mois dernier Dinah reçut une grosse lettre qui contenait un papier assez volumineux et un billet ainsi conçu :

« Mademoiselle,

« Je suis un misérable qui, séduit par les brillantes promesses des arrière-cousins du général, ai cherché à l'aigrir contre ses héritiers légitimes. Vous avez déjoué le complot et je m'en suis vengé en détournant le dernier testament de mon maître; mais je n'ai pu étouffer le remords de ce crime, je viens réparer mon iniquité en vous envoyant le seul testament valable.

« Pardonnez-moi, ma chère demoiselle, et daignez prier le Seigneur pour votre serviteur indigne qui ne sera plus quand vous lirez ces mots.

« GERMAIN. »

Par ce dernier testament le général partageait également son immense fortune entre ses neveux, après avoir prélevé une belle dot pour Dinah.

L'on a trouvé Germain pendu dans son grenier.

« Mignonne, dit Oscar, c'est très-gentiment dialogué, avec le ton et un bon choix de mots pour une fillette de sept ans; et tu peux m'en croire, car je suis le moins flatteur des cousins. »

Il ne pleuvait plus, mais il n'y avait pas moyen de mettre la table sous le catalpa ; du bout de chacune de ses feuilles perlait une goutte d'eau que le soleil colorait et rendait aussi brillante que les plus belles pierreries ; force fut donc de goûter dans la salle à manger, ce qui n'ôta rien au mérite de toutes les friandises qu'on servit à l'assistance.

Le goûter étant terminé, Mme Moreau trouva les gazons trop humides encore pour qu'on pût se promener et jouer dans le jardin.

« Et toi, ma grande fille, tu dois aussi payer ton tribut ; n'as-tu donc rien à nous raconter?

— Si vraiment, chère grand'mère, répondit Alice, j'ai une histoire tout prête, et si cela peut vous êtes agréable, je vous la dirai. »

Mme Moreau ayant répondu affirmativement reprit sa place dans le vestibule, et les enfants s'échelonnèrent sur l'escalier.

« Je vais faire parler la personne à qui l'aventure est arrivée ; cela sera plus commode, » dit Alice en commençant.

LES DEUX OUVRIÈRES

Il y a quelques années, je me trouvais à Lyon, chez Mme Lavauverte, ancienne amie de ma mère. Un jour de pluie, en traversant l'une des rues les plus fréquentées, nous aperçûmes une vieille dame horriblement contrefaite et mise de la façon la plus étrange : véritable débris du siècle passé. N'ayant pas de parapluie, elle regardait avec inquiétude le ciel qui ne semblait pas devoir s'éclaircir encore.

« Voilà, dis-je en riant, une pauvre femme bien malheureuse de voir ainsi compromise la fraîcheur de son chapeau phénoménal !

— Allons à elle, me répondit Mme Lavauverte ; nous lui offrirons de la reconduire.

— Y pensez-vous, chère madame, se donner ainsi en spectacle à côté de cette caricature !

— En serez-vous donc moins belle pour cela ? » répliqua doucement ma vieille amie.

Je baissai la tête avec confusion, et je me disposais à la suivre quand je vis un homme jeune et de bonnes manières, aborder l'infortunée dame, son parapluie ouvert, et lui offrir poliment le bras qu'elle accepta, tout en lui faisant une révérence comme l'on n'en fait plus.

« En vérité ! m'écriai-je, ne pouvant réprimer un mouvement de gaieté, voilà un garçon bien courageux !

— Vous riez, ma chère, et probablement les autres témoins de cette petite scène rient aussi ; et pourtant, il y a plus de charité dans cette simple politesse que dans bien des actions hautement vantées ! »

Au même moment un cabriolet lancé à toute vitesse, et que je n'avais pas vu venir, tout occupée que j'étais de ce qui se passait devant moi, éclaboussa si bien ma pauvre robe de jaconas rose et mon mantelet de mousseline, que je m'arrêtai interdite, n'osant plus faire un pas. Ma compagne m'ayant regardée avec un fin sourire, reporta les yeux sur la vieille dame qui marchait devant nous ; triomphalement accrochée au bras de son cavalier.

Je sentis mes joues s'empourprer et j'allais confesser l'à-propos de cet accident, quand j'en fus empêchée par une jeune femme qui m'aborda et me dit :

« Si madame voulait prendre la peine de monter jusque chez moi, je laverais sa robe et son mantelet, puis je les repasserais. Ce serait l'affaire d'une heure tout au plus. »

Mme Lavauverte, frappée de l'air honnête et discret de cette femme, accepta; nous la suivîmes dans une petite rue tout près de là, où elle nous fit entrer dans une allée obscure au fond de laquelle se trouvait un escalier fort étroit.

« Permettez, s'il vous plaît, mesdames, que je vous montre le chemin. »

Et elle monta la première. Arrivée au troisième palier, je m'arrêtai tout essoufflée.

« C'est bien haut, n'est-ce pas, madame ? dit-elle en se retournant; mais les pauvres gens qui, comme nous, manquent d'espace, ont besoin du bon air que l'on ne trouve que dans les combles. Prenez courage ! nous n'avons plus que deux étages à monter. »

Parvenue au cinquième, elle nous fit entrer dans une chambre à peine meublée, mais d'une propreté remarquable. Une jeune fille de seize ans, fort belle et pauvrement vêtue, mais non sans une certaine élégance, était assise devant un métier, brodant un schall de crêpe de Chine. Tout auprès se trouvait un métier semblable. Un garçon de dix ans environ faisait son devoir sur une table vermoulue, mais claire comme un miroir.

« Flore, dit la jeune femme en entrant, va faire chauffer de l'eau pour laver la robe de madame pendant que j'apprêterai les fers; et toi, Georges, suis ta sœur et finis ton devoir dans l'autre chambre. »

Au bout d'un instant la jeune fille vint m'aider à ôter ma robe et me couvrit d'un manteau de mérinos fort propre. Sa mère savonne robe et mantelet, puis ensuite les roule dans une nappe.

Flore s'était remise à son métier, et j'admirais la dextérité qu'elle mettait à tirer son aiguille. Un rayon de soleil ayant illuminé la chambre, la jeune fille se leva soudain pour mettre dans la gouttière un pot d'œillets, un beau cactus rose en fleurs, et un volumineux pied de pensées.

« Pardon, mesdames, dit-elle, mais ces pauvres fleurs ont grand besoin de prendre l'air dont elles sont si souvent privées !

— Vous prenez bien de la peine, mon enfant, dit Mme Lavauverte, pour un plaisir de courte durée. Les fleurs seront bientôt flétries et il vous faudra attendre toute une année avant de les voir refleurir.

— Mais, madame, répliqua Flore avec un charmant sourire, n'est-ce donc pas déjà un plaisir que de les soigner et de les attendre ! Quand, l'hiver, je les expose aux rayons du soleil qui luit à notre petite fenêtre, ou que je lave leurs feuilles souillées par la poussière et la fumée, je suis tout heureuse du soulagement que je leur donne. L'été, je les mets à la pluie ; je les garantis de la grande

chaleur, et je me figure qu'elles me savent bon
gré de mes soins, et qu'elles me sourient quand
je les regarde. Enfin, c'est toute la gaieté de notre
pauvre demeure !

— Cependant, elles durent si peu !

— Oh ! mais j'en jouis bien longtemps ! Je les
regarde pousser ; je vois leurs feuilles grandir et
j'admire en idée les belles fleurs que vont me donner les boutons qui se montrent à peine encore ;
et quelquefois je crois même en sentir l'odeur.

— Et puis, madame, ajouta la mère tout en
continuant de repasser, nous en retirons d'utiles
enseignements, nous qui n'avons guère le temps
de lire. Nous admirons la puissance de Dieu qui
trouve moyen de faire avec la terre qui remplit
ces pots et le peu d'eau dont nous l'arrosons, les
feuilles épaisses de ce cactus et celles des pensées
qui sont si minces que le moindre vent les agite ;
puis ces belles fleurs roses dont le tissu ne saurait
être imité par nos fabricants les plus habiles, et
ces œillets panachés, ces pensées pareilles à du
velours, dont les couleurs ont chacune sa place
sans se mélanger jamais ! N'est-ce pas bien beau,
tout cela ! Enfin, une foule de petits animaux de
toute sorte viennent chercher leur pâture ou bien
un abri sur nos plantes ; et cela nous fait penser
à la bonté de Dieu qui donne à ses moindres
créatures l'instinct de savoir trouver ce qui con-

vient le mieux à leurs besoins. Tout cela, je vous
assure, mesdames, nous aide à élever nos pensées
vers le ciel et nous rend humbles; car si quelquefois nous sommes fières de la perfection de
notre ouvrage, il nous suffit de jeter les yeux sur
nos fleurs pour voir combien celles que nous
brodons leur sont inférieures. »

Moi qui n'ai jamais éprouvé de privations, j'étais
loin d'imaginer que l'on pût attacher une idée
de plaisir à si peu de chose.

La robe était repassée, et pendant que Flore
m'aidait à l'attacher, Mme Lavauverte qui observait les deux ouvrières avec beaucoup d'attention
dit à la mère :

« Madame, vous me semblez bien jeune pour
avoir une fille de l'âge de Mlle Flore !

— Aussi, madame, n'ai-je pas le bonheur d'être
sa mère; mais je l'aime autant que mon propre
fils, la chère enfant; et allant à la jeune fille, elle
l'enbrassa avec effusion.

— C'est donc une parente que vous avez recueillie ? poursuivit ma vieille amie dont l'intérêt
était excité.

— Non, madame; Flore me fut léguée par sa
mère que j'assistai à ses derniers instants.

— Voulez-vous bien me conter cette histoire,
si toutefois vous ne voyez pas dans cette prière
une curiosité indiscrète ?

— Bien volontiers, madame ; le fait est fort simple. Je fus mariée très-jeune à un habile ouvrier en bijouterie, et j'eus le malheur de le perdre après deux ans de mariage. Il me laissa bien pauvre ; car sa longue maladie avait absorbé toutes nos faibles ressources. Une de mes parentes m'apprit à broder en soie de couleur, et bientôt un négociant qui avait connu mon père, me donna assez de travail pour me procurer les moyens de vivre et d'élever mon fils que je retirai de nourrice. Je vins alors loger ici.

« Sur le même palier demeurait une belle jeune femme que je rencontrais quelquefois dans l'escalier. Entre pauvres gens la connaissance est bientôt faite, et je lui rendis quelques petits services de voisinage, sans pourtant qu'aucune familiarité s'établît entre nous; la voisine était un peu fière et n'aimait pas à jaser. Elle me chargea plus d'une fois de vendre quelques bijoux qui me semblaient être sa seule ressource; car sa détresse était profonde. Elle voulut travailler aussi et me pria de lui chercher de la broderie de lingère, que je lui eus bientôt procurée; et comme la voisine brodait à merveille, elle eut bientôt plus de besogne qu'elle n'en pouvait faire. La pauvre jeune femme ne sortait jamais; c'était moi qui reportais son ouvrage et lui en remettais le prix. Quoiqu'elle fût très-polie et même affectueuse avec moi, je craignais de l'importuner, parce que je sentais bien que nous n'étions pas du même rang.

— N'avait-elle donc aucune relation au dehors ?

— Aucune, madame. Sans doute elle était étrangère et veuve aussi.

« Un soir, ou plutôt une nuit, je veillais pour terminer une commande, lorsque j'entendis des gémissements étouffés dans la chambre de ma belle voisine qui me semblait fort affaiblie depuis quelque temps. J'y courus ; je la trouvai mourante et je voulus aller chercher du secours.

« — C'est inutile, Agathe, me dit-elle ; tout est fini pour moi. Mais ma pauvre fille, que va-t-elle devenir ? »

« Et elle eut une crise que je crus être la dernière. Elle se calma cependant, et je lui demandai s'il fallait avertir ses amis et ses parents.

« — Hélas ! je n'ai plus ni amis ni famille ; il ne me reste que Dieu qui ne me rejettera pas, lui ! dit-elle en levant au ciel ses yeux presque éteints et trempés de larmes. Ma pauvre Agathe, j'aimerais mieux que ma fille mourût avec moi que de la voir jeter dans un hôpital d'enfants trouvés.

« — Voulez-vous me la donner ? Vous savez combien je l'aime ! Je l'élèverai avec mon fils des produits de mon travail, et j'en ferai une honnête fille !

« — Oh ! merci, Agathe ! que Dieu vous tienne compte de tout le bien que me fait cette offre généreuse ! »

« Je courus alors chercher le commissaire de police de notre quartier et notre digne curé, qui n'hésite jamais à quitter son lit quand il s'agit d'assister les pauvres âmes à leur départ.

« La mourante fit sa déclaration au commissaire et l'enfant me fut remis sans difficulté ; puis, nous entrâmes tous les trois ici pendant que le curé recevait la confession de la malade. Le commissaire m'interrogea longuement sur elle et je ne pus lui dire que ce que je viens de vous raconter ; c'était si peu de chose qu'il n'en put retirer aucune lumière. Le prêtre nous rappela ; Flore s'approcha de sa pauvre mère qui déposa un baiser sur le front de l'enfant et puis expira.

« — Priez pour elle ! nous dit le bon pasteur ; elle a beaucoup souffert, et Dieu aura pitié de son âme ! »

— Il me semble, dit Mme Lavauverte, que cette jeune femme ne m'est pas tout à fait inconnue. Je vais prendre des informations, et peut-être parviendrons-nous à retrouver les parents de Flore. »

Les deux ouvrières se regardèrent ; puis, s'étant jetées dans les bras l'une de l'autre, elles pleurèrent en silence. Enfin elles s'écrièrent simultanément :

J'en ferai une honnête fille. (Page 61.)

« Ah! madame, ne nous séparez pas!

— Je ne veux pas vous quitter, ma chère mère!
dit Flore dont les larmes redoublèrent.

— Pourtant, continua mon amie en s'adressant
à la mère, cette jeune fille retrouverait peut-être
une position brillante dans le monde.

— C'est vrai, madame, répondit Agathe en contenant sa douleur; et moi je n'ai que le travail et
la gêne à lui offrir.

— Que m'importe l'aisance sans vous, ma mère,
cria Flore avec révolte. Rien, non, rien, ne peut
nous séparer. »

Je remerciai cordialement les deux femmes et
leur dis en les quittant: « Vous trouverez bon, je
l'espère, que je revienne vous remercier encore
de votre extrême obligeance et causer quelques
instants avec vous.

— Ah! madame, dit la jeune fille encore tout
émue, nous serons si heureuses de vous recevoir!

— Et nous serons toujours très-honorées de
votre visite, » se hâta d'ajouter la mère.

Quand nous les eûmes quittées, je dis à ma compagne: «Connaîtriez-vous donc réellement les parents de cette jeune fille?

— Moi? pas le moins du monde! J'ai usé d'un
stratagème pour lui faire accepter une petite pension plus tard, et aussi pour mettre à l'épreuve

cette jeune femme qui se parait peut-être de sa bonne action à nos yeux.

— Oh ! chère madame ! elle a l'air si honnête !

— C'est vrai, et comme vous je me sens entraînée vers elle ; mais j'ai été si souvent trompée par les apparences que j'étais bien aise de m'assurer de ses véritables sentiments ; et je suis heureuse de n'avoir conservé aucun doute fâcheux. »

Quinze jours après, nous retournâmes chez Agathe. J'offris à Flore un mantelet noir en souvenir du bon accueil qu'elle m'avait fait, et je donnai un joli pupitre garni à Georges. L'enfant qui griffonnait dans un coin de la chambre fit un bond vers moi et reçut le cadeau avec une véritable explosion de joie. Le plaisir de la jeune fille fut plus contenu, mais tout aussi réel.

« Je ne m'étais pas trompée, dit Mme Lavauverte à l'ouvrière ; j'ai découvert un parent de Flore ; mais comme il était mal avec la mère de votre jeune personne, il ne veut ni la voir ni la recueillir. J'en ai pourtant obtenu une petite pension de quatre cents francs dont voici le premier quartier. Le capital est déposé chez M. X..., notaire, qui le délivrera le jour du mariage de Flore, ou bien lorsqu'elle aura trente ans accomplis. Mais le donateur met pour condition que ni l'une ni l'autre ne ferez aucune démarche pour le connaître, ni même pour savoir son nom. »

Et mon amie donna les cent francs à Flore interdite; elle se remit enfin et s'écria :

« Merci, oh! merci, madame!

—Mère, continua-t-elle en attachant sur Agathe ses yeux brillants au milieu des larmes; vous n'aurez plus d'inquiétude pour le terme, et nous pourrons nous chauffer un peu cet hiver!

— Et vous pourrez être malade tout à votre aise, ajouta Georges; et vous ne veillerez plus quand vous aurez la fièvre, à présent que Flore est riche!

— Ne pouvons-nous donc pas connaître le nom de famille de Flore? demanda timidement Agathe.

— Non, ma chère, on s'obstine à le lui taire.

— Eh bien! je suis très-contente qu'on n'ait pas voulu de Flore dans sa famille; et si c'est un mauvais sentiment, j'en demande pardon à Dieu. Ma fille, montre donc notre petit trésor à ces dames. »

Flore prit dans un pauvre meuble un petit écrin et en sortit une bague enrichie de trois diamants fort beaux.

« Voici un bijou de prix, dis-je en examinant les pierres. Comment se fait-il que vous ne l'ayez pas vendu pour vous soigner au lieu de travailler

étant malade? L'argent que vous en auriez tiré
eût diminué votre détresse.

— Madame, avais-je donc le droit de disposer
du peu que possède ma fille? D'ailleurs, il me semblait que je ferais mal en me dessaisissant de
cette bague qui pouvait servir à retrouver la famille de Flore, et qui est tout ce que la pauvre
enfant possède au monde. Jusqu'ici notre travail
nous a suffi, car nous sommes assez jeunes pour
supporter les privations.

— Que comptez-vous faire de ce garçon-là?
dis-je en montrant Georges qui s'était remis à son
devoir.

— Mon Dieu, madame, je n'y ai pas encore
pensé. Il va à l'école gratuite où l'on est très-sa-
tisfait de son travail et de son intelligence.

— Que veux-tu être un jour? dit Mme Lavauverte, en interpellant le petit garçon.

— Instituteur, répondit-il sans hésiter.

— Eh bien! tu entreras à l'école normale après
les vacances.

« Et avec un trousseau complet, ajoutai-je.

— Ah! quel bonheur, cria l'enfant en sautant
de joie. Mère, Flore, vous ne travaillerez plus
quand j'aurai mon école, je vous nourrirai bien,
moi!

— Comme j'aime cette bonne Agathe! dit la
douce Édith quand sa cousine eut cessé de parler.

— Et le petit garçon, cria Georges, est-il heureux de pouvoir un jour nourrir sa maman!

— Mes chéris, il est temps de nous séparer. Comme nous avons bien employé cette après-dînée! non-seulement ces petites histoires sont intéressantes, mais on peut tirer de chacune d'elles quelque bon enseignement, et vous êtes tous assez intelligents pour l'en extraire sans aide. »

TROISIÈME GOUTER

L'on venait d'arriver chez la grand'mère, et avant que les filettes eussent eu le temps de quitter leurs chapeaux et leurs casaques, Oscar s'écria :

« Il faut jouer aux brigands pendant que ces demoiselles feront des bouquets pour orner la table; et d'ailleurs, elles seront de la partie. Toi, Raoul, tu seras un monsieur voyageant avec sa femme et ses filles. Moi, je serai le chef des brigands et je t'attaquerai avec Georges et Albert : tu te défendras, nous te blesserons, etc. »

Et pendant une heure, ce furent des cris, des joies sans pareils; aussi quand Jeanneton mit le couvert sous le catalpa, la bande joyeuse était-elle haletante et avait-elle grand besoin de repos.

« Mes enfants, dit Mme Moreau, il faut convenir que vous avez choisi là un singulier divertissement et peu en rapport avec votre âge. Où en avez-vous donc pris l'idée?

— Tout ce qu'on raconte des brigands siciliens est si attrayant! répondit Oscar; ils attaquent les voyageurs au risque de leur vie; ils les traitent très-bien dans les repaires où ils les emmènent en attendant qu'on paye leur rançon; ils sont vraiment très-braves et pas si méchants qu'on le croit.

— Et comme ils sont poétiques, ajouta Zoé, avec leur fière tournure, vêtus de vestes brodées garnies d'une multitude de boutons d'argent, et coiffés d'un large feutre orné d'une plume! Ils sont bien malheureux, les pauvres gens! sans cesse traqués de caverne en caverne, traînant après eux leurs familles pour lesquelles ils sont toujours en éveil. Quelle existence!

— En vérité, mes chers amis, vous m'étonnez beaucoup avec de semblables propos. N'a-t-on donc pas cent fois raison de poursuivre sans relâche des misérables qui pillent, volent, tuent sans pitié! Dans notre belle France où, grâce à la bonne administration, il n'y a pas de brigands, leur nom seul cause un extrême effroi, et il est regardé comme une mortelle injure. Je vais vous raconter l'effet qu'il produisit sur ma mère au commencement de la première révolution.

LES BRIGANDS

(Histoire véridique.)

Ma mère était dans sa chambre, occupée à lire, et Remi, mon frère, qui n'avait que cinq ans, jouait à côté d'elle. Tout à coup elle entend un grand tumulte dans la rue; en ouvrant sa fenêtre, elle voit une foule innombrable courir en désordre en criant : « Les brigands! les brigands! voici les brigands! on les a vus sur la route de Bourges!

— Ah! quel malheur! criaient les femmes; ils vont brûler nos maisons, égorger nos enfants! »

Et les pauvres mères éplorées serraient les petits dans leurs bras, et continuaient de courir en criant toujours.

Cette frayeur se communiqua à ma mère et lui fit complétement perdre la tête. Au lieu d'aller trouver mon père qui travaillait dans son cabinet, au rez-de-chaussée, elle ouvrit son secrétaire, prit ses diamants et tout l'argent qu'elle avait; puis saisissant son fils, elle courut vers l'escalier. En passant, Remi se munit d'un petit pain qu'on avait déposé sur la commode pour son goûter.

Sa mère monta jusqu'au haut de la maison,

serrant l'enfant de façon à l'étouffer. Là elle trouva une porte entr'ouverte donnant dans un petit réduit entièrement plein de fagots. Elle grimpa sur le tas, tenant toujours Remi contre elle, et redescendit de l'autre côté, entre les fagots et le toit, dans un petit espacé qu'elle remplit entièrement. De là, elle entendait parfaitement les bruits de la rue qui s'affaiblissaient graduellement, et bientôt elle eut lieu de croire que la ville et la maison étaient désertes. Se trouvant plus calme, elle se mit à prier Dieu pour son enfant qui s'était endormi après avoir mangé, par désœuvrement, la moitié de son petit pain.

Quatre longues heures passèrent ainsi. Ma mère entendit de nouveau du bruit dans la rue; il lui sembla même qu'on s'agitait beaucoup dans la maison, et elle crut, avec raison, qu'on était à sa recherche. Elle essaya de crier; mais elle ne fut pas entendue. Alors elle pensa au chagrin que son mari devait éprouver en ne la trouvant pas dans sa chambre ainsi que son fils; et elle craignit qu'il ne s'imaginât, en voyant le secrétaire ouvert, puis l'argent et les bijoux enlevés, que les brigands l'avaient emmenée. La pauvre femme se repentit amèrement de ne pas être allée le trouver dans ce premier moment de frayeur; car où pouvait-elle être plus en sûreté qu'auprès de lui! Mais cette idée-là ne lui était pas venue. Elle

essaya bien de remonter par où elle était descendue; ce lui fut impossible : le tas de bois était si
proche du toit qu'il ne lui laissait aucune liberté
de mouvement.

Remi, qui s'était éveillé et avait mangé le reste
de son pain, demandait à boire avec instance, et
sa mère pleurait, désespérée de ne pouvoir lui en
donner. Elle appela de nouveau, mais aussi vainement que la première fois. La nuit étant venue,
tout bruit cessa dans la maison. L'idée que son
enfant pourrait bien mourir de soif à ses côtés
sans qu'elle pût le secourir vint saisir la malheureuse mère; elle se sentait défaillir à chaque instant. Remi s'était endormi en pleurant, et ne
laissait plus entendre qu'un sourd gémissement.
Mme Laporte le prit dans ses bras, et l'enveloppa de sa robe afin qu'il ne souffrît pas de la
fraîcheur de la nuit, qui, heureusement, était
très-supportable. Elle aussi, commençait à ressen-
tir les atteintes de la soif; car elle avait la fièvre;
enfin elle perdit tout à fait connaissance. Quand
elle revint à elle, il faisait nuit close. Son premier
mouvement fut de chercher son enfant qu'elle
trouva étendu auprès d'elle et dormant assez
tranquillement; elle le saisit et l'étreignit avec
frénésie. Remi se réveilla tout épouvanté en s'é-
criant:

« Maman, pourquoi faites-vous du mal à votre

petit garçon? est-ce parce que nous allons mourir de faim et de soif? »

Il se remit à pleurer. Sa mère tomba auprès de lui et ne lui répondit plus.

Mon père était sorti au premier cri d'alarme. Quand il sut qu'il s'agissait d'une invasion de brigands, il courut au salon pour y chercher sa femme et son fils afin de les mettre en sûreté. Ne les trouvant ni là, ni dans aucun autre lieu de la maison, il ne douta pas qu'ils fussent allés chez sa mère. Il barricada les portes et les fenêtres afin d'empêcher les brigands de pénétrer chez lui; ensuite il s'arma, donna des pistolets à son domestique, et ils suivirent l'un et l'autre la foule qui se portait vers la route de Bourges. Tout était rumeur et confusion dans la ville.

Tous les hommes suivirent la route jusqu'à Charost. Dans cette dernière ville où l'on attendait aussi les brigands, on s'était mis en route pour Issoudun afin d'aller les combattre, et peu s'en fallut que les deux troupes qui se prenaient réciproquement pour l'ennemi, n'en vinssent aux mains avec leurs faux et leurs faucilles emmanchées de longues perches, et aussi avec de grandes broches à rôtir; car on avait fait arme de tout.

Quand on fut bien convaincu qu'il n'y avait pas de brigands, chacun s'en retourna chez soi. Aussitôt rentré en ville, M. Laporte court chez sa mère afin de rassurer sa femme et son fils; et il fut très-alarmé quand il sut qu'on ne les y avait pas vus. Il revient chez lui dans un grand trouble et monte à la chambre de ma mère. Elle était vide. Il s'aperçoit que l'argent et les bijoux ont disparu. Alors il parcourt la ville comme un fou en demandant sa femme à tout le monde : nul ne peut lui en donner des nouvelles. Il s'adresse à la police dont le service était assez mal fait dans ce temps-là, et il n'en obtient aucun renseignement. Le pauvre homme rentre chez lui désespéré et ne se couche pas de la nuit.

Le lendemain, dès le point du jour, il recommence ses recherches; et comme la veille elles sont infructueuses.

Vers l'heure du déjeuner, la servante monte chercher du bois. Remi entendant ouvrir la porte du réduit où il était enfermé avec sa mère, dit d'une voix plaintive ;

« Ma bonne, est-ce toi? Si tu ne m'apportes pas à boire, je serai bientôt mort. Maman est couchée là, auprès de moi, et ne veut plus me parler. »

Cette fille, fort étonnée d'entendre la voix de son petit maître, cria du haut de l'escalier au domestique :

« Jean, apportez vite du lait sucré à M. Remi qui se meurt de soif ! »

Mon père qui traversait la cour en cet instant, entend ces mots et monte rapidement jusqu'au grenier pour demander à la servante où est son fils; elle lui montre le réduit; il y entre et appelle Remi.

« Ah! mon petit papa, dit l'enfant d'une voix faible, tirez-moi de là! J'ai faim! j'ai soif! j'ai peur! maman ne parle plus. »

Jean était monté avec un petit pot plein de lait; mon père se hissa comme il le put sur les fagots; il aperçut sa femme étendue sans mouvement et son petit garçon très-pâle, à genoux et tendant les mains vers lui. Ne pouvant arriver jusqu'à l'enfant, il noua son mouchoir au bout de ceux des deux domestiques, et put ainsi descendre le lait que Remi but avidement; puis à eux trois ils ôtèrent un à un les fagots, et parvinrent à faire une ouverture assez grande pour laisser pénétrer jusqu'aux pauvres patients.

Le maître prit sa femme dans ses bras et Brigitte emporta l'enfant. On eut beaucoup de peine à faire revenir ma mère de ce long évanouissement. En revoyant son fils, elle eut une crise de larmes à laquelle succéda un fou rire fort alarmant. Pour la calmer on lui fit prendre un lait d'amandes, puis un peu plus tard un bouillon de poulet : on n'osait pas lui donner à manger de peur de charger son estomac qui avait beaucoup

Il put ainsi descendre le lait que Rémi but avidement. (P. 78.)

souffert. Pendant huit jours elle eut le délire et criait à chaque instant :

« Remi! mon pauvre enfant! je te fais mourir de soif! »

On ne la tranquillisait un peu qu'en mettant le petit sur son lit, tout auprès d'elle.

Quand elle fut entièrement remise, elle voulut voir le grenier où elle avait passé des heures si cruelles et où l'on avait remis le bois en place. En le trouvant si plein, elle ne put comprendre comment la peur lui avait donné la force de grimper avec son enfant sur les fagots, ni comment elle avait pu glisser de l'autre côté.

« Et vous, chère grand'mère, que faisiez-vous donc pendant ce temps-là?

— Oh! moi, je n'étais pas encore née; vous savez bien que votre oncle Remi est bien plus âgé que moi.

— Ce pauvre petit Remi, dit Édith les larmes aux yeux, comme j'ai craint qu'il ne mourût de faim! je n'en respirais pas!

— Et si on ne les eût pas trouvés, quel affreux malheur!

— Heureusement, mes enfants, on brûlait des fagots à la cuisine, et on allait en prendre là chaque jour.

— Moralité, dit gravement Oscar : plus le danger est grand, plus il faut agir avec réflexion.

— Moi, dit Raoul, je vais, pour nous remettre un peu l'esprit, vous dire une histoire que j'ai entendu raconter chez mon oncle, par un des MM. Duchesne, que vous connaissez bien; elle m'a si bien intéressée, que je l'ai parfaitement retenue, et je suis sûr de n'en pas changer un seul mot. »

LES DEUX FRÈRES

Jules et Julien Duchesne étaient bien jeunes encore quand, en 1804, ils perdirent leur père, chef d'escadron de hussards. Quoique jumeaux et se ressemblant beaucoup, leurs caractères et leurs goûts offraient cependant une grande diversité. Jules, le plus jeune de quelques heures, était calme et docile; mais Julien avait une grande pétulance et l'humeur fort difficile; ce qui n'empêchait pas les deux frères d'être parfaitement unis.

La pauvre veuve, qui n'avait pas de fortune, fut réduite à une pension de cinq cents francs. Elle revint au pays natal demeurer avec son père qui vivait là d'un modeste emploi.

« Mon père, lui dit-elle, comme le premier des

biens est une bonne éducation, je suis décidée à faire tous les sacrifices possibles afin de procurer cet avantage à mes enfants. Si vous voulez m'y aider, nous congédierons la servante et je ferai moi-même toute la besogne du ménage. Ce que nous économiserons ainsi suffira pour payer les mois d'externat au collége ainsi que les frais de livres et de papier. »

Le père consentit à cet arrangement, et les deux frères entrèrent au collége où ils ne tardèrent pas à se distinguer. Jules avait peut-être moins de facilité que son jumeau pour apprendre; mais il était plus attentif et plus travailleur. Julien saisissait rapidement le sens des auteurs, et quoique parfois ardent au travail, souvent aussi il tombait en de grands découragements. Alors son frère le remontait et l'empêchait de s'abandonner à la rêverie comme il n'y était que trop porté. De son côté, Julien expliquait à Jules les passages que celui-ci trouvait obscurs. En se soutenant ainsi mutuellement, ils se maintenaient à la tête de leur classe. Jamais la moindre discussion ne s'élevait entre eux; et quoique Julien ne fût pas toujours raisonnable, s'il avait une idée qui déplût à son frère, il y renonçait aussitôt; et le désir exprimé par l'un des deux garçons faisait loi pour l'autre.

Les deux jumeaux grandirent ainsi; et comme

à cette époque, les études n'étaient ni aussi longues ni aussi complètes qu'elles le sont aujourd'hui, à seize ans leur éducation était terminée. Alors il fut question de leur donner un état. Le grand-père avait pour ami un notaire qui offrit de prendre Jules dans son étude, ce qui fit grand plaisir au jeune homme, et il alla demeurer chez son patron.

« Et toi, Julien, dit le vieillard, que veux-tu faire?

— Moi, je demande quatre mois de répit, et je vous supplie, mon cher grand-père, de me laisser tout ce temps-là pour me décider. »

On se rendit à son désir.

Quand les jeunes gens furent sortis, le père dit à sa fille

« Voilà un garçon qui veut prendre de bonnes vacances avant de se mettre à la chaîne. »

Cependant, Julien ne sortait pas de sa chambre, si ce n'est pour aller chaque jour passer deux heures chez son ancien professeur de mathématiques qui l'aimait beaucoup. Souvent même il veillait très-tard.

« Mais que peut-il faire enfermé là-haut? » s'écriait quelquefois le vieillard.

Il y avait bientôt quatre mois que Jules était chez le notaire, qui l'avait distingué dès les premiers jours à cause de son assiduité au travail et

de sa bonne conduite. Il était venu voir ses parents, et ils s'inquiétèrent ensemble du parti qu'allait prendre Julien ; car le délai qu'il avait demandé allait expirer. Jules, pas plus que son
grand-père, ne comprenait rien au goût de son
jumeau pour la vie sédentaire, si peu conforme à
ses habitudes. Tout à coup la porte s'ouvre avec
fracas ; Julien, l'œil brillant et le teint animé, se
jette dans les bras de son frère sans pouvoir parler, tandis qu'il tend un papier à son grand-père.
C'était un certificat de réception pour l'École militaire qui venait d'être transférée de Fontaine-
bleau à Saint-Cyr. Les examens ne se faisaient
point alors à jour fixe comme à présent ; l'admission n'était pas aussi difficile, les bourses se don-
naient au mérite seulement, et Julien avait passé
un brillant examen.

« Bravo ! s'écria le vieillard, bravo, Julien !
Viens que je t'embrasse, mon garçon. »

Il passa le papier à sa fille qui fondit en larmes,
quand elle vit que Julien se destinait à la carrière
qui avait été si fatale à son mari.

« Mère, lui dit Julien en l'embrassant et en lui
essuyant les yeux, permettez-moi de vous dire que
vous n'êtes pas raisonnable. Ne faudrait-il pas que
l'un de nous fût militaire, puisque vous ne pouvez pas nous exempter tous les deux, ni même en
racheter un seul ? En allant volontairement à l'ar-

mée, j'exempte Jules et je lui donne la tranquillité nécessaire pour réussir dans sa profession. Puis, j'aime la guerre, moi! Il n'est pas un bulletin de la grande armée qui ne me fasse bondir le cœur. Je brûle de partager la gloire de tous ces braves qui se battent pour la France. Soyez tranquille, ma mère, à trente ans vous me verrez colonel ou je serai mort!

— Quelle consolation! dit tristement la pauvre veuve.

— Allons, ma fille, pas de faiblesse! une famille qui possède deux garçons en doit un à la patrie.

— Ah! mon père, ne lui ai-je donc pas chèrement payé mon tribut? »

Mme Duchesne plia sous la nécessité, mais n'en prit pas son parti. Julien devait la quitter dans deux jours ; elle lui donna une lettre pour un vieil officier qui avait beaucoup connu son mari, et qui se trouvait employé à l'École militaire.

Une fois à Saint-Cyr, Julien supporta bravement et même avec gaieté les mystifications dont il fut l'objet. Un des anciens lui ayant vu une flûte entre les mains, lui dit :

« Conscrit, fais-nous valser! »

Julien jouait passablement de cet instrument; il fit valser et danser tant qu'on le voulut. Le petit talent et la bonne volonté du conscrit que l'on mit souvent à contribution, lui gagnèrent les bonnes grâces des sous-officiers de sa compagnie, et l'on cessa de le tourmenter.

Dans ces temps de grandes guerres, on ne sortait pas régulièrement de l'École. Aussitôt qu'un certain nombre d'élèves étaient en état d'instruire des recrues, on les envoyait dans les dépôts. Après avoir passé quinze mois à Saint-Cyr, Julien fut placé dans le 86e régiment de ligne dont le dépôt était à Saint-Malo. Il eut ordre de se rendre dans cette ville pour y prendre les conscrits qu'il devait conduire en Espagne, mission qu'il remplit avec un aplomb et une tenue qu'on ne devait guère attendre d'un garçon de son caractère et qui n'avait pas encore dix-huit ans. Il mena ces hommes au siége de Burgos, où était son régiment, et on le plaça dans les voltigeurs. Il se signala si bien dans cette campagne qu'il y gagna l'épaulette de lieutenant; mais à l'instant d'entrer en Portugal, le pauvre Julien fut pris de la fièvre jaune, et on le renvoya en France aussitôt qu'il fut transportable. Après être resté à Bayonne jusqu'à sa convalescence, il obtint un congé d'un mois qu'il vint passer dans sa famille.

Quel bonheur ils éprouvèrent en se retrouvant tous réunis!

« Comme tu es pâle et changé! s'écria Mme Duchesne en embrassant son fils.

— Ce n'est rien, chère bonne mère, vos soins et votre amour à tous m'auront bientôt rendu mes forces et ma bonne mine. »

Ce mois s'écoula trop vite pour ces cœurs si bien unis, et il fallut songer au départ. Alors le grand-père dit à Julien :

« Mon garçon, j'ai là quelques vieilles pièces d'or amassées à grand'peine et depuis longtemps pour les cas extrêmes; voici le moment venu d'en faire usage. Ta mère va en coudre la meilleure partie dans l'épaisseur d'un petit gilet ouaté que tu ne quitteras jamais; ce qui te sera infiniment plus commode que de les porter dans une ceinture. Chaque pièce sera cousue à part, de sorte que tu fendras l'étoffe avec ton canif pour en extraire une, et les autres ne bougeront pas de place. Tu comprends, mon cher enfant, que cet or, fruit de tant de privations supportées avec courage, n'est pas destiné à tes plaisirs! Mais les chances de la guerre sont souvent terribles! une ou deux de ces pièces peuvent t'épargner bien des maux, te sauver la vie, peut-être!

— Grand-père, répondit Julien ému jusqu'aux larmes, je ne puis prendre cet argent économisé, comme vous le dites, avec tant de peine et destiné à soulager votre vieillesse. Gardez-le donc, je vous en prie; ne vous inquiétez pas de moi; à la guerre comme à la guerre!

— Julien, à la guerre on est fait prisonnier, on est blessé, et le militaire qui n'a pas d'argent à sa disposition n'est pas heureux.

— Mon frère, dit Jules, accepte le sacrifice de notre cher grand-père. Ma position s'améliore chaque jour, et tu peux être certain qu'il ne manquera jamais de rien, pas plus que notre mère chérie. »

Mme Duchesne, tout en pleurant, fit le gilet ouaté et fourré de pièces d'or. Le lendemain, le lieutenant quitta sa famille désolée. Son frère jumeau était inconsolable de ne pouvoir plus partager avec lui peines et plaisirs.

Julien se dirigea vers Saint-Malo, et quinze jours après il était encore une fois sur la route de l'Espagne.

Il batailla longtemps en Catalogne à la tête d'un détachement dont il avait la responsabilité, et commanda plus d'une fois quelque petite place frontière. Enfin, il fut détaché aux environs de Gironne pour s'opposer au débarquement des Anglais sur ce point. Un matin, il tirait, à la tête de ses voltigeurs, sur une chaloupe qui venait reconnaître la côte pour tenter ce débarquement. Comme l'ennemi était à peu de distance, le jeune officier fut si bien ajusté, qu'un biscaïen vint le frapper à la jambe et lui casser le tibia. On le transporta avec beaucoup de peine jusqu'à la forteresse de Figuières occupée par les Français, et on le déposa à l'hôpital. Le docteur qui visita la blessure déclara l'amputation nécessaire

« Plutôt cent fois mourir, docteur, s'écria Julien; si j'avais un membre de moins, je serais une charge trop lourde pour ma pauvre famille. Essayez de me sauver sans en venir à cette extrémité; et si la chose n'est pas possible, qu'il en soit ainsi que le ciel ordonne! »

Le chirurgien, frappé de tant d'énergie dans un si jeune homme, conçut pour lui le plus vif intérêt. Il se mit en devoir de sonder la plaie, l'avertissant qu'il souffrirait beaucoup et qu'il ne tarderait pas à être pris d'une forte fièvre.

« Eh bien ! s'il en est ainsi, donnez-moi deux heures de répit, docteur; ensuite, je me remets en toute confiance entre vos mains. »

Le pauvre blessé profita des forces qui lui restaient encore pour écrire à sa mère six lettres.

Dans la première, il lui marquait qu'il avait été légèrement blessé, et dans les cinq autres il lui annonçait graduellement sa guérison ; puis il dit à son voltigeur, brave Breton qui lui était dévoué et qui l'avait suivi à l'hôpital :

« Yvon, je vais être bien malade; peut-être n'aurai-je plus la tête à moi. Tu vas porter cette lettre à la poste. En voici cinq autres numérotées. Il faut que tu me promettes devant Dieu de les faire partir par ordre de numéro tous les premiers du mois.

— Oui, mon officier.

— Jure-moi de n'y pas manquer; le repos de ma mère en dépend !

— Yvon ne jure jamais. Je vous l'ai promis, c'est comme fait.

— Si je meurs, tu prendras ma montre, mes effets et un petit gilet que je ne quitte jamais; puis tu iras porter le tout à ma mère avec une boucle de mes cheveux.

— Oui, mon lieutenant. »

Alors l'intrépide officier fit appeler le chirurgien et lui livra sa jambe. Il le regarda sans sourciller dilater sa plaie pour en extraire les os brisés, et cela avec un courage bien étonnant chez un garçon qui avait à peine alors vingt et un ans. Le chirurgien en fut émerveillé.

Pendant trois mois, Julien eut une fièvre si violente qu'il ne sortait du délire que pour tomber dans un accablement plus effrayant que ses transports.

La gangrène se mit dans la plaie à plusieurs reprises et le docteur crut plus d'une fois son malade perdu. Mais l'excellente constitution de Julien triompha du mal, et il fut enfin hors de danger.

Sa plaie allait bien; cependant on ne pouvait

prévoir quand il serait possible de le lever. Quatre
de ses lettres étaient déjà parties, Yvon se disposait à porter la cinquième à la poste, quand Julien le retint, pensant qu'il valait mieux écrire de
nouveau ; mais sa faiblesse était si grande qu'il
ne put tenir la plume entre ses doigts ; il laissa
donc partir cette lettre, et il ne fut même pas
encore en état d'écrire le premier du mois suivant.

Enfin, sa convalescence commença. Mais quelle
convalescence! Il lui fallait être constamment sur
le dos. C'est alors que les économies de son vieux
père lui furent d'un grand secours. On payait tout
au poids de l'or dans cette forteresse de Figuières
encombrée de blessés. Quand Julien put écrire,
toujours couché sur le dos, il continua de parler
de sa guérison à sa mère, bien que le docteur ne
pût lui en assigner l'époque. Son frère lui écrivait fort souvent, le plaisantant de sa négligence
à leur répondre ; car Jules s'imaginait que son
jumeau avait repris le service depuis longtemps.

Après onze mois de cruelle immobilité, Julien
se trouvait à bout de patience. Commençant à
craindre de ne jamais recouvrer l'usage de sa
jambe, il tomba dans une sombre mélancolie. La
gangrène reparut de nouveau ; et quoiqu'on s'en
fût promptement rendu maître, ce fâcheux inci-
dent mit le comble au découragement du pauvre

blessé. Son cœur s'emplit d'amertume et ses lettres se ressentirent de cette disposition. Il devint
injuste envers sa famille : il reprocha indirectement à sa mère l'espèce d'indifférence qu'elle lui
témoignait. Il semblait croire que toutes les tendresses étaient pour l'heureux fils qui jouissait de
ses aises auprès d'elle, pendant qu'on accordait à
peine un souvenir à celui qui supportait toutes les
misères de la guerre.

Le parents de Julien ne pouvaient comprendre
cette injustice que rien ne motivait à leurs yeux,
puisqu'ils le croyaient parfaitement guéri. Jules
seul persévérait à dire qu'il y avait là-dessous un
malheur qu'on ne connaissait pas, parce que son
frère étant bon et juste, il fallait qu'il eût quelque
raison de parler ainsi.

L'avenir de Jules était maintenant assuré. Le
notaire chez lequel il travaillait avait eu la vue
tellement affaiblie par suite d'une longue maladie
qu'il ne pouvait plus ni lire, ni écrire. Le caractère honnête et sûr de Jules, ainsi que ses habitudes laborieuses, le lui firent choisir comme
secrétaire. Il ne quittait donc plus le cabinet du
patron et y traitait les affaires les plus secrètes.
Celui-ci, afin de s'attacher son jeune clerc dont il
ne pouvait plus se passer, l'associa aux bénéfices
de l'étude en s'engageant à la lui céder dans un
temps déterminé.

Le sort souriait donc enfin à la pauvre veuve. Elle reçut une lettre de Julien, lui annonçant sa nomination au grade de capitaine. « Mais que vous importe, ajoutait-il, l'avancement d'un fils que vous laissez mourir de consomption sur un lit d'hôpital ! » Mme Duchesne, au désespoir, courut porter cette lettre désolante à Jules, et pria le notaire de lui donner un congé d'un mois pour aller chercher son frère en Espagne.

Jules partit aussitôt, nanti de toutes ses économies et de quelques pièces d'or. restes du pauvre trésor de son grand-père. Pendant le voyage il se creusait en vain. la tête pour trouver un sens aux plaintes de son frère.

Arrivé à Perpignan, il apprit que des *Guérillas* parcouraient la montagne près des frontières, et qu'il était impossible d'entrer seul en Espagne. Il fallut donc se résigner à attendre le premier convoi qui devait partir dans cinq jours seulement. Le temps parut bien long à ce jeune homme accoutumé à un travail soutenu et incessant; cette oisiveté forcée lui pesait beaucoup, et il cherchait à distraire son ennui en se promenant sur les places et dans les rues, où il regardait avec intérêt les militaires blessés qui remplissaient alors la ville.

Le lendemain du départ de son fils, Mme Duchesne reçut une lettre de Julien datée de Perpignan. Il lui disait que l'ordre d'évacuer l'Espagne allant être donné aux Français, il n'avait pas voulu, dans l'état où il se trouvait, attendre la bagarre ; en conséquence, il avait loué seize vigoureux montagnards qui, se relayant quatre par quatre et d'heure en heure, portaient le brancard sur lequel il était étendu.

Il était donc rentré en France sans avoir trop souffert du voyage, et il attendait à Perpignan qu'on eût statué sur son sort ; aussitôt après il se hâterait de se rendre dans sa famille.

« Ah ! mon père ! s'écria la malheureuse femme, Jules sera passé en Espagne aussitôt son arrivée à Perpignan ; n'y trouvant plus son frère, il le cherchera partout. Que va-t-il devenir au milieu de ce tumulte, lui dont les habitudes sont si paisibles.

— Calme-toi, ma fille, Jules est un garçon de sens ; il fera ce qu'il est convenable de faire. D'ailleurs nous n'y pouvons rien ; tout est maintenant aux mains de Dieu. »

A la veille de partir pour l'Espagne, Jules se promenait le matin comme à l'ordinaire. Il remarqua un officier très-jeune, très-maigre, très-défait, marchant avec des béquilles et précédé d'un voltigeur qui portait avec précaution la jambe du blessé. Profondément ému à cette vue qui lui rappelait son frère, Jules suivit l'officier pour tâcher de lire le numéro de son régiment sur les boutons de son habit.

Le jeune blessé entra dans un café voisin, et bientôt un voltigeur vint dire à Jules que son capitaine désirait lui parler. Il suivit le soldat, et comme il entrait dans le café, un officier, le bras en écharpe et qui regardait jouer au billard, s'écria :

« Tiens, Duchesne, vous voilà ! »

Jules, sans s'étonner de cette interpellation qu'il devait sans doute à sa grande ressemblance avec son frère, s'avança vers l'officier et lui dit :

« Puis-je quelque chose pour votre service, monsieur ?

— Monsieur, je ne vous connais pas, répondit assez brusquement l'officier sans même le regarder ; je parle au capitaine Duchesne. »

Et Jules, se retournant, vit le jeune officier qui l'avait si vivement intéressé.

« Ah ! Jules, s'écria le pauvre blessé, tu ne reconnais pas ton frère ? » Et il perdit connaissance.

Cet événement mit tout le café en émoi. Julien revint à lui dans les bras de son frère. Ils pleurèrent longtemps en silence. Enfin Jules sortit et pria quelques soldats qui stationnaient devant le café de porter le blessé jusqu'à l'hôtel où il était descendu.

J.GAUCHARD.

Il remarqua un officier très jeune marchant avec des béquilles
(Page 96.)

7

Quand, aidé du fidèle Yvon, il eut mis son frère dans son propre lit et lui eut fait prendre des cordiaux, Jules s'empressa de rendre compte à leur mère de ce qui venait de se passer; et cette lettre tranquillisa beaucoup la pauvre dame.

La présence de Jules et ses soins affectueux firent plus pour la guérison de son frère que tous les remèdes employés jusque-là; et le chirurgien, qui venait panser sa plaie chaque jour, s'étonnait des progrès de la cicatrisation.

Trois semaines après, le blessé reçut l'ordre de se rendre à Toulouse. Jules, ne voulant pas que son frère allât en diligence, se fit conduire à petites journées. Julien fut retraité comme ayant perdu l'usage de la jambe droite, et on lui donna une pension de six cents francs.

Puis les deux frères se dirigèrent vers leur pays. Ils restèrent longtemps en route. La faiblesse du blessé était si grande que souvent ils étaient obligés de séjourner soit dans une ville, soit même dans un village.

Ce fut un grand jour pour Mme Duchesne et pour son père que celui où ils revirent leurs deux enfants ! La pauvre mère ne pouvait se consoler de la blessure de Julien.

« Ma fille, lui dit son père, tu devrais bien plutôt remercier le ciel qui te l'a conservé; il y a tant de malheureuses mères qui n'embrasseront jamais leur fils? »

Jules fit entrer son frère dans l'étude où il travaillait, et qui plus tard devint la sienne ; ils jurèrent de ne plus se séparer, et quand ils eurent acquis une modeste aisance, ils vendirent l'étude, bâtirent une jolie petite maison où ils cultivent des rosiers pour se distraire.

« Ah ! cher grand-père, s'écriait souvent Jules, sans vos vieux louis, que serais-je devenu ! »

Le vieillard s'éteignit doucement, entouré des soins de ses deux petits-fils qui ne quittèrent jamais leur mère.

« Comme l'union de ces deux frères est touchante, dit Oscar tout attendri, et comme on se sent porté à les aimer !

— Certainement, mon enfant, cette tendresse mutuelle est d'un bon exemple ; car est-il rien de plus monstrueux que les querelles et les divisions entre enfants qui ont eu le même berceau, les mêmes caresses et ont été si souvent pressés ensemble sur le même cœur ! »

Tous les regards se portèrent sur Raoul et sur Albert qui étaient rarement d'accord entre eux ; ils rougirent beaucoup et baissèrent la tête avec confusion.

Oscar, qui avait un cœur d'or malgré sa brus-

querie et son humeur railleuse, voulut faire cesser la situation pénible de ses cousins.

« Edith, joue-nous une polka, ma chère, et
dansons un peu avant de quitter grand'mère! »

Puis, prenant Alice, il donna le branle et fut
bientôt suivi de deux autres couples; après la
danse on se reposa avant de prendre congé de la
bonne maman.

QUATRIÈME GOUTER

Les enfants ne trouvant pas leur grand'mère au salon montèrent en tumulte à sa chambre où la vieille dame était fort souffrante d'un rhumatisme. Elle restait étendue sur une chaise longue, tout à fait incapable de se mouvoir. Après avoir reçu les caresses de toutes ces chères créatures, elle les engagea instamment à courir au jardin pour y prendre leur divertissement accoutumé.

» Qu'ils y aillent, s'ils le veulent, dit Oscar; quant à moi, grand'mère, je réclame la faveur de faire votre partie d'échecs; vous voudrez bien me donner une bonne leçon?

— Mais personne ne veut quitter bonne maman! » s'écria-t-on tout d'une voix.

Aussitôt chacun s'arrange à sa guise. Edith,

qui dessinait fort joliment, se mit en devoir d'esquisser le profil de Mme Moreau ; les trois autres fillettes prirent leur ouvrage, la petite Mignonne faisant fort joliment la tapisserie. Raoul et son frère Albert s'emparèrent du damier, et petit Georges fit des maisons avec des cartes et des dominos.

Après le goûter qu'on prit dans la chambre de la malade, les fillettes s'empressèrent d'enlever le couvert. Raoul regardait les gravures et les tableaux appendus au mur ; il s'arrêta devant une toile représentant un rocher à pic sur lequel était assise une petite ville fortifiée. La mer portant quelques vaisseaux formait le premier plan.

« Quel est donc ce site-là, grand'mère ? plus je le regarde, plus il me semble impossible d'aborder à cette forteresse.

— C'est Tropéa, mon enfant, petite ville du royaume de Naples, où votre grand'père fut fait prisonnier par les Anglais.

— Oh ! contez-nous cela, chère bonne maman, s'écrièrent-ils tous ensemble.

— Comment, vous ignorez cette circonstance de sa vie ?

— Nous savons le fait seulement, répondit Alice ; mais on ne nous a jamais parlé des circontances.

— Eh bien, prenez une carte d'Italie, cherchez

le détroit de Messine qui la sépare de la Sicile ;
remontez la côte du royaume de Naples jusqu'au
cap *Vaticano*, puis en tournant au nord-est nous
trouverons la petite ville de Tropéa sur le golfe
de Sainte-Euphémie. »

REDDITION DE TROPÉA

(Historique.)

En 1806, l'armée française qui occupait la Ca-
labre, se trouvait aux environs de Reggio, cherchant à s'opposer au débarquement des Anglais.
Un lieutenant d'artillerie (votre grand-père) fut
détaché à Tropéa pour y faire faire des affûts de
canon, dont manquait l'armée. Arrivé là, il fit
aussitôt abattre de magnifiques orangers dont le
bois fort dur est très-propre à cet usage.

« Quel dommage ! s'écria Zoé, un arbre si précieux !

— Mon enfant, il est si commun dans cette contrée, qu'on accordait aux soldats, moyennant la
somme de dix centimes, l'entrée des jardins plan-
tés d'orangers avec la permission de manger des
oranges à discrétion.

—Comme j'aurais donc voulu être à leur place,» dit la petite gourmande en soupirant.

Le lieutenant ayant mis en réquisition tous les fers des forges environnantes, put expédier en peu de temps un bon nombre d'affûts au parc d'artillerie, sous l'escorte d'un détachement d'infanterie polonaise dont un bataillon tenait garnison dans la ville.

Cependant, les vaisseaux anglais affluaient dans la baie de Sainte-Euphémie et commençaient à débarquer leurs troupes. Le général français, prévoyant un sérieux engagement, retira les troupes de Tropéa, ne laissant pour la défendre qu'un capitaine, avec trente hommes d'infanterie, et votre père, plus dix artilleurs, avec ordre de continuer la fabrication des affûts; puis il s'éloigna. Après une bataille perdue, l'armée se retira sur Tarente.

Les Anglais tenant la campagne, on ne sortit plus de Tropéa dont les portes furent soigneusement gardées. Les deux officiers, se voyant abandonnés, résolurent de défendre vaillamment la place abondamment fournie de munitions de guerre; et pour laisser croire à l'ennemi que la garnison était au complet, ils chargeaient tous leurs canons ; puis laissant un homme à chaque pièce, ils faisaient de terribles décharges sur une frégate et un vaisseau de ligne mouillés au pied des fortifications, ce qui incommodait fort les deux bâtiments, lesquels répondaient bien à ces feux ; mais leurs boulets et leurs bombes, tirés de bas en haut, n'endommageaient pas les murailles de la ville.

On s'aperçut trop tôt, hélas! que Tropéa n'était pas aussi bien pourvu de vivres que de poudre, et il devint nécessaire de mettre les hommes à la demi-ration. Les deux officiers ne doutant pas qu'on vînt bientôt à leur secours, continuaient leur feu; mais les jours, les semaines passaient, sans apporter d'autre changement à leur position que la diminution graduelle des vivres. La population, qui souffrait de la faim, murmurait, et la petite garnison était réduite au quart de ration, bien insuffisant pour réparer les forces de ces hommes qui, nuit et jour, veillaient auprès de leurs pièces; et pourtant, ces braves gens, si exténués qu'ils pouvaient à peine faire leur service, partageaient ce peu de nourriture avec les petits enfants pâles et affamés qui venaient rôder autour d'eux; car, mes chers amis, les militaires, si terribles devant l'ennemi, sont bons et secourables aussitôt qu'ils ne se battent plus.

Enfin, après des souffrances inouïes et supportées avec un courage surhumain, les pauvres mères, leurs nourrissons sur les bras, vinrent supplier les deux officiers d'ouvrir la ville aux Anglais.

N'espérant plus être secourue, la garnison, réduite d'un quart, résolut d'arborer le pavillon parlementaire, et décida que le lieutenant d'artillerie irait offrir la capitulation au commandant de la station anglaise. Pourtant ces braves voulurent auparavant faire une dernière décharge.

Les officiers anglais ayant reconnu le signal pacifique, se rendirent à terre, et reçurent fort courtoisement le parlementaire français. Ils acceptèrent la capitulation de grand cœur, regrettant fort le temps qu'ils perdaient devant Tropéa, petite place sans importance. Il fut stipulé que la garnison sortirait avec les honneurs de la guerre, en armes, tambour battant aux champs, et que les prisonniers seraient reçus le lendemain à midi sur la plage.

Le reste de la journée fut employé par la petite garnison à fourbir ses armes et à nettoyer son équipement comme si elle eût dû passer la revue du général. Ces braves gens affaiblis par les privations, le teint hâve, l'œil éteint, trouvèrent encore des forces pour soigner leur tenue afin de faire honneur au drapeau.

Le soir, on fit un repas plus abondant qu'à l'ordinaire, et le lendemain, les soldats donnèrent un bon déjeuner à leurs petits commensaux affamés qui pleurèrent en les voyant partir.

A midi précis, le capitaine polonais, à la tête

de vingt-quatre hommes, votre grand-père avec les six canonniers qui lui restaient, défilèrent, tambour battant, devant six cents Anglais rangés en bataille. Les officiers s'avancèrent poliment vers les arrivants, et leur commandant s'adressant en bon français au lieutenant, lui demanda où était la garnison.

« Mais elle est devant vous, monsieur le commandant!

— Quoi, lieutenant, c'est avec cette poignée de braves que vous nous canonnez depuis cinq semaines! cela n'est pas croyable.

— Monsieur, vous pouvez vous en assurer en prenant possession de la place dont les portes sont ouvertes à cette heure.

— Ah! si j'avais pu m'en douter, nous n'aurions pas perdu un temps si précieux devant cette bicoque! »

Après le premier mouvement d'humeur, le commandant admirant sincèrement le courage de ses prisonniers, les emmena à son bord, où il les traita avec beaucoup d'égards. Il les conduisit lui-même à Rhodes, d'où ils furent transférés à Malte, et enfin en Angleterre; et ils y restèrent jusqu'en 1814!!

« Ah! mon Dieu, s'écria Zoé, est-ce que réellement grand-père est resté en prison pendant sept ans?

— Était-il dans un cachot fermé aux verrous? ajouta Mignonne.

— Mes enfants, les Français prisonniers de guerre ont été plus malheureux encore que les malfaiteurs que l'on enferme; vous apprendrez cela plus tard; mais les officiers étaient en cautionnement. On les cantonnait dans une ville dont ils ne pouvaient sortir, et on les forçait à rester chez eux de sept heures du soir à huit heures du matin.

— Je demande la parole, dit Albert, pour vous raconter une petite histoire *très-vraie* : je la tiens de Vincent, le garde-forestier-brigadier, qui est sous les ordres de papa, et qui en est un des personnages. »

LES ENFANTS DES BOIS

(Récit véritable.)

Emma Franval fit, à neuf ans, une maladie si cruelle, que les médecins déclarèrent que le seul moyen de lui conserver la vie était de l'emmener au milieu des bois où se trouvent beaucoup de sapins, et de la laisser dehors au soleil, pendant toute la journée, quand le temps le permettrait.

Justement, Jeanne, la bonne qui l'avait élevée, venait de se marier à Vincent. Mme Franval résolut de s'installer chez ces braves gens pour tout le temps que durerait la convalescence de sa fille.

Jeanne, enchantée de soigner encore Emma et de recevoir son ancienne maîtresse qui avait eu mille bontés pour elle, s'empresse de disposer sa meilleure chambre pour l'usage de ces dames.

La maison forestière, nouvellement bâtie dans une clairière au bord de la route, est de l'aspect le plus riant, exposée au midi, et s'ouvrant en face d'une immense allée qui s'enfonce à perte de vue dans la forêt. On y amena l'enfant aussitôt qu'elle put supporter la voiture.

Les arbres étaient si beaux dans la forêt, l'air si embaumé, le gazon de la clairière si riche en fleurettes de toutes sortes, qu'Emma fut ravie de ce nouveau séjour dont l'effet ne se fit pas attendre longtemps. Comme elle ne pouvait encore marcher, on la traînait dans une petite voiture. Peu à peu elle recouvra ses forces, et bientôt elle put se promener autour de la maison.

Un matin, le brigadier Vincent revint de tournée, tenant par la main une petite fille couverte à peine de sales lambeaux, qui paraissait de l'âge d'Emma. Le garde Canteau le suivait menant un petit garçon plus jeune et tout aussi mal vêtu.

« Tiens, Jeannette, dit le brigadier à sa femme, voilà deux enfants que j'ai ramassés dans la forêt; ce sont de véritables sauvages, je t'en avertis; mais c'est Dieu qui nous les envoie, et il faut les élever comme s'ils étaient à nous.

— Que dites-vous là, mon cher Vincent! s'écria Mme Franval; comment se peut-il faire qu'au temps où nous sommes des enfants vivent comme des animaux dans les bois? il faut interroger ces petits malheureux.

— Madame, j'ai déjà essayé d'en tirer quelques éclaircissements sans y réussir.

— Ma mignonne, demanda cette dame à la petite fille, où demeures-tu donc? »

L'enfant rassurée par la douce voix qui l'interrogeait répondit : « Bien loin dans les bois! » et son petit frère se cachait derrière elle.

« Comment t'appelle-t-on?

— La petiote.

— Et ton frère?

— Le petiot.

— Et ton père, où est-il?

— Parti!

— Et ta mère? »

L'enfant ne répondit pas.

« Qui donc te donne du pain?

— Les braves gens.

— Et quand on ne t'en donne pas?

Un matin, le brigadier Vincent.... (Page 111.)

8

— Nous mangeons des racines et de l'herbe »

Emma eut envie de pleurer.

On ne put tirer autre chose de la pauvre petite, et son frère ne voulut rien dire.

« Brigadier, dit Canteau, je désire garder le gamin, quoique je ne sois pas riche.

— Tu n'as donc pas assez de tes quatre filles à nourrir, camarade?

— Cet enfant attirera la bénédiction du bon Dieu sur ma maison : voyez-vous, brigadier, les pauvres gens n'ont pas souvent l'occasion de faire le bien; ne m'enlevez pas celle-ci, je vous en prie! »

Mais quand on voulut séparer le petiot de sa sœur, il fit une résistance désespérée. Il fallut lui promettre qu'il la verrait chaque jour; quand on lui eut montré le village où restait le garde et qui était tout proche, il finit par céder.

On les fit d'abord manger. Mme Franval leur ayant présenté du pain et de la viande, ils les dévorèrent avec une avidité toute bestiale et qui faisait comprendre combien ils avaient dû souffrir de la faim.

« Vois-tu, petiot, dit le garde, chez nous tu mangeras quand tu auras faim; je vais te donner des habits et de bons sabots. »

Et le petit se laissa emmener sans mot dire.

Jeannette et sa maîtresse s'occupèrent immé-

diatement de faire des vêtements pour la petiote
Emma voulut lui donner des bas et des bottines,
mais le pied de la petite sauvage ne put y entrer.
Il fallut que Vincent allât à la ville lui quérir de
bons gros souliers.

Ces enfants, bien lavés, bien vêtus, avaient fort
bonne mine quand le curé vint les voir.

« Savez-vous s'ils ont été baptisés? demanda-
t-il; car il ne suffit pas de pourvoir aux besoins
du corps, il faut aussi songer à l'âme! »

La petiote entrait à cet instant.

« As-tu été baptisée, mon enfant? » lui dit le
prêtre.

Elle garde le silence; et à l'air étonné dont elle
regarde le brigadier, il est évident qu'elle ne comprend pas.

« Nous les baptiserons tous les deux condition-
nellement pour être tranquilles. »

Emma voulut être marraine de la petiote qu'elle
nomma Fanchon, et Jeannette tint le petit sur les
fonts avec Canteau qui lui donna ses prénoms:
Jean-Louis.

Les nouveaux baptisés parlaient peu, sans doute
parce qu'ils ne connaissaient qu'un très-petit
nombre de mots. Le garçon sollicitait sans cesse
sa sœur de retourner dans la forêt; mais Fanchon, d'une nature douce et affectueuse, s'atta-
chait chaque jour à Emma, qui se montrait bonne

et fort complaisante pour elle ; les deux petites
filles étaient toujours ensemble, et l'intelligence
de Fanchon ne tarda pas à se développer d'une
façon tout à fait inattendue ; elle sut se rendre
utile à Jeannette et même aux deux dames.

La santé d'Emma se consolidait enfin : sa pâ-
leur diminuait et ses yeux commençaient à s'ani-
mer un peu. Suivant la recommandation des médecins, on la laissait errer à sa fantaisie dans la
forêt, et les deux petits sauvages la suivaient
constamment. Fanchon s'étudiait à lui plaire en
tout, et Jean-Louis, qui commençait à s'apprivoi-
ser, grimpait comme un écureuil sur les arbres
les plus élevés pour aller prendre un nid ou cueillir quelque fruit sauvage ; l'un et l'autre parlaient
souvent de leur cabane avec regret et tristesse.

Cette intimité durait depuis trois mois, quand
Emma dit à Fanchon :

« Mène-moi donc à cette fameuse cabane dont
tu parles tant.

— Oh ! c'est que, marraine, elle est bien loin
notre cabane, et vous ne pourrez jamais aller jusque-là !

— N'aie pas peur ! j'irai bien, va ! et d'ailleurs,
nous nous reposerons en chemin. »

Ils partent gaiement tous les trois, en suivant
un sentier charmant, s'arrêtant à chaque pas
pour faire un bouquet, ramasser un fruit, admi-

rer un insecte, et surtout pour cueillir des noisettes dont Emma était très-friande.

Enfin ils arrivèrent à une petite clairière environnée de très-grands chênes, au milieu de laquelle se trouvait une fontaine. Dans un coin, des bourrées étaient entassées sans ordre.

« C'esi là ! s'écria Jean-Louis d'un air radieux.

— Mais je ne vois pas de cabane, objecta Emma.

— Venez, marraine, venez ! » dit Fanchon la prenant par la main.

Et l'ayant conduite derrière le tas de bourrées, elle la fit entrer dans une hutte à moitié creusée en terre, couverte de branchages et de mottes de gazon.

« Comment ! tu as demeuré là, Fanchon !

— Hé ! oui marraine, et je m'y trouvais très-bien. »

Emma, après avoir fait l'inspection de la hutte, demanda où couchaient les enfants.

« Derrière cette cloison de bourrées. »

Et elle indiqua un réduit rempli de fougères et d'herbes sèches.

« Quoi ! tu couchais là !

— Mais oui, répondit Jean-Louis, tout étonné que la petite fille ne trouvât pas la hutte à son gré.

— Et l'hiver aussi ? continua Emma.

— Oui, marraine, toujours. »

L'idée des souffrances que ces pauvres abandonnés avaient endurées se présenta pour la première fois à l'esprit d'Emma. Les larmes lui vinrent aux yeux et elle sauta au cou de Fanchon ; puis, s'étant remise de cet attendrissement, elle fit un inventaire minutieux de la hutte, qui lui fournit deux tasses et deux cuillères en bois et une marmite en fonte.

« Tiens ! tu faisais donc la soupe ?

— Quelquefois, quand le père apportait du sel.

— Et du feu, où en prenais-tu donc ?

— Tiens ! vous ne savez donc pas faire du feu, cria Jean-Louis ; c'est pourtant bien facile, vous allez voir ! »

Et ramassant deux cailloux, il mit des feuilles sèches entre son pouce et le caillou qu'il tenait de la main gauche ; il le frappa avec celui qu'il avait dans la droite, et de nombreuses étincelles jaillirent aussitôt ; les feuilles prirent feu et furent déposées avec soin sur un petit tas de brindilles recouvertes d'autres feuilles sèches que sa sœur avait préparé : elle souffla doucement, et quand la flamme parut, Jean-Louis le couvrit de branches un peu plus fortes.

Quelle joie pour Emma d'apprendre à faire du feu ! Il fallut que Jean-Louis lui donnât les cailloux et lui enseignât à s'en servir.

« J'ai faim ! dit-elle au bout d'un instant :

— Attendez, marraine. »

Et Fanchon alla chercher quelques pommes de terre cachées sous la couche de fougère; elles étaient bien un peu poussées, mais cela n'empêcha pas les enfants de les trouver excellentes quand elles furent bien rôties sous la cendre; et Jean-Louis puisa de l'eau dans les deux tasses de bois. Il arracha certaines racines avec son couteau et cueillit quelques herbes choisies; puis, les offrant à Emma, il l'engagea d'en manger; mais la petite fille civilisée goûta peu ce régal par trop primitif qui parut excellent aux deux sauvages. Ils avaient été si souvent réduits à cette seule nourriture !

Tout cela prit beaucoup de temps; et les petits promeneurs se trouvaient si bien de leur excursion, qu'ils avaient complétement oublié l'heure.

A la maison forestière l'on était inquiet de leur absence prolongée. Mme Franval craignait qu'il ne fût arrivé quelque accident à sa fille.

« Ne vous tourmentez pas ainsi, madame, disait le brigadier, il n'y a pas d'animaux malfaisants dans la forêt, et nos petits sauvages en connaissent si bien les détours qu'ils ne sauraient s'y égarer. D'ailleurs, je vais les aller chercher.

— J'y vais avec vous, Vincent; je souffrirais trop en restant à vous attendre. »

Ils suivirent ensemble la grande allée en appelant de temps à autre ; mais aucune voix ne répondait à la leur. Arrivés à un carrefour, ils ne savaient trop de quel côté se diriger, quand ils rencontrèrent le garde Canteau qui leur dit que la bande joyeuse était à la clairière de la fontaine.

En débouchant dans cette clairière, Mme Franval aperçut sa fille, assise tranquillement sur une souche devant un bon feu de joie, et buvant dans la tasse rustique. La pauvre mère tout émue courut à elle et la serra vivement dans ses bras sans pouvoir parler. Elle avait été si inquiète !

« Fanchon dit le brigadier, où as-tu donc pris les pommes de terre que tu manges là ?

— Dans notre cabane donc ! répondit fièrement Jean-Louis en la lui désignant du doigt.

— Mais c'est la hutte du père balaissier, un ivrogne qu'on a trouvé mort dans un fossé il y aura deux ans à la Noël prochain.

— Il est étrange que depuis ce temps vous n'ayez pas rencontré ces petits abandonnés, puisque vous connaissiez leur hutte ?

— En vérité, madame, je n'y comprends rien ; d'autant plus que je suis venu plusieurs fois avec mes gardes chercher ici un abri depuis la mort du balaissier.

— Fanchon, ton père faisait donc des balais ?

— Oui, madame ; il coupait le genêt et la bruyère que nous portions mon frère et moi. Quand les balais étaient faits, il les vendait à la ville, et quelquefois il en rapportait du beurre et du sel; et puis un jour il n'est pas revenu.

— Et qu'as-tu fait, alors?

— J'ai pris le petiot par la main, et nous sommes allés, comme à l'ordinaire, chercher notre vie dans la campagne.

— Et quand il faisait froid?

— Nous faisions du feu à l'heure où les gardes rentrent chez eux; et le reste du temps, quand nous avions de quoi manger, nous nous enfoncions dans notre fougère et nous nous tenions bien près l'un de l'autre sous un bout de couverture que le père avait laissée.

— Et des vêtements?

— Quand on nous voyait trop déguenillés, *le monde* avait pitié de nous, surtout dans les fermes.

— Mais Fanchon, dit le brigadier, comment se fait-il que je ne vous aie jamais vus quand je venais ici? »

Fanchon ne répondit pas; mais son frère dit avec vivacité :

« Ah! dame, c'est que nous nous cachions sous l'herbe de notre lit, parce que le père disait toujours que les gardes étaient des méchants, et qu'il ne fallait pas s'en laisser approcher.

— Et qu'en penses-tu maintenant?

— C'est qu'il ne vous connaissait pas, le père, ni Canteau non plus.

— Combien ils ont dû pâtir! dit tristement Mme Franval; et personne dans le village ne s'est douté que cet homme eût laissé des enfants.

— Madame, depuis qu'il était dans le pays, il ne fréquentait personne; et il y a tant de mendiants de la ville qui parcourent les campagnes, qu'on ne s'inquiète guère d'où ils viennent. »

On ramena les enfants qui dînèrent de grand appétit malgré le repas de la clairière.

L'on mit Jean-Louis à l'école; Emma se chargea d'apprendre à lire à sa filleule qui était douce et appliquée; elle s'y attacha sincèrement; et quand vint l'époque du retour en ville, elle se montra si affligée à l'idée de quitter Fanchon, que Mme Franval n'hésita pas à l'emmener avec elle.

L'enfant des bois fut émerveillée de tout ce qu'elle vit, et se trouvait très-heureuse quand on voulait bien répondre à ses nombreuses questions. Elle profita des maîtres de sa marraine pour apprendre à lire et à écrire, et l'hiver se passa gaiement. Mais le printemps venu, Fanchon devint rêveuse, puis triste. Assise à la fenêtre, son livre ou son ouvrage entre les mains, elle ne faisait rien et passait le temps à voir les nuages courir au ciel, et la vue seule d'un oiseau lui amenait des larmes aux yeux.

Mme Franval· s'inquiéta bientôt du dépérisse-
ment de sa petite protégée et elle le fit remarquer
à sa fille. Celle-ci dit un jour à sa filleule :

« Qu'as-tu, ma chère Fanchon? tu es triste, tu
pleures; est-ce que quelqu'un t'aurait fait de la
peine?

— Oh! non, marraine, tout le monde est si bon
ici pour moi!

— Tu as pourtant du chagrin?

— Ah! c'est que, voyez-vous, marraine, quand
l'abeille bourdonne à la fenêtre, quand je sens
l'odeur du chèvrefeuille qui grimpe le long du
mur, je pense à la forêt, aux arbres qui prennent
leurs feuilles, à la mousse, aux anémones, aux
violettes et aux pervenches qui tapissent les bois;
je voudrais voler comme l'oiseau qui va où il veut;
j'irais à la forêt chaque jour, et le soir je vous
en rapporterais des fleurs bien fraîches. Marraine,
est-ce que vous ne trouvez pas qu'on étouffe en
ville? » ajouta-t-elle en respirant péniblement.

Mme Franval consulta son médecin, qui, après
avoir attentivement examiné Fanchon, conseilla
de la renvoyer chez le brigadier si on ne voulait
pas la voir mourir de consomption.

Cette séparation fut cruelle pour les petites filles. Il fut convenu cependant qu'Emma passerait ses vacances à la forêt, et Fanchon les hivers
à la ville.

Quinze jours après, le brigadier Vincent donna de bonnes nouvelles de Fanchon, qui s'était sentie renaître en retrouvant les bois et la liberté; mais quoi qu'on fasse, ajouta cet homme, elle restera toujours *l'enfant des bois*. Du reste, elle est fort soumise envers ma femme dont elle partage les travaux.

« Elle n'est ma foi pas dégoûtée cette demoiselle Fanchon, s'écria Oscar; je m'accommoderais bien aussi, moi, de la vie des bois et de la liberté qu'elle donne !

— Tu te vantes, cousin, dit malicieusement Alice : les racines et l'eau claire ne sont pas ton fait ; la terre fût-elle encore arrosée par les ruisseaux de miel et de lait qu'on y voyait au temps de l'âge d'or, tu leur préférerais bien certainement les savoureux goûters de grand'mère. »

Toute l'assistance se prit à rire, et Oscar comme les autres.

« Je suis bon prince, mademoiselle, dit-il ; je réponds à une injure par un bienfait. »

Et tirant de sa poche un petit cahier :

« Je tiens cela d'un artiste, ami de mon père ; il vient de faire le tour du monde. C'est la suite d'une conversation qui doit plaire à ces demoiselles : aussi leur demanderai-je un parfait silence, si toutefois elles ne doivent pas en mourir. »

LA VOIX DES BAMBOU

Nous sommes en pleine Chine . . . . . .

. . . .

« .... Vos récits me font rêver, dis-je au missionnaire chinois ; j'aime ces traditions revêtues de la poésie des temps primitifs. Moi, enfant d'un pays d'où la science et l'esprit d'examen ont chassé les superstitions, je me surprends parfois à regarder comme vraies ces légendes auxquelles vos compatriotes ont tant de foi, et que vous-même, sans vous en douter peut-être, me racontez avec bonheur et conviction.

— Ce n'est pourtant pas sans une certaine crainte, me répondit le missionnaire chinois, que j'aborde de tels sujets avec vous, Européen sceptique ; mais votre attention soutenue en m'écoutant et l'expression toute sympathique de votre physionomie m'ont pleinement rassuré. Le catholicisme qui m'a régénéré ne me fait point dédaigner les légendes avec lesquelles on a bercé mon enfance. S'il en est qui ne sont que poétiques, le plus grand nombre respire une morale intelligente et pure ; et je les regarde comme l'inspiration d'âmes qui cherchent la vérité, et sont toutes préparées à recevoir la parole du vrai Dieu.

Je vous regardais ce matin dessiner une de nos gracieuses touffes de bambous ; plus d'une fois vous avez suspendu votre travail pour écouter les notes plaintives que nous envoyait le frémissement des feuilles et des tiges de ces gigantesques roseaux balancés par la brise. Vous ne cherchiez, certes, aucun sens à cette vague harmonie ; mais, pour moi, ce bruissement mélancolique avait un langage ; il me transportait dans le monde chéri de mes souvenirs, au temps où, assis sur les genoux de ma bonne mère, j'entendais sa voix bien-aimée me dire, quand j'avais fait la moindre faute : « *Elhmoi*! (prononcez ette-moïe), les bambous se plaignent !

— Les bambous se plaignent, mère!... »

Et je courais tout en pleurs m'incliner pieusement devant la divinité du foyer ; là je brûlais les papiers sacrés et l'encens des joss-stichs (espèce d'allumettes parfumées qui brûlent sans flamme et fort lentement), pour qu'elle arrêtât les plaintes des bambous. »

Le missionnaire se tut ; mais comprenant la muette prière de mon regard, il se recueillit un instant, plutôt comme s'il hésitait à confier à des oreilles profanes les joies intimes ensevelies au plus profond de son cœur, que s'il cherchait à rassembler les souvenirs qui les faisaient naître. Puis il reprit :

Avant de vous raconter la légende qui nous fait mettre tant d'importance aux plaintes des bambous, il est nécessaire de dire un mot de la contrée qui m'a vu naître.

Je suis Mao-tseu, enfant de cette tribu insoumise qui vit dans les derniers contre-forts de l'Himalaya, et qui, toute faible qu'elle est, n'a jamais voulu reconnaître la domination chinoise ni celle des Tartares. Les Mao-tseu ont toujours repoussé victorieusement les attaques des conquérants, et ne se sont jamais laissé entraîner hors de leurs frontières qui offrent, d'ailleurs, une barrière presque infranchissable à toute agression. Cela, joint à la pauvreté bien connue de cette petite nation, la met le plus ordinairement à l'abri des convoitises de ses voisins.

Outre leur ardent patriotisme, les Mao-tseu, pour les aider à défendre leur indépendance, ont un autre mobile bien puissant aussi : le fanatisme religieux qui leur fait regarder comme indignes de vivre tous ceux qui ne partagent pas leur croyance.

Au milieu de nos montagnes, au cœur même du pays, est une vallée, un petit coin de terre, habité par une seule famille très-nombreuse, que l'on regarde comme étant d'une nature supérieure, et que l'on croit inspirée d'en haut.

Cette grande famille se dérobe aux yeux du vul-

gaire pour qui elle forme un être complexe qui
ne meurt pas, qui personnifie la sagesse suprême, et dont chaque membre est aussi parfait
que le tout. Nulle part ni jamais il n'exista un
pouvoir plus fort et moins contesté que celui
qu'exercent les habitants du Val sacré. Si une
contestation quelconque s'élève entre deux ou
plusieurs Mao-tseu, ils se dirigent aussitôt vers la
vallée ; munis d'un laissez-passer, et prennent
pour juge de leur différend la première personne
qu'ils rencontrent, homme, femme ou enfant ; et
le jugement prononcé est sans appel. Le peuple
reste persuadé que tant qu'aucun individu de
cette famille privilégiée ne franchira l'enceinte de
la vallée, les Mao-tseu seront invincibles.

N'ayant jamais échangé leurs idées avec qui que
ce soit, vous comprenez quelle autorité doit avoir
la tradition chez ces gens ainsi séquestrés de toute
communication avec le reste du monde. Ils la con-
sidèrent comme un dépôt confié de tout temps à
leur garde ; aussi est-elle reçue avec amour et
respect par ceux qui viennent se soumettre à
l'arbitrage de ces hommes singuliers, chez qui
jamais innovation ne fut tentée ni même conçue,
et dont les usages sont encore ce qu'ils durent
être aux premiers âges du monde.

Étrangers à toute espèce de science, ils expli-
quent d'une façon singulière les phénomènes phy-

siques dont ils sont frappés, rapportant tout à
Dieu cependant, et le retrouvant dans toutes choses. Ainsi, pour eux, l'arc-en-ciel est formé de
parcelles de toutes les étoiles rassemblées pour
assister à la formation d'un de ces astres, et fêter
l'apparition de cette nouvelle sœur; et quand le
phénomène se manifeste, ils se prosternent et
adorent en silence.

Ils croient que les météores lumineux sont autant d'âmes qui se cherchent éternellement dans
l'espace, s'y rencontrent quelquefois, s'aiment et
brillent un instant dans un chaste baiser.

Les étoiles filantes sont les armes des autres
mondes. Le soleil est-il éclipsé, le Mao-tseu af-
firme que Dieu voile sa face en réprobation de
quelque grand sacrilége; et comme il n'est pas
dans leurs mœurs de rechercher le coupable et
qu'ils se regardent tous comme solidaires devant
Dieu, la nation tout entière se soumet à une
expiation quelconque.

L'éclipse de lune est à leurs yeux l'annonce de
quelque grande calamité que l'on attend avec résignation, comme infligée par ce Dieu qui leur
parle dans les orages, dont chaque éclair leur
ouvre les cieux, séjour éternel de la gloire. Qui-
conque en soutient le rapide éclat sans être ébloui
est un élu du ciel, et sera bientôt ravi aux misères de ce monde.

Cette adoration perpétuelle du Créateur par l'intermédiaire de la création doit avoir été la religion primitive, au temps où tout était révélation pour l'homme qui, n'ayant encore aucune tradition, cherchait à comprendre le monde dont il fait partie.

Vous concevez maintenant pourquoi j'espère, en appliquant cette fervente aspiration des Mao-tseu vers un Dieu bon et tout-puissant, les convertir aux vérités du christianisme, les mettre dans la voie du salut.

Mais je vous ai promis une légende et la voici : c'est une théorie de la création admise de tout temps par mes compatriotes, et qui fait la base de leur religion.

Selon les Mao-tseu, une multitude infinie de parcelles d'une ténuité extrême, mais dissemblables entre elles, avaient été jetées par Dieu de toute éternité dans l'espace. Au temps marqué par sa sagesse, le Créateur répandit un souffle de vie sur ce chaos, et aussitôt tous les atomes s'agitèrent avec une rapidité effrayante et d'un mouvement incessant, dans des tourbillons sans fin. Ils se cherchèrent selon leurs différentes affinités, et aussitôt que deux d'entre eux, de nature sympathique, se rencontraient, ils se confondaient en un seul. Alors une flamme légère brillait en même temps qu'un son ravissant se faisait entendre ;

puis reprenant leur course vagabonde, ils volaient de nouveau à la recherche de leurs frères, et leur puissance d'attraction augmentait en raison de leur nombre.

A chaque fusion nouvelle, la même note résonsait, mais plus accentuée à mesure que le nouvel être se complétait davantage, et la lueur devenait plus éclatante. Les parcelles gravitant selon leur pesanteur spécifique, les moins éthérées se trouvèrent bientôt au centre de chaque tourbillon. Ce noyau solide s'augmenta par la superposition d'autres parcelles de nature diverse, jusqu'à ce qu'enfin chaque sphère apparut telle que nous la voyons aujourd'hui. Dans cette agrégation de molécules, qui toutes n'étaient pas de nature homogène, chacune se groupa suivant son espèce

Mais ce grand mouvement organisateur ne fut pas exempt de quelque perturbation, et beaucoup d'agrégations partielles se trouvèrent enveloppées dans un tourbillon de molécules plus actives, et formèrent de petits gisements de matière tout à fait étrangère à celle qui les entoure : de là les minerais, les cristaux, les marbres, les pierres.

Quelques atomes indécis ou plutôt rebelles, dispersés dans l'empyrée, se tenaient le plus loin possible des centres d'attraction et cherchaient à s'affranchir des nouvelles lois qui allaient régir l'univers. Cependant ils se réunirent pour s'élancer follement à la recherche d'espaces inconnus. Mais Dieu posa des limites à leur excentricité et les rattacha aux divers systèmes solaires qui venaient d'être créés. Ce sont les comètes qui tendent toujours à sortir de l'ellipse qu'elles sont assujetties à décrire, et qui, de loin en loin, reviennent, bien à regret, vers le centre du système où elles se meuvent. Après la création des sphères, le même mouvement organisateur opérant toujours, les molécules de différente espèce qui avaient été plus intimement pénétrées du souffle divin, continuèrent à se chercher et donnèrent naissance aux êtres animés qui peuplent toutes les planètes. Les animaux parurent les premiers sur la terre, puis enfin l'homme, formé des meilleures parties de la matière.

Mais comme il n'y a d'absolument parfait que Dieu, qui, d'un jet de sa puissante volonté, donna la vie à cette matière diffuse, il arriva que les créatures vivantes ne se formèrent pas plus que les autres, d'après les lois rigoureuses de leurs affinités respectives. Dans ces instants d'extrême effervescence, les tourbillons les plus lourds se précipitèrent à travers ceux composés d'atomes plus subtils, et, brisant leur centre sympathique, s'unirent ainsi à un *tout* dont ils troublèrent l'harmonie. Ceux qui durent aller jusqu'aux mondes d'un ordre plus relevé en absorbèrent quelques parcelles ; puis ramenés fatalement dans leur véritable sphère d'activité, ils descendirent dans les couches inférieures où ils s'assimilèrent d'autres· éléments plus grossiers. De ces mélanges résulte cette incroyable variété que nous observons dans les hommes, dont un grand nombre en même temps qu'ils comprennent les vérités éternelles, participent des instincts divers de la brute, selon qu'il est entré dans leur composition plus ou moins d'éléments constitutifs des animaux, tandis que nous retrouvons parfois dans ceux-ci des éclairs de raison et d'intelligence. La légende va même jusqu'à dire que l'on découvre dans certaines natures des parties de matière brute, comme chez l'avare, par exemple, qui recèle en lui quelques parcelles de métal, chez les gens implacables où l'on reconnaît facilement la présence du rocher; et aussi chez ces créatures ignobles (honte éternelle de l'humanité), composées en grande partie d'atomes purement terrestres.

Mais il s'est trouvé des hommes qui, bien que formés des mêmes éléments que leurs frères, se sont assimilés pourtant au plus grand nombre de ceux qu'ils dérobèrent aux sphères supérieures : de là les rêveurs et les poëtes, âmes souffrantes que dévore la soif d'un inconnu dont ils conservent de vagues réminiscences, et qui se consument en vains efforts pour arriver à la perfection qu'ils connaissent par intuition, mais qu'ils ne retrouvent nulle part ici-bas. Sans doute tous les hommes ont en eux une quantité, tant minime soit-elle, de ces parcelles exquises; car cette idée d'un monde meilleur se trouve chez tous, et il vient toujours un instant où elle s'éveille, même chez les êtres les plus grossiers, et les console de leur abaissement actuel en faisant germer une sourde espérance dans leur âme.

Une grande quantité de molécules des plus éthérées qui s'étaient tenues à la circonférence de ce grand mouvement sans y participer, demandèrent à se dévouer au bonheur de leurs sœurs désormais organisées. Dieu leur assigna les plantes et les fleurs, et elles se combinèrent de mille façons différentes pour embellir la terre aux yeux de l'homme, à qui elles se rattachèrent par l'intermédiaire des jolies femmes qui participent également des deux natures.

Les plus courageuses formèrent les fruits, les céréales, les légumes et les herbages destinés à entretenir la vie de toute créature animée; elles surent développer des saveurs variées pour donner plus d'attrait à la triste nécessité de l'alimentation, trouvant en elles assez de vertu pour accomplir cet obscur sacrifice.

D'autres non moins méritantes consentirent à

végéter sans éclat, souvent méprisées du vulgaire, comme l'élégante jusquiame, par exemple, qui, tout affligée de se voir méconnue, ne reparaît jamais deux années de suite dans le même voisinage. Elles fournissent aux malades les spécifiques propres à leur rendre la santé ; et la terre se couvrit de simples dont les sucs amers et souvent mortels guérissent l'homme de tous les maux, quand ils lui sont offerts avec prudence.

Les parcelles les plus timides s'épanouirent en cette multitude de fleurettes qui tapissent la terre et en cachent la nudité ; la force manque à ces frêles créatures pour une immolation constante au bonheur d'autrui ; elles s'ouvrent et livrent leurs senteurs au hasard, sans se soucier du plaisir qu'elles pourront donner.

Les plus orgueilleuses, au contraire, s'étant reconnues de loin, se groupèrent bien vite et donnèrent naissance aux fleurs ambitieuses, comme la pivoine, le dahlia et tant d'autres qui, tout en attirant l'attention du plus loin qu'on les voit, n'appellent cependant aucune sympathie. Il suffit de les observer un instant pour se convaincre qu'en offrant leur beauté remarquable à l'admiration de qui les approche, elles ne le font qu'en vue de leur glorification personnelle : bien différentes en cela de la rose, ce type de perfection, dont l'odeur enivre, et qui charme la vue par sa

forme et sa couleur. Elle offre généreusement ses
trésors, prête à se défendre cependant contre toute
profanation ; mais, hélas ! les blessures que font
ses aiguillons, loin de calmer la convoitise, l'ex-
citent au contraire, et n'en garantissent pas toujours la pauvre fleur.

L'agaçante violette qui se cache sous les buis-
sons épineux pour se garantir des familiarités que
semble provoquer son parfum pénétrant, a surpris quelque chose aux tourbillons des femmes
coquettes.

Plus personnelles encore, d'autres, comme la
tubéreuse, tiennent à distance l'indiscret qui veut
s'emparer d'elles, en l'enveloppant de leurs émanations subtiles qui donnent le vertige.

Certaines fleurs soigneuses de leur dignité, ne
voulant point exposer les misères de leur enfance
aux regards indifférents, se développent à l'ombre
d'une spathe protectrice, et ne paraissent au jour
que revêtues de tous les charmes de la jeunesse,
ainsi qu'on peut l'observer dans la grande famille
des iris et des narcisses.

Le froid camélia, en recevant comme chose due
les nombreux hommages que lui attire sa beauté
régulière, et sans les payer de la moindre éma-
nation, montre assez qu'aucun atome sensible
n'entre dans sa composition.

L'arum, symbole de pureté, qui enveloppe d'une

blanche tunique son spadix d'or en répandant une suave odeur, réunit, ainsi que le grand magnolia, les parcelles pudiques, et comme lui perd son éclat au moindre contact impur.

Le convolvulus des haies, image de l'innocence immaculée, meurt aussitôt qu'une main téméraire le détache de sa tige, tant ses éléments sont d'une délicatesse extrême.

Les atomes essentiellement affectueux se retrouvent dans toutes les plantes grimpantes et sarmenteuses, qui ne prospèrent qu'autant qu'elles s'attachent à une autre végétal protecteur, avec qui elles partagent les bons et les mauvais jours.

Les natures faibles et timorées, d'une piété exagérée et n'ayant pas conscience de l'amour du prochain, se réfugièrent dans des solitudes inaccessibles ; et là, ne s'ouvrant que sous l'œil de Dieu, elles exhalent vers lui le pur encens de leurs senteurs, espérant se faire ainsi pardonner l'égoïsme qui les porte à ne vivre que pour elles seules.

La combinaison où les molécules irritables furent en excès produisit tous les mimosa, dont la sensitive, qui se contracte au moindre attouchement, est le type le plus parfait.

Celle qui réunit la force du cœur à la poésie donne les végéteurs à verdure éternelle, en tête desquels il faut placer les orangers toujours chargés de fleurs et de fruits d'une saveur exquise, qui calment la soif ardente du voyageur. Leurs doux parfums, après avoir convié de loin à ce délicieux festin provoquent le sommeil réparateur.

Les atomes méchants se groupèrent dans l'upas et le mancenillier, aux sucs mortels et aux émanations délétères, et furent relégués sur quelques points isolés du globe. Puis enfin ceux qui, échappés aux tourbillons des hommes envieux et moroses, fuyaient leurs frères, se rencontrèrent quand toutes les autres combinaisons furent successivement terminées, et l'ortie surgit ainsi que ces autres plantes dont le suc corrosif ou vénéneux offense tout ce qui les touche.

Quelques rares parcelles qui s'étaient baignées dans un rayon de soleil pendant leur course aventureuse, en retinrent quelque chose et nous donnèrent ce beau cactus blanc qui ne fleurit qu'une fois chaque année de onze heures à minuit, et semble dégager une lueur divine de son faisceau d'étamines phosphorescentes.

Les émanations du firmament s'épandent perpétuellement sur toutes ces fragiles créatures pour y entretenir la vie, tandis que celles-ci élèvent chaque matin vers le ciel leur concert de parfums en signe de reconnaissance.

En vérité, dis-je au missionnaire, je suis tout

prêt d'admettre cette ingénieuse théorie de la formation des fleurs, et d'accorder une essence supérieure à ces pauvres êtres qui se laissent tyran-
niser, sans autrement protester contre cet abus
de la force que par l'allanguissement, et la mort
quelquefois. Leurs parfums combinés sont à l'o-
dorat ce qu'est pour l'oreille l'harmonie des sóns.
Ne dirait-on pas qu'elles partagent nos passions,
tant leurs allures diverses semblent répondre à
différents ordres d'idées? Leur action bienfai-
sante ne saurait être mise en doute. Qui donc, en
vivant près d'elles, ne sent son cœur se purifier
du grain de malice ou de la goutte d'amertume
qui l'emplit? Comment conserver un mauvais le-
vain en face de ces ravissantes créatures, qui,
en même temps qu'elles nous charment, nous
protégent aussi contre nous-mêmes, et qui, quoiqu'attachées à la terre, n'ont pourtant aucun
côté vulgaire! Voyez comme elles nous pardon-
nent facilement de les réunir dans nos jardins, sans
égard pour leurs antipathies et pour leur amour
du sol natal, et avec quelle bonne grâce elles y
brillent de tout leur éclat!

N'avez-vous jamais senti au contact des fleurs
que vous cueillez, un petit jet d'affection qui tend
à vous mettre en communion avec elles? Ne dirait-
on pas qu'elles ont une âme aussi, mais une âme
toujours sereine et sûre du ciel, et non point in-

quiète et militante comme la nôtre qui est sans cesse obligée de combattre et de vaincre pour y conquérir sa place! Quand je marche dans les bois, dans les prés, il me semble que toutes les fleurs m'appellent et veulent venir à moi. Alors j'éprouve un irrésistible besoin de les cueillir, ne fût-ce que pour les presser un instant, comme si je devais en recevoir quelque reconfort; et quand mes mains trop pleines s'ouvrent et dispersent ces pauvres victimes sur le chemin, je les emplis de nouveau et presque à mon insu, d'autres fleurs qui auront le même sort. J'éprouve un remords véritable d'avoir tranché tant et de si charmantes existences en vue d'une jouissance fugitive; et pourtant, je ne puis trouver en moi la force de m'abstenir de cette barbarie, d'autant plus grande qu'elle s'exerce sur des êtres inoffensifs. Mais je ne sais réellement pas me soustraire à la fascination que les fleurs exercent sur moi. Je me sens délicieusement ému au milieu de ces douces créatures qui, dévouées à nos besoins comme à nos plaisirs, accomplissent silencieusement leur destinée dans l'humble sphère qui leur est dévolue.

Il y a certainement quelque chose de plus qu'un simple mouvement végétatif dans ces corolles qui replient pudiquement leurs voiles, pour dérober de chastes amours aux regards indiscrets. Le myosotis dont l'œil d'un bleu ravi au ciel me regarde si mélancoliquement, ne semble-t-il pas souffrir et demander assistance? et la balsamine sauvage, avec sa fleur fuyant sous la main qui veut la saisir et dont la graine s'élance à perte de vue au moindre contact, ne proteste-t-elle pas à sa manière contre une familiarité qu'elle n'a point recherchée !

« Mais vos sages ont, ce me semble, un peu négligé l'homme dans leur système, et je ne vois pas qu'il y soit question de l'immortalité de l'âme.

— Ils y croient cependant, répliqua le missionnaire, et le dogme de l'expiation ne leur est point étranger, comme je vous l'ai déjà dit. Selon eux, chaque étoile envoie une âme pour les enfants qui naissent, ce qui produit la différence des aspirations et des forces morales aussi bien que leurs similitudes, selon que les âmes procèdent du même astre ou non. Celle qui ne reçoit aucune souillure pendant son union au corps qu'elle anime, remonte radieuse, quand il a cessé d'être, vers l'étoile d'où elle fut exilée, et va se perdre à jamais dans cet océan de lumière. Mais si l'âme a subi le joug des passions, elle est condamnée à errer éternellement dans l'espace.

— Et la voix des bambous? demandai-je.

— C'est là le complément de cette théorie que je viens de vous exposer, » me dit-il.

Dans ce mouvement général, les atomes les plus chaleureux de nature à vouloir la perfection absolue, gravitèrent sans cesse vers le grand centre autour duquel tournent les systèmes planétaires, et d'où l'Être suprême embrasse d'un regard vivifiant toute chose dans cet univers dont il maintient l'harmonie. Espérant avoir échappé à cette vie d'épreuves imposée désormais à la matière, ils se tenaient humblement en adoration devant Dieu quand un souffle du divin amour les enveloppa. Aussitôt ils réclamèrent dans la création la place où l'immolation serait la plus entière, l'utilité la plus grande, l'emploi le plus fréquent : et le bambou fut créé ! !

Cette plante admirable, seule entre toutes satisfait à tous les besoins de l'homme qu'elle peut nourrir, vêtir et loger. Elle lui suffirait encore quand bien même toutes les autres auraient disparu de la terre. Outre sa graine farineuse qui sert d'aliment dans les temps de disette, les jeunes pousses sont très-recherchées et on en fait des conserves de toute espèce. On emploie le bambou à tisser des vêtements, des chapeaux, des paniers, des nattes, des voiles pour les junques, et l'on en construit des maisons. Il sert à confectionner le papier et les pinceaux qui nous transmettent les écrits des lettrés, et on le plante sur

le bord des canaux pour en consolider les berges.
La médecine y trouve un précieux spécifique, et
l'ouvrier le façonne en chaises, en tables, en
mille objets divers, et même en voitures à voiles. Ses tiges font des instruments d'astronomie
et des vases pour conserver l'eau, des mâts et
des mesures de capacité. Il sert à porter les far-
deaux les plus lourds, car il ne rompt jamais.
L'on en fait des pipes ; enfin, il donne du feu au
moindre frottement.

On attache en Chine tant de prix à cette plante
précieuse, que l'empereur a des officiers spécialement affectés à la conservation des bambous qui
ornent les jardins impériaux.

Pour prix de tant de services rendus à l'humanité, le bambou ne demanda que la faveur d'avertir
les hommes quand ils violent les lois divines, et
d'implorer Dieu en faveur des coupables.

Celui qui écoute les notes plaintives qu'arrache
à cette plante dévouée la moindre faute, sent
bientôt ses passions se calmer et recouvre la
paix de l'âme. C'est pour fuir les reproches des
bambous que l'on a construit des villes où leur
voix ne saurait arriver. Aussi les Mao-tseu ju-
gent-ils de la moralité d'un homme par son
amour des champs, sachant bien que l'âme s'a-
grandit et se purifie dans la contemplation du
sublime spectacle de la nature.

Des officiers spécialement attachés à la conservation des bambous.
(Page 144.)

Quand le mal dépasse le bien en ce monde au point d'en troubler l'harmonie générale, la fécondité des plantes diminue : les disettes et même la famine viennent avertir l'homme qu'enfin il a lassé la miséricorde divine, et que les bambous l'implorent en vain. S'il est sourd à ce grand avertissement, si la voix des bambous n'est plus écoutée de personne, ils se flétrissent, les plus jeunes meurent, et l'épouvante se répand sur la terre ! »

Le missionnaire cessa de parler et tomba dans une profonde rêverie qui l'emporta bien loin de moi vers la chère patrie qu'il allait revoir après quinze ans d'absence. Je restai vivement impressionné de cette prodigieuse expansion d'amour chez la secte qui doue de sensibilité toute la création, et voit une sœur humble et dévouée dans la moindre fleur ; ma prédilection pour cette gracieuse partie du règne végétal s'en accrut encore.

« Je ne pourrai plus voir une fleur maintenant sans penser à cet ingénieux système, » dit Alice.

Edith avoua qu'aussitôt qu'elle apercevait des fleurs elle était prise d'un irrésistible désir de les posséder toutes, et qu'en les cueillant elle éprouvait précisément les sensations si bien décrites dans le récit qu'on venait de lire.

« Voyez-vous l'ambitieuse! s'écria Raoul. Qui s'en douterait à voir son petit air doux et raisonnable!

— Eh bien! moi, dit Mignonne, je n'en cueillerai plus, pas même des pâquerettes pour faire des couronnes, maintenant que je ʼsais que les pauvrettes souffrent quand on brise leur tige.

— Et tu feras bien, petite, dit la grand'mère en l'embrassant. Ne vaut-il pas mieux les laisser vivre pour qu'elles parent la terre plus longtemps!

Mes pauvres enfants, voilà une séance bien longue et bien triste pour vous. Espérons que jeudi prochain je serai en meilleur état.

—Nous le désirons vivement, se hâta de répondre Zoé. Non pour nous, chère grand'mère, qui sommes auprès de vous ; mais nous voudrions que ce vilain mal s'en allât bien loin, bien loin!

— Pas mal dit, pour une fillette qui va encore au catéchisme, dit Oscar.

— Tu sais, répondit Raoul avec pédanterie, que dans les âmes bien nées....

— La tendresse n'attend pas le nombre des années, riposta vivement Zoé.

— Tu vaux mieux que moi, s'écria son cousin; tiens, il faut que je t'embrasse.

— Comme expiation? » demanda Oscar.

CINQUIÈME GOÛTER

Ce jour-là Mme Moreau était à son poste sous le catalpa ; on courut et l'on joua comme à l'ordinaire ; mais les fillettes ne firent pas de bouquets pour orner la table et ne se couronnèrent pas de fleurs. Quand le couvert fut dressé et le goûter servi :

« Mais qu'a donc ce couvert aujourd'hui, demanda Mme Moreau ; il me semble qu'il y manque quelque chose ?

— Il y manque les bouquets, bonne maman, s'empressa de dire Zoé ; ces demoiselles n'ont pas voulu que j'en cueille ; elles pensent encore à la légende chinoise et craignent que les fleurs ne crient après elles.

— Vraiment, grand'mère, nous ne les considérons plus du même œil. et nous savons mieux les aimer, dit Mignonne.

— Il ne faut rien outrer, mes chéries, et il ne serait pas raisonnable de se priver de leur vue quand on ne peut les aller trouver là où elles croissent. Cependant, je dois convenir que cette nouvelle disposition de vos esprits me charme. Ce que vous faites aujourd'hui pour les fleurs, vous le ferez plus tard pour mille autres choses que vous n'appréciez pas encore à leur juste valeur. »

Après le repas Albert dit :

« Qui veut me prêter attention ? J'ai là, dans ma poche, la lettre d'une amie de maman, et suis autorisé à vous la lire pour peu que cela vous plaise.

— Lis-nous-la bien vite! répondit on en chœur.

— Allons, attention ! c'est l'amie de ma mère qui parle. »

En passant un matin rue Saint-Lazare, j'avisai à l'étalage d'un épicier confiseur, des pastilles à la violette qui me tentèrent, et j'entrai pour en acheter. Un jeune commis m'offrit une chaise, et le patron accourut du fond de son magasin pour me servir. Mais j'eus à peine prononcé deux mots que cet homme me regardant avec une attention marquée, s'écria :

« Vous ici, madame ! vous, dans ma propre

maison ! Quel bonheur et quel honneur tout à la fois. »

Puis parlant plus haut :

« Femme ! viens ici, et apporte la petite !

Car je suis marié, madame, et n'ai point oublié que c'est à M. Daï, votre père, que je dois ma petite fortune. »

Parut alors une jeune femme fort avenante, tenant sur ses bras une enfant de deux ans.

« Tiens, ma femme, dit l'épicier, voici la fille de mon bienfaiteur, de celui à qui je dois l'aisance sans laquelle je n'aurais jamais pu t'épouser, celle enfin dont notre petite porte le nom.

« Car, madame, j'ai pris cette liberté pour entendre sans cesse résonner à mes oreilles, et avoir continuellement à la bouche ce nom que votre père prononçait avec tant d'amour. »

Tout ce monde avait l'air parfaitement heureux et semblait attendre que je prisse la parole. Mais je cherchais en vain à me rappeler les traits du digne homme qui, voyant mon embarras, ajouta en souriant :

« Vous ne vous en souvenez donc plus ? je suis le fils de votre fruitière, le petit Dominique à qui votre père donna dix mille francs pour s'établir.

— Ah ! oui, je vous remets parfaitement à présent. Mais, mon ami, il me semble que vous vous êtes acquitté envers mon père et que vous ne lui devez rien.

— Comment! madame, je ne lui dois rien? Oh! ce n'est pas comme cela que j'entends la chose! J'ai acquitté la dette d'argent, c'est vrai; mais le cœur est et sera toujours redevable ; et, puisque vous avez perdu M. votre père, vous héritez de ma reconnaissance tout comme du reste. Ne sais-je pas bien, d'ailleurs, que si je n'avais pas réussi dans mon petit négoce, M. Daï ne m'eût jamais inquiété ! Et la preuve, c'est que, quand il remit à ma chère mère cette somme pour m'acheter un fonds d'épicerie, il refusa toutes les sûretés qui lui furent offertes. N'est-ce pas comme s'il m'eût donné son argent ? »

La vue de cet homme m'avait reportée aux jours de mon heureuse enfance, déjà si loin de moi, hélas ! Voulant mettre un terme à cet attendrissement mutuel, je dis :

« Et notre ancien voisin, M. des Jardies, chez qui vous étiez si souvent, et qui a disparu de notre monde sans qu'on en ait jamais eu des nouvelles, savez-vous ce qu'il est devenu, ainsi que ce brave Baptiste qui le servait?

— Ah ! madame, les pauvres vieux sont bien misérables aujourd'hui. Le maître a perdu toute sa fortune, et je le loge dans un petit appartement du cinquième en souvenir des bons repas que j'ai si souvent faits chez M. des Jardies étant gamin. Eh ! c'était le bon temps ! Je vous vois encore aller au bois montée sur un joli poney, escortée de M. des Jardies qui caracolait à vos côtés, et suivie de Baptiste qui veillait sur vous comme un véritable père pendant que votre grand laquais bayait aux corneilles. Vous n'étiez pas grande dans ce temps-là, au moins ! pas plus de douze à treize ans, je gage ?

— Mais oui, à peu près cet âge. »

Au même moment Baptiste entra dans le magasin par une porte intérieure.

« Jansen, dit-il à l'épicier, donne-moi vite un peu de vinaigre, monsieur tombe en faiblesse à chaque instant. »

Imaginant que le vieillard ne m'avait pas reconnue, je m'avançai vers lui en disant :

« Baptiste, n'êtes-vous donc pas content de me revoir ?

— Oh ! si, répondit-il avec confusion ; mais pardon, madame, mon maître attend ! »

Et il sortit aussi précipitamment que le lui permirent ses soixante et douze ans.

« C'est que, madame, se hâta de dire Jansen, j'ai omis de vous dire que M. des Jardies a fait une chute dans sa chambre et qu'il est bien malade.

— Menez-moi chez lui, je vous prie, peut-être pourrai-je lui être utile en quelque chose. »

Je trouvai le vieil ami de mon père dans une grande irritation contre son domestique qui, assurait-il, ne le servait pas avec assiduité, se contentant de mettre à sa portée les choses dont il pouvait avoir besoin.

« Monsieur des Jardies, lui dis-je en approchant de son lit, voulez-vous permettre à une ancienne amie de vous souhaiter le bonjour ? »

Au son de ma voix, le malade, la tête entourée de foulards, se souleva sur ses oreillers et dit d'une voix faible :

« N'est-ce pas la petite Sylvanie qui me parle ? (Il y avait au moins quinze ans qu'il ne m'avait vue.) Ah ! mon enfant, nous n'irons plus au bois ensemble. Le coquin de banquier, dépositaire de toute ma fortune, s'est sauvé en Suisse, et je suis ruiné, totalement ruiné. Et voilà pourquoi ce drôle (et il désignait Baptiste), à qui je ne puis donner de gros gages, me néglige et me nourrit mal. Quand j'étais riche, il restait à l'antichambre et me servait avec respect. Aujourd'hui, *monsieur* court une bonne partie de la journée. Ces gens-là sont tous des ingrats ! »

Fort étonnée de ce que j'entendais, je regardai le serviteur avec sévérité ; mais il avait l'air si honnête, sa contenance était si humble et il pleurait si abondamment que je fus aussitôt désarmée. Je pensai qu'il devait y avoir dans la conduite de cet homme quelque mystère qui l'expliquait.

« Si telle est la cause des négligences de Baptiste, répondis-je, elles cesseront bientôt ; car votre débiteur qui, comme vous devez le savoir, était aussi celui de mon père, ayant créé à Genève un établissement industriel qui prospère, paye depuis quelques années un dividende à ses créanciers, et ce qui vous revient doit avoir été porté à la caisse des dépôts et consignations.

— Dieu soit loué, dit le moribond, je vais donc retrouver mon ancienne opulence ! »

Cette vive émotion manqua d'être fatale au malade que je quittai en voyant entrer son médecin ; et, revenue chez Jansen, je l'interrogeai sur Baptiste, ne lui taisant pas ma surprise de sa conduite actuelle si peu en rapport avec ce que j'avais vu de lui autrefois.

« Madame, Baptiste est un ange au service d'un démon. Je les connais à fond tous les deux depuis que je suis au monde, car ma mère fournissait leur maison aussi bien que la vôtre. Enfant, j'allais souvent aider Baptiste quand son maître donnait à dîner, ce qui me valait toujours quelques friandises.

« Quand M. des Jardies perdit sa fortune, il y a douze ans de cela, il voulut se tuer ; car voyez-vous, madame, le cher homme n'a jamais eu la

tête bien forte, et il aimait mieux mourir que
de déchoir de son rang; et puis il a toujours été
égoïste et orgueilleux.

« Baptiste qui aime son maître tel qu'il est, eut
bien de la peine à le remonter un peu. Il lui fit
entendre qu'en faisant argent de tout on pourrait
vivre encore dans l'aisance, et monsieur le crut;
d'ailleurs, ce brave serviteur promit de ne jamais
quitter son maître.

« On vendit donc chevaux, voitures, meubles,
bijoux, argenterie, curiosités, ne gardant que
l'ameublement de la chambre du vieux garçon et
tout ce qui était à son usage personnel. Alors
Baptiste vint me consulter, et je lui donnai, d'accord avec ma mère, qui vivait encore, le petit
appartement où vous venez de le voir, dans cette
maison que nous avions achetée en commun.

« M. des Jardies n'est pas sorti depuis qu'il l'habite de peur de rencontrer quelque ancienne connaissance. Comme il n'a idée de rien, le vieux n'a
pas voulu changer ses habitudes de bien-être, et
la somme que Baptiste avait réalisée et à laquelle
il a joint ses propres économies, ne produisait pas
un revenu suffisant pour satisfaire aux dépenses
de chaque jour, et il fallut attaquer le capital.

« Baptiste effrayé chercha un emploi dont le
salaire pût ajouter à leurs ressources. D'abord il
tourna la meule chez un coutellier. Mais qu'étaient

Sale métier! (Page 159.)

pour son maître les soixante-quinze centimes qu'il gagnait chaque matin ! Il cessa ce travail peu lucratif et se fit commissionnaire ; alors il ne put rentrer à heures fixes, ce qui exaspéra M. des Jardies. Enfin il y a six ans qu'il travaille dans les égouts, sale métier, mais dont la journée est courte et bien payée.

« M. des Jardies ignore que son domestique travaille pour le faire vivre, que je lui fournis les articles de mon commerce au prix coûtant, et qu'il est logé gratis. Nous ne voulons pas l'humilier ; Baptiste préfère endurer ses injustes reproches. Et maintenant qu'il ne peut plus travailler, puisqu'il reste auprès de son maître pour le soigner, je ne sais pas en vérité comment il s'en fût tiré sans la bonne nouvelle que vous avez apportée. Plus d'une fois je lui conseillai de mettre le vieux à la raison en lui dévoilant la vérité, et j'ai même offert de me charger de cette mission délicate ; mais Baptiste s'oppose obstinément à cette révélation, ne voulant pas enlever à son maître la satisfaction de croire qu'il paye largement ses services : ce qu'il fait, il est vrai, mais seulement par sa grande confiance ; car il faut dire qu'il ne lui a jamais demandé de comptes.

— Et vous pensez, Jansen, que Baptiste aime sincèrement M. des Jardies en dépit de ses injustices ?

—S'il l'aime, madame! mais il a trouvé maintes bonnes places qu'il a refusées malgré mes avis. Qui donc, disait-il, servirait mon maître qui ne sait pas se passer de moi? Il le soigne admirablement et satisfait à tous ses caprices quand la chose est possible; sinon il vient pleurer auprès de nous, absolument comme la nourrice qui ne peut donner à son marmot la lune qu'il a vue dans un seau d'eau.

— Cet homme accomplit son devoir avec un héroïsme bien rare.

— Permettez-moi, madame, de trouver qu'il l'outre-passe.

— Vous avez raison, mon ami; il n'y a qu'une ardente charité et une vive affection qui puissent faire supporter ce qu'il endure.

— Je crois que ce martyre volontaire touche à sa fin, car M. des Jardies est bien bas! »

Je revins le lendemain chez les deux vieillards, et en entrant je pris la main de Baptiste et la serrai dans les miennes avec respect; le brave homme était fort triste voyant son maître s'affaiblir de plus en plus.

« Le docteur, me dit-il, assure qu'il n'y a pas de guérison à espérer; c'est une déchéance. »

Il m'introduisit dans la chambre de M. des Jardies qui me fit signe de m'asseoir auprès de son lit. Sa figure s'anima un instant, et il me dit, si

bas que je l'entendais à peine : « Je les ai reçus,
ces dividendes arriérés ; nous irons encore ensemble au bois. Vous avez bien conservé le poney? et
votre père, comment va-t-il? »

Et comme je ne répondais que par mes larmes,
il ajouta :

« Il est donc mort? que voulez-vous, il avait
bien fait son temps! »

Et mon père avait cinq ans moins que lui !

« Aussitôt que j'aurai quitté ce maudit lit, je
chercherai quelque jolie bête, car vous savez si je
m'y connais! et nous recommencerons nos courses;
ainsi, mon enfant, tenez-vous prête. »

Il eut une syncope, et quand il fut revenu à lui,
je le quittai.

Huit jours après, un billet d'enterrement m'a-
vertit que le pauvre vieillard avait cessé de vivre.
Il ne put jouir de l'aisance qui lui était rendue,
j'écrivis à Baptiste de venir me voir.

« Tenez, lui dis-je, quand il se présenta pour
prendre mes ordres; voici la clef de votre chambre
et nous ne nous quitterons plus. »

Le digne serviteur saisit ma main qu'il porta
respectueusement à ses lèvres en disant :

« J'avais osé l'espérer! »

« Que j'aime donc ce Baptiste! grand'mère; ils
sont bien rares les domestiques de cette trempe!

— Tout ce qui est très-excellent n'est pas commun; mais les bons domestiques se trouvent encore, surtout quand on les traite avec indulgence et affection.

« Qui de vous veut lire une petite nouvelle qui m'a été confiée?

— Moi, dit Édith; donnez le manuscrit, chère bonne maman; je tâcherai d'être intelligible malgré la faiblesse de ma voix. »

Mme Moreau prit dans son secrétaire un petit cahier et la jeune fille commença :

LA SŒUR DE LA MISÉRICORDE

Mme Delbove, bien jeune encore, perdit son mari, et son chagrin fut tel qu'on craignit de l'y voir succomber. Les caresses de Noémi, sa petite fille, âgée de six ans, purent seules l'arracher à ce désespoir profond. En voyant cette enfant si tendre sans cesse auprès d'elle, la pauvre femme comprit qu'il lui restait un devoir sacré à remplir; elle reprit donc à la vie sans pourtant recouvrer sa santé première.

Noémi, douée d'une rare intelligence et d'une grande sensibilité, répondit parfaitement aux espérances de sa mère, et n'aima qu'elle au monde.

Mme Delbove jouit d'abord avec délices de cet amour vraiment extraordinaire chez une enfant si jeune; mais elle ne tarda pas à comprendre les dangers de cette exagération. Elle vit bien que l'isolement où vivait sa petite fille lui était fort préjudiciable, et elle renoua d'anciennes relations qui mirent Noémi en contact avec d'autres enfants. La mère espéra que sa fille formerait parmi eux quelques-unes de ces liaisons qui, plus tard, deviennent parfois de ferventes amitiés. Mais ce fut en vain qu'elle attira chez elle la bande joyeuse en lui offrant les plaisirs les plus attrayants. Noémi accueillait ses convives avec une grâce charmante et faisait gentiment les honneurs du goûter, bien que triste et mécontente au fond; car elle aspirait au moment où elle se retrouverait seule avec cette mère chérie. Se couchant alors à ses pieds, l'enfant la regardait sans pouvoir parler, tant son cœur était plein.

Mme Delbove s'alarmait avec raison de cette exaltation soutenue et si peu naturelle. Elle étudia très-attentivement Noémi et découvrit avec surprise que sa fille était surtout occupée du bonheur que lui donnait sa mère sans être capable de lui faire le moindre sacrifice. Cette tendance à la personnalité affecta la pauvre dame qui craignait qu'elle ne dégénérât en égoïsme.

L'éducation de cette enfant fut très-facile, **car**

elle apprenait bien et vite tout ce qu'on lui enseignait, et elle avait un excellent naturel.

Pendant l'été, Mme Delbove habitait un antique manoir, dans la montagne, aux environs de Voreppe; et quand l'éducation de sa fille fut terminée, elle prolongea son séjour à la campagne au grand contentement de Noémi. Chaque matin elles faisaient une tournée aux environs pour secourir ceux de leurs voisins qui pouvaient en avoir besoin, et à qui le manoir était ouvert à toute heure.

Noémi ne quittait jamais sa mère, qu'elle admirait sincèrement; elle aurait bien voulu la seconder; mais les malades lui inspiraient une invincible répulsion, et toute plaie lui causait un dégoût qu'elle ne cherchait point à combattre.

Elle avait dix-huit ans quand Mme Delbove fut prise de fréquentes défaillances. Le médecin enjoignit à Noémi de veiller attentivement à ce que sa mère fît le moins de mouvement possible; il fallait surtout qu'elle ne marchât pas.

La malade se résigna volontiers à cette inaction, avec le regret pourtant de n'être plus d'aucun secours à personne. Noémi voulant épargner à sa mère toute espèce de contrariété, résolut de la remplacer auprès de ses pauvres, quoi qu'il dût lui en coûter. Mme Delbove se levant fort tard maintenant, sa fille pouvait disposer de quelques heures dans la matinée.

L'on vint dire que le charron du village s'était fait une profonde coupure à la main, et la jeune fille se rendit chez lui munie de tout ce qui était nécessaire pour le panser.

Elle s'arrêta plus d'une fois en enlevant les linges ensanglantés qui entouraient la main blessée; et quand elle découvrit la plaie béante, elle pâlit extrêmement et se sentit près de défaillir; mais se rappelant le grand plaisir qu'elle causerait à sa mère, elle fit un suprême effort et acheva son pansement.

Noémi était encore fort pâle quand, en rentrant, elle offrit à la malade, d'une main tremblante, la potion accoutumée.

« Mon Dieu ! qu'as-tu, mon enfant ? lui dit celle-ci tout effrayée; te serait-il arrivé quelque chose de fâcheux ?

— Tranquillisez-vous, chère mère, ce n'est rien : seulement je veux essayer de vous remplacer tant bien que mal auprès de vos malades, et je viens de panser la main du père Georget.

— Pauvre fille ! dit Mme Delbove en l'embrassant; quel effort il t'a fallu faire pour une chose aussi simple ! Merci, ma chérie, pour le plaisir que tu me fais. Vois donc quelle force l'on puise dans l'oubli de soi-même ! »

La malade s'affaiblit graduellement, malgré les soins empressés de sa fille qui, peu à peu, la suppléa dans sa mission de charité et finit par triompher presque entièrement de ses répugnances instinctives. C'était maintenant une charmante personne, bien qu'elle eût retenu quelque chose de son ancienne personnalité.

Mme Delbove, dont l'état empirait chaque jour, s'alarmait de cette disposition, sentant bien que le ciel réservait à sa fille l'une de ces rudes épreuves qui troublent profondément l'existence, et dont on ne se relève que par la pratique d'une charité fervente. Or, cette vertu ne saurait exister là où il n'y a pas abnégation complète. Mais comment la pauvre mère trouvera-t-elle le courage d'attrister l'enfant toujours si tendre pour elle, et qui vit dans la plus entière sécurité, ne voyant pas dépérir cette mère adorée dont elle s'occupe uniquement?

D'excellents partis se présentèrent pour Noémi, plutôt attirés par ses qualités personnelles que par sa fortune; mais elle les refusa tous, repoussant obstinément toute idée de mariage. Aux instances réitérées de Mme Delbove elle répondait :

« Ne me parlez jamais de mariage, chère mère, je vous en supplie! je suis si parfaitement heureuse auprès de vous que rien au monde ne pourrait me déterminer à changer de position.

— Ma pauvre enfant, il se passe en moi quelque chose d'étrange, je suis parfois et tout à coup émue sans cause ; ou bien j'éprouve l'anxiété que donne l'attente d'un grand malheur. J'ai des frayeurs à propos de rien : tout cela me fait craindre de te quitter à l'instant où tu t'y attendras le moins.

— Oh! mère, pouvez-vous nourrir de pareilles craintes! » s'écria Noémi un instant effrayée ; puis, repoussant toute idée qui pouvait troubler son bonheur et sa tranquillité, elle ajouta tendrement :

« Mais vous n'êtes réellement pas malade, et c'est le chagrin qui vous abat ainsi. Laissez-moi vous soigner comme je l'entends, et vous redeviendrez jeune comme moi. Pensez donc! vous n'avez pas dix-huit ans de plus que votre fille qui n'en a pas vingt encore! Nous vieillirons ensemble, chère maman, heureuses et sûres de notre tendresse mutuelle dont rien ne viendra nous distraire. Votre tristesse ne me fait-elle pas pleurer avant que j'en sache la cause? ne partagez-vous pas mes joies les plus puériles avec une adorable bonté? qui donc peut être plus heureux que nous le sommes? »

Puis posant sa tête sur l'épaule de Mme Delbove, elle ajouta de sa voix la plus caressante :

« Ainsi, mère, c'est convenu : vous ne parlerez plus de mariage, jamais, jamais! »

La pauvre dame n'avait pas le courage d'insis-
ter : se sentant plus oppressée chaque jour, elle
se fit ausculter par son médecin qui lui trouva,
comme elle le pensait, un anévrisme au cœur, et
prédit qu'elle avait peu de temps à vivre encore.
Mais trouvant inutile d'éclairer la malade sur
l'imminence d'un danger qu'il ne pouvait conju-
rer, le docteur se contenta de prescrire le repos
le plus absolu. Il recommanda en même temps à
Noémi de distraire sa mère sans lui causer le
moindre ébranlement.

La pieuse fille, entièrement rassurée, chercha
les moyens de procurer à sa chère malade toutes
les distractions que pouvait comporter la solitude
dans laquelle elles vivaient. Tous les matins elle
courait les bois et la montagne, suivie d'une servante qui en rapportait des gerbes de fleurs et de
feuillages dont elle faisait des bouquets merveilleux, pour les placer ensuite dans les angles de
la chambre où se tenait sa mère, ce qui donnait
à l'appartement un air de fête. Tantôt, elle chantait de sa voix la plus douce quelque suave mé-
lodie, ou bien elle jouait avec âme un nocturne
de Chopin, un andanté solennel de Beethoven. Le
plus souvent elle gazouillait aux pieds de sa mère
comme les petits des oiseaux : faisant des projets
de voyage pour le temps où la santé de Mme Delbove serait tout à fait rétablie. Elle parlait aussi

de choses sérieuses : de la destinée de l'âme dans un monde meilleur, et des épreuves auxquelles elle est soumise en celui-ci; ou bien c'étaient de bonnes lectures, et des réflexions sur ce qu'elle lisait.

Mme Delbove souriait tristement à ces témoignages d'une tendresse vigilante, ne trouvant pas la force de détruire l'illusion de sa fille qui, certes, ne la voyait pas si près de sa fin. Et pourtant, il fallait bien l'avertir ! il fallait l'entretenir de ce qu'elle aurait à faire après cette éternelle séparation.

L'on se trouvait en automne; le temps était doux et la soirée magnifique. La malade, étendue sur une chaise longue et tout à ses tristes pensées, regardait le soleil couchant voilé de nuages empourprés. La splendeur de ce spectacle l'émut à un tel point que l'idée de lui dire bientôt un éternel adieu amena des larmes à ses yeux. Elle les abaissa sur sa fille qui, assise à ses pieds, une main dans les siennes, lisait de beaux vers que sa mère n'écoutait pas. Mme Delbove sentit que le moment de parler était enfin venu; et, faisant un suprême effort, elle ouvrit les lèvres pour entamer ce pénible sujet : mais au lieu de paroles, ce furent des sons rauques et inarticulés qui en sortirent.

A ces cris, Noémi bondit épouvantée et appela

au secours! on alla chercher le docteur et le curé. Quand ils arrivèrent, la malade ne faisait plus aucun mouvement. Le docteur ne laissa pas d'espoir à la fille désolée qui l'interrogeait d'un regard suppliant, et le prêtre administra la mourante.

Noémi n'ayant jamais pensé qu'elle pût être seule un jour, fut atterrée par ce coup imprévu. Mais elle comprima sa douleur afin d'assister sa mère dans cette crise suprême. Mme Delbove serrait de temps en temps la main de sa fille et levait les yeux au ciel, sans doute pour lui recommander la pauvre orpheline.

Enfin, ce cruel martyre cessa, et l'âme de Mme Delbove s'envola vers le ciel!

La douleur de la jeune fille, si péniblement comprimée pendant cette longue agonie, fut extrême. Elle s'en prit à tout du malheur immense qui la frappait; et il fallut toute l'autorité du digne prêtre pour la ramener à cette soumission aux volontés de Dieu dont sa mère lui avait donné un si constant exemple.

Noémi passa les six premiers mois de son deuil dans la solitude et la méditation. Quand le curé la vit un peu plus calme, il essaya de lui faire comprendre que sa vie ne pouvait s'écouler ainsi dans l'inaction.

« Car, lui dit-il, chacun dans le monde a sa tâche à remplir, et il ne vous est pas permis de vivre pour vous seule.

— Ma tâche, à moi, répondit la pauvre affligée, c'était d'aimer ma mère et de la rendre heureuse ; et Dieu sait si je la remplissais avec joie ! mais aujourd'hui qu'elle n'est plus, que m'importe le reste du monde !

— Ignorez-vous donc que les personnes à qui Dieu a réparti les richesses ont de grands devoirs à remplir ?

— Qu'on les reprenne, ces richesses, et qu'on me rende ma mère !

— Ma fille, votre douleur vous fait oublier que Mme Delbove est plus heureuse au ciel qu'elle ne l'était ici-bas. Vous ne vous occupez que de vous-même dans la solitude ; il faut la fuir, car elle est malsaine à l'âme qui, telle qu'un champ, a besoin d'être cultivée pour donner de bons fruits : mais on ne doit pas être seul à y mettre la main, parce qu'on ne sait pas en arracher soi-même l'orgueil et l'égoïsme qui en sont comme les mauvaises herbes ! »

A quelque temps de là, Noémi dit à son vieux directeur :

« Depuis que vous avez pacifié mon âme si profondément troublée, j'ai beaucoup pensé à ce qu'il me reste à faire, et voici à quoi je me suis arrêtée : je veux consacrer ma fortune aux bon-

nes œuvres; et pour expier et vaincre entièrement cet amour de moi-même que ma pauvre
mère a si souvent combattu, je suis résolue d'entrer chez les sœurs de la Miséricorde qui se con-
sacrent uniquement au service des malades.

— Ma fille, je ne saurais blâmer cette résolution : mais laissez-moi vous dire que pour être
agréable à Dieu, il ne suffit pas de lui consacrer
sa vie, dans un moment de grande affliction; il
faut que le sacrifice soit fait librement et même
joyeusement. »

Noémi rassura le curé sur la sincérité de sa vo-
cation; elle fonda un petit hospice dans le manoir
où elle était née et où elle avait perdu sa mère.

Après avoir assuré le bien-être de ses serviteurs et de ses plus pauvres voisins, elle partit
pour Lyon où elle entra chez les sœurs de la Miséricorde; et quelques années après, elle pro-
nonça ses vœux sous le nom de sœur Thècle.

Malgré sa grande piété et sa ferme résolution,
Noémi, habituée à faire sa volonté sans éprouver
la moindre contradiction, ne se plia pas sans
peine à cette obéissance passive exigée jusque
dans les plus petites choses; elle sentait souvent
l'esprit de révolte s'éveiller en elle : alors la pauvre fille courait à la chapelle se jeter aux pieds
du Sauveur, lui demandant les forces nécessaires
à son nouvel état.

Un jour, la supérieure la manda à son parloir. Sœur Thècle y trouva Mlle d'Apremont qui venait demander une sœur pour soigner son oncle, vieux général, dangereusement malade.

« Je vous le répète, ma mère, disait cette demoiselle au moment où sœur Thècle entrait, mon oncle n'est point un malade ordinaire ; ses grandes souffrances le rendent très-irritable, et il tient parfois des propos peu édifiants. Il a fini par lasser la patience de ses parents et de ses serviteurs les plus dévoués ; et les gardes-malades l'ont abandonné. C'est donc surtout une mission de haute charité qu'il s'agit de remplir auprès de lui.

— Vous entendez, ma fille, dit la supérieure en s'adressant à sœur Thècle ; vous sentez-vous la force de supporter de telles épreuves ? car vous comprenez que, quelque rudes qu'elles soient, vous ne devez pas quitter le malade tant que vos soins lui seront nécessaires.

— Ordonnez, notre mère : si la tâche est rude, Dieu m'accordera la grâce d'y persévérer ; et l'espoir d'amener le malade à de meilleurs sentiments soutiendra mon courage.

— N'espérez pas trop, dit Mlle d'Apremont : beaucoup ont essayé et n'ont recueilli pour prix de leur dévouement qu'injure et blasphème.

— Ce n'est pas un motif suffisant pour abandonner ce malade dont Dieu peut toucher le cœur. D'ailleurs, il a besoin de soins! je suis donc toute prête à vous suivre, mademoiselle. »

Sœur Thècle monta dans la voiture du général avec Mlle d'Apremont, qui, chemin faisant, l'exhorta à la patience et au courage, affirmant que rien ne pouvait donner une idée de ce qu'il fallait endurer auprès du terrible malade.

Quand elles entrèrent dans la chambre du général, il s'écria avec colère :

« Vous êtes donc bien pressée de me voir partir pour l'autre monde, ma nièce, que vous me laissez seul sans vous soucier de moi? »

La nièce jeta un coup d'œil d'intelligence à sœur Thècle comme pour lui dire : Que vous avais-je prédit?

« Mais, mon oncle, répondit-elle, n'ai-je pas placé ma nourrice auprès de vous? comment se fait-il que je ne l'y retrouve plus ?

— Parce qu'elle est une sotte pécore qui pleure aussitôt qu'on lui parle : et je l'ai chassée d'ici.

— Eh bien, mon oncle, voici sœur Thècle qui va la remplacer....

— Et qui, dit le général avec amertume, ne saura pas plus que les autres supporter les caprices d'un pauvre moribond.

— Mon oncle, vous n'avez pas le droit de vous plaindre; vous avez épuisé la patience et la charité de toutes les personnes qui vous ont approché.

— Ma nièce, la vraie charité est inépuisable ; elle se réjouit avec les heureux, pleure avec les affligés, souffre avec les souffrants. Si les personnes dont vous parlez eussent été animées d'une véritable charité, toutes mes injures les eussent trouvées insensibles. »

Le malade dit ce peu de mots avec tant d'animation qu'il fut pris d'une quinte de toux dont il faillit étouffer. Sœur Thècle vola vers lui, et le soulagea immédiatement en lui frictionnant la poitrine ; puis, lui ayant fait prendre un calmant, elle posa doucement la tête du malade sur ses oreillers, et il s'assoupit aussitôt.

Sa nièce le voyant endormi, sortit de la chambre.

Le général ouvrit les yeux après deux heures d'un sommeil assez paisible, et trouva sœur Thècle à son chevet. Elle guettait son réveil, une tasse de tisane à la main, et la lui présenta.

Le vieillard la regarda avec un étonnement plein de méfiance.

« Vous êtes bien prompte à secourir, vous ! lui dit-il brusquement. Quel intérêt avez-vous donc à me soigner avec tant de sollicitude ? »

Sœur Thècle ne répondit pas.

« Êtes-vous donc muette ? continua-t-il. Si vous

devez joindre l'ennui à mes autres maux, vous
ferez mieux de retourner à votre couvent. Voyons!
dit-il un moment après; soyez bonne fille! dites
ce que vous espérez de moi pour vos soins empressés?

— La satisfaction de vous procurer quelque soulagement suffit à soutenir mon zèle, général!

— Et qu'est-ce que cela vous rapportera?

— Général, que vous rapportaient donc ces
batailles où vous risquiez votre vie à chaque instant?

— La gloire! ma fille, dit le vieillard en s'animant, et l'approbation de mon chef.

— Moi, général, j'ai la gloire de faire une action agréable à Dieu, et son approbation ne se fait
pas attendre.

— Parbleu! je suis curieux de savoir comment
elle se manifeste!

— Par un redoublement de forces, ce qui me
permettra de veiller auprès de vous tant que vous
aurez besoin de moi. »

Le malade ne répliqua pas et resta pensif.

Le reste de la journée et le lendemain furent
supportables; mais le jour suivant, les souffrances
du général le maintinrent dans une grande irritation, et il ne ménagea pas la pauvre sœur.

« Imaginez-vous, par hasard, me faire croire à
votre désintéressement? lui disait-il pendant

Sœur Thècle ne répondit pas. (Page 175.)

qu'elle lui frictionnait la poitrine, seule chose
dont il éprouvât quelque soulagement. Vous faites
votre métier, et voilà tout. »

Au lieu de répondre à ce propos et à mille autres semblables, sœur Thècle l'amenait adroite-
ment à parler de ses campagnes et des dangers
qu'il avait courus ; ce qui ne manquait jamais de
calmer son humeur pour l'instant.

Mlle d'Apremont assistait souvent aux repas de
la sœur pour causer un peu avec elle. C'est ainsi
qu'elle apprit son histoire.

« En vérité, ma sœur, lui dit cette demoiselle,
j'en admire d'autant plus la charité qui vous fait
supporter avec tant de douceur la terrible humeur de mon oncle.

— Envers qui serait-on donc charitable, sinon
envers ceux qui souffrent autant que lui ?

— C'est qu'il se raille si amèrement des sentiments les plus sacrés !

— Que voulez-vous ! C'est un pauvre aveugle
pour lequel on doit prier avec ferveur : et il faut
bien l'aimer aussi ! car il n'y a que l'affection qui
puisse amollir son cœur. Pensez donc, mademoiselle, combien il serait glorieux de le ramener à
de meilleurs sentiments ! Tout injuste qu'il est, je
l'aime de cette affection que l'on ressent pour un
pauvre enfant infirme. »

Le malade ayant sonné, les deux dames se rendirent en hâte à sa chambre. — Le vieillard qui ne savait plus se passer de la sœur, même pour un seul instant, lui dit avec ironie :

« Il vous faut bien longtemps pour dîner ! il paraît que le dévouement dont vous faites parade ne va pas jusqu'à retrancher une bouchée de vos repas.

— Mon oncle, s'écria Mlle d'Apremont, vous êtes d'une injustice révoltante. Sœur Thècle n'a pas mis dix minutes à dîner ; et quand vous avez sonné, elle me parlait précisément de son affection pour vous ; et vous ne suspecterez pas son désintéressement, je pense ! ajouta-t-elle avec amertume.

— Peut-être ! ! ! »

Le médecin du général étant absent ce jour-là, ce fut sœur Thècle qui pansa une ancienne blessure rouverte depuis peu. Ni les sarcasmes ni les jurements du patient ne la troublèrent ; pourtant sa main trembla en levant l'appareil qui laissa voir cette plaie de l'aspect le plus repoussant : car la pauvre fille n'avait pu, malgré sa ferme résolution, se vaincre au point d'envisager une plaie de sang-froid.

« Quelle vaillante sœur de la Miséricorde ! s'écria le général ! Quand on n'a pas plus de courage que vous, il ne faut pas embrasser un état pour lequel on n'est pas fait. »

Sœur Thècle, un peu remise, acheva son pansement d'une main si légère que le malade s'en trouva grandement soulagé.

Mlle d'Apremont garda son oncle pendant les quatre heures de sommeil que le règlement prescrit aux sœurs qui soignent les malades à domicile.

« Je voudrais bien connaître, lui dit le général, le mobile qui pousse cette fille à être si douce et si attentive auprès de moi? Rien ne la lasse, rien ne la rebute; et quelque chose que je lui dise, elle n'en ressent ni humeur, ni tristesse. Je suis sûr qu'elle espère que je lui laisserai de quoi faire une fondation qui lui fera grand honneur

— Vous ignorez donc qu'il est interdit aux sœurs de la Miséricorde d'accepter aucun legs?

— Croit-elle donc alors que je lui donnerai de l'argent pour ses aumônes?

— Sœur Thècle ayant fait vœu de pauvreté ne peut rien posséder en propre; elle était riche et libre quand elle a renoncé au monde pour se consacrer au service des malades.

— C'est en vérité bien étrange! »

Quand la sœur se trouva seule avec lui, le malade lui dit avec une feinte bonhomie :

« Allons ! soyez franche comme il convient à une pieuse et honnête fille ! Je m'étais imaginé que l'espoir d'un legs pour vous ou pour votre maison stimulait votre zèle ; mais on assure que vous ne pourriez l'accepter. Dites-moi donc alors, en conscience, ce qui vous fait persévérer dans votre affectueuse sollicitude pour un vieux réprouvé comme moi ?

— Général, ne suffit-il pas que vous soyez souffrant ?

— Paroles que tout cela ! Il y a bien certainement autre chose dans votre esprit.

— Il y a dans mon cœur une affection toute chrétienne, fondée sur le malheur où je vous vois : infirme de corps, infirme de cœur, puisque vous n'aimez personne ; infirme d'esprit, car vous ne croyez en rien : en faut-il donc davantage pour m'attacher à vous, et m'exciter à prier Dieu qu'il vous prenne en pitié ? »

Le général déclinait rapidement ; il devenait plus endurant, et ses manières avec sœur Thècle étaient maintenant empreintes de respect. Un soir il lui dit en plaisantant :

« Comme vous seriez fière si vous pouviez m'amener à faire pénitence ! »

Sœur Thècle au lieu de répondre éleva son âme à Dieu, le priant de toucher ce cœur endurci.

Les souffrances du général devinrent si vives que son humeur s'aigrit de nouveau : on ne pouvait plus l'aborder ; la présence ou l'absence de sa nièce l'irritait également ; il chassait et redemandait ses gens dans le même moment ; sœur Thècle essuyait tous ces orages avec une grande égalité d'âme ; mais l'altération de ses traits témoignait qu'elle n'y était pas insensible. S'étant aperçue que sa présence calmait le malade, elle ne quitta plus son chevet, quoiqu'il ne fût pas sain d'y rester toujours ; et quand elle le voyait prêt à s'emporter, elle lui parlait d'une voix si caressante qu'il se calmait aussitôt. Il la regardait avec une certaine émotion prier au pied de son lit.

Enfin, touché de cette ardente charité, il lui demanda de baiser le crucifix de son rosaire ; le cœur de sœur Thècle s'emplit d'une sainte joie quand le moribond lui dit :

« Ne vous désolez pas si vos soins n'ont pu me guérir ; je vous dois plus que la vie, car vous m'avez fait croire à la vertu. Priez Dieu qu'il étende sa miséricorde jusque sur moi ! »

Deux jours après le général n'existait plus !

« Eh bien ! moi, dit Oscar, fatigué du silence qu'il gardait, j'aime ce général tout butor qu'il est.

— Et moi, ajouta sa sœur Édith, j'envie la courageuse vertu de sœur Thècle et la satisfaction que laisse le devoir rempli.

— Je n'admets pas, dit Alice à son tour, que la souffrance donne jamais le droit de torturer ceux qui nous entourent.

— Pourtant, fit observer la petite Mignonne, il faut bien qu'il y ait des mauvais pour que les bons puissent exercer la charité.

— Cela n'est pas indispensable, petite, répondit la grand'mère, en souriant. Quoi qu'il en puisse être, mes amis, tâchez de prendre rang parmi les premiers. Habituez-vous de bonne heure à ne pas vous occuper de vous-même et à n'en pas occuper les autres, alors votre félicité sera certaine quelles que soient d'ailleurs les épreuves que vous garde cette vie.

— Si l'on voulait m'écouter, dit Mignonne, j'aurais bien aussi une histoire à raconter, et une jolie, où il est question de mes deux amies, les petites Dutheil.

— Mademoiselle a aussi ses amies; en vérité, il n'y a plus d'enfants dans ce siècle de lumière.

— Oui, monsieur, j'ai des amies, et qui sont charmantes.

— Sais-tu seulement ce que c'est que l'amitié? lui demanda petit Georges son frère.

— Mais certainement, je le sais ! l'amitié, c'est de donner à son amie tout ce qu'on préfère: c'est d'être contente quand on en dit du bien, et de détester les gens qui en disent du mal.

— Aurais-tu répondu aussi bien que cela, Georges ? lui fit observer Édith en attirant Mignonne à elle.

— Raconte ton histoire, ma chérie, dit Mme Moreau, nous sommes tout oreilles pour l'entendre. »

L'enfant s'assit aux pieds de sa grand'mère et commença :

LA POUPONNE

Clarisse dit un jour à sa mère :

« Vous savez, maman, que c'est aujourd'hui qu'on met la pouponne en robe.

— Tu fais bien de me le rappeler, ma fille, car je n'y pensais plus du tout. Le petit trousseau est-il entièrement achevé ?

— Oui, maman, il n'y manque rien.

— Alors, nous irons chez la Michotte, aussitôt après le déjeuner. »

La Michotte est une bonne vieille qui a élevé Mme Dutheil ; la pauvre femme, veuve depuis longtemps, a perdu sa fille et son gendre dans la même semaine, et elle reste seule pour nourrir trois petits enfants qu'ils lui ont laissés, ce qui est une grande charge pour cette grand'mère. C'était le plus jeune de ces enfants-là qu'on devait mettre en robe ce jour même.

On parla beaucoup des orphelins au déjeuner et les frères de mes amies demandèrent à être de la partie. Clarisse et sa sœur Jeanne avaient travaillé pendant quinze jours au trousseau de la petite, et elles parlèrent à leur père de tout ce qu'elles avaient fait ; il loua leur bon cœur.

« Moi aussi, papa, j'ai un bon cœur, dit le petit Jules : je vais emporter à mon ami Jean la moitié de mes soldats de plomb, et un canon de bois avec des billes pour bombarder l'armée.

— Et toi, Charles, dit le père, n'emporteras-tu donc rien à ces enfants ?

— Papa, j'ai un peu d'argent dans ma bourse que je compte bien leur donner ; et si maman le permet, je porterai mon paletot de l'an passé au petit Jean qui n'a que des vêtements de toile, le pauvre enfant !

— Je le permets, mon fils. »

On servit une tarte aux prunes des plus appétissantes.

« Maman, dit le petit Jules, si vous faisiez les parts un peu moins grosses, nous régalerions les orphelins avec le reste ?

— Volontiers : coupe la tarte toi-même. »

Et Jules, après avoir servi convenablement son père et sa mère, mit toute son application à faire les autres parts bien égales en s'arrangeant de façon qu'il restât un bon quart de la tarte.

« Messieurs, dit Clarisse à ses frères, si nous buvions de l'eau ce matin? C'est fort sain par la chaleur qu'il fait, et nous porterions notre vin à cette pauvre vieille qui n'en a pas, et qui se fatigue une bonne partie de la nuit après sa petite fille.

— Bien dit! » s'écria Charles.

Et se versant un plein verre d'eau, il l'avala tout d'un trait.

La mère voulant suivre l'exemple de ses enfants, tendit son verre à Charles.

« Et moi, je ne boirai certes pas de vin tout seul, » dit M. Dutheil, en imitant sa femme.

L'on mit dans un grand cabas les deux bouteilles qui se trouvaient sur la table. Mme Dutheil y joignit un bon morceau de sucre, tandis que le père achevait de le remplir avec les fruits du dessert. Jules plia soigneusement le morceau de tarte dans un journal et ne voulut céder à personne le plaisir de le porter.

Aussitôt arrivées chez la Michotte, les petites filles étalèrent à ses yeux émerveillés les vêtements qu'elles apportaient à l'enfant.

« Ma vieille bonne, dit Jeanne, vois donc les bas, les chemises et les jupes que j'ai faits toute seule!

— C'est moi, ajouta Clarisse, qui ai cousu les robes, les serre-tête et les bonnets.

— Mes chères demoiselles, vous êtes des anges du bon Dieu! Tout ça est trop beau pour nous.

— Tenez, la mère, dit Charles, qui portait le panier, voici qui va tenir chaud à Jean cet hiver; » et il déposa sur le lit son vieux paletot, glissant dessous trois pièces d'un franc; c'était toute sa fortune.

Pendant ce temps-là, Jules emmenait Jean et Cécile dans un coin de la chambre et leur partageait la tarte et les fruits; et sans donner au petit garçon le temps de goûter à toutes ces bonnes choses, il l'entraîna dans le jardin qui se trouvait derrière la maison. Là il rangea les soldats de plomb en file; puis, pointant son canon, et le tirant, il en renversa tout une rangée, au grand ébahissement du petit Jean qui était ahuri en pensant que tout cela lui appartenait. Charles sarclait et arrosait les salades de la Michotte.

Dans la maison, on procédait à la toilette de la pouponne.

« Michotte, dit Jeanne, je voudrais bien habiller la petite, et je suis sûre de m'en bien tirer, car je suis très-adroite avec mes poupées.

— Ma fille, répondit Mme Dutheil, cette poupée-là est vivante et crie très-fort : car elle est délicate et un rien la blesse; cependant, essaye avec ta sœur de lui mettre une partie de ses vêtements, et surtout prenez beaucoup de précautions. »

Quand l'enfant fut démaillottée.... (Page 161.)

. . Quand l'enfant fut démaillottée, les deux sœurs furent étonnées de la trouver si petite ; elles la chaussèrent, puis l'habillèrent entièrement sans la faire crier tant elles s'y prirent délicatement.

« Comment peut-elle vivre puisqu'elle n'a pas de nourrice ? demanda Jeanne.

— Je lui achète du lait tous les jours, ma chère demoiselle.

— Cela ne suffit pas, Michotte, dit Mme Dutheil ; il faut faire un bouillon de veau que tu mélangeras avec du lait.

— C'est que, madame, la viande est si chère ! »

En retournant chez elles, mes amis dirent à leur mère :

« Chère maman, retenez-nous donc la moitié de l'argent de nos semaines, et vous en achèterez du veau pour le bouillon de la pouponne ! Nous mangerons moins de gâteaux et de sucre d'orge, et nous n'en vaudrons que mieux.

— Elles sont fort gentilles, tes amies, dit Zoé ; je les aime sans les connaître.

— Mais, ma chère, ne crois pas qu'elles s'en soient tenues là ; Charles et Jules ont mis le petit Jean à l'école et font tous seuls les frais de son éducation ; leurs sœurs s'occupent de la pouponne, qui a maintenant dix-huit mois et marche comme une petite femme ; elles lui donnent tout ce dont elle peut avoir besoin ; et vois-tu cette jolie capeline bleue que je tricote? C'est pour elle, et je la lui porterai dimanche avec mes amies.

— Il me semble, dit Oscar le frondeur, que Mlle Mignonne n'est pas fâchée de se mettre en évidence.

— Mais comme elle a bien raconté son histoire! répondit Édith.

— Tu es une brave petite fille, Mignonne; viens embrasser ta grand'mère! Mes enfants, n'avons-nous pas un peu oublié·l'heure? J'espère que vos parents ne seront pas inquiets; faites-leur toutes mes tendresses. »

SIXIÈME GOUTER

« C'est le tour d'Alice, dit Mme Moreau; que nous apporte-t-elle de bon?

— Une histoire que maman m'a prêtée et qu'elle dit intéressante; comme elle est fort longue, je demande à la commencer avant le goûter:

LE DÉVOUEMENT

M. d'Orville ayant perdu sa femme après quelques années de mariage, sentit naître en lui une tendresse immense pour la petite fille qu'elle lui laissait. Il résolut de l'élever lui-même et de ne

13

jamais la quitter d'un seul instant. Il l'emmenait
donc partout où ses affaires l'appelaient; mais à
mesure que l'enfant grandit, le père sentit son
insuffisance à remplir la tâche difficile qu'il s'é-
tait imposée. Il se trouvait fort embarrassé, ne
voulant pas confier ce précieux dépôt à une insti-
tutrice ordinaire.

Un de ses anciens camarades qu'il avait perdu
de vue depuis longtemps, lui écrivit pour avoir
quelques renseignements; M. d'Orville se rappela
avoir entendu parler de la femme de cet ami
comme d'une personne estimable et fort distin-
guée; son imagination travaillant aussitôt, il voulut en juger par lui-même. Prenant sa petite fille
avec lui, il monta en voiture et alla porter immédiatement le renseignement demandé par M. Hallot qui vivait obscurément dans une petite ville
voisine, tout occupé d'administrer sagement sa
très-modeste fortune.

M. d'Orville trouva dans la femme de son ami
tout ce qu'il avait rêvé : haute vertu, simplicité,
modestie, le tout relevé par une rare distinction;
et tout heureux de sa découverte, il n'hésita pas
à la prier de vouloir bien tenir lieu de mère à sa
fille.

« Vous sentez-vous assez de dévouement au
cœur, mes bon amis, leur dit-il, après leur avoir
parlé de ses chagrins et de l'embarras où il se

trouvait, pour vous charger d'une tâche dont je ne me dissimule pas les difficultés? C'est le sacrifice de vos habitudes, de la paix dans laquelle vous vivez, le sacrifice enfin de votre vie entière que je vous demande; car je n'admets pas que nous nous séparions jamais. Mme Hallot prendra la direction de la maison en même temps que celui de Diane sur laquelle je lui abandonne tous mes droits. Elle sera sa mère comme je deviendrai le père de votre petite Laure. Voyez-les, ne s'aiment-elles pas déjà comme deux sœurs? Toi, Hallot, tu m'aideras dans la gestion de mes affaires.

Tu nous demandes là, en effet, un bien grand sacrifice, mon cher d'Orville; tu mènes un grand train, et nous aimons par-dessus tout l'obscurité, ma femme redoutant surtout ce qui la peut mettre en évidence. »

La petite Diane qui avait déjà cinq ans, comprenant confusément ce dont il était question, vint se jeter au cou de Mme Hallot en lui disant :

« Vous allez donc être ma petite mère? comme je vous aimerai, moi qui désire tant avoir aussi une maman! »

Mme Hallot attendrie, serra l'enfant sur son cœur, et se tournant vers son mari :

« Mon ami, un service de cette nature ne se re-

fuse pas quoi qu'il en puisse coûter.»Et elle tendit
sa belle main à M. d'Orville.

Un mois après, Mme Hallot prenait le gouver-
nement de l'hôtel d'Orville; et, tout en tenant les
rênes d'une main ferme, elle sut se faire aimer
des anciens serviteurs de la famille dont elle mé-
nageait habilement les susceptibilités; son mari
s'occupa des affaires, et les deux petites filles ne
distinguèrent plus entre leurs parents, tant était
égale la tendresse qu'on leur témoignait. Elles
s'adoraient et ne pouvaient vivre un seul instant
séparées, bien qu'elles formassent le contraste le
le plus complet.

Diane d'Orville, plus âgée d'un an, était fortement constituée et d'une énergie de caractère fort
rare à cet âge, sans qu'elle produisît jamais cependant le moindre entêtement puéril; la recti-
tude de son jugement et sa tendance à raisonner
ses sensations étaient vraiment surprenantes, au
point de faire mettre parfois sa sensibilité en
doute. Ayant instinctivement le sentiment de sa
supériorité, elle protégeait visiblement la petite
Laure, blonde, délicate et frêle, qu'un rien effa-
rouchait, qui fondait en larmes à la moindre occasion, et qui se réfugiait sans cesse auprès de sa
sœur Diane.

L'amour de Mme Hallot pour *ses deux* filles dou-
blait ses facultés, et elle les dirigeait, chacune se-

lon sa nature, avec un tact merveilleux ; aussi ne se trouvaient-elles bien qu'auprès de leur mère.

Diane avait huit ans quand son père fut atteint d'une phthisie laryngée qui fit en peu de temps de rapides progrès. Sachant bien que ce mal ne pardonne pas, M. d'Orville calcula de sang-froid le temps qui lui restait à vivre ; il initia complétement son ami à la direction de sa fortune, et cessa entièrement de s'en occuper ; il passait ses journées dans la bibliothèque et permettait rarement à sa famille de l'y venir distraire, assurant que leur présence à tous le rattachait trop à cette vie qu'il lui faudrait bientôt quitter, et diminuait son courage. Il institua son ami tuteur de Diane, avec injonction d'habiter l'hôtel l'hiver et l'été son château de Saugy en Berri, jusqu'au mariage de sa fille. M. Hallot n'était tenu à rendre aucun compte de tutelle, mais seulement à restituer le fond de la fortune dont l'inventaire était joint au testament. Enfin M. d'Orville laissait pour dot à la petite Laure une somme de deux cent mille francs placés dans une forte maison de banque d'Anvers, et dont le revenu appartenait dès ce jour à l'enfant.

M. Hallot se défendit longtemps d'accepter de si beaux avantages ; mais son ami insista avec beaucoup de fermeté : et comme toute discussion aggravait l'état du malade, il ne voulut plus parler d'affaires, et succomba bientôt après.

L'on mena les deux petites filles déposer un dernier baiser sur le front glacé de leur père. Cet acte solennel sembla mûrir la raison précoce de Diane, tandis qu'il développa l'irritabilité nerveuse de Laure dont la sensibilité maladive devenait souvent fatigante.

Mais de toute la famille, ce fut Mme Hallot que cette mort émut le plus profondément, par l'appréhension peut-être de l'immense responsabilité qui lui incombait ainsi qu'à son mari.

Quelques années plus tard, M. Hallot sut que le banquier dépositaire de la dot de sa fille se lançait dans de folles spéculations : déjà l'on parlait de faillite. Il résolut d'aller s'en assurer par lui-même, d'étudier de près la question et de retirer ses fonds au cas où ils courraient le moindre risque.

Sa femme dut l'accompagner dans ce voyage dont ils ne pouvaient prévoir la durée ; car elle tenait à veiller sur la santé de M. Hallot, qui n'était pas rassurante depuis quelques mois ; et l'on décida de placer les petites filles au couvent des Dames anglaises pour y faire leur première communion : elles y resteraient l'année entière.

Bien que Diane aimât tendrement ses parents adoptifs, elle ne fut pas fâchée d'entrer en pension, et de voir beaucoup d'enfants comme elle ; mais Laure se désespéra hautement.

« Maman, s'écriait-elle, je mourrai bien certainement le jour où je ne vous verrai plus !

— Allons donc ! répondait Diane ; ne nous dis donc pas de pareils enfantillages ! »

Mme Hallot parvint à calmer la petite fille en lui faisant comprendre que ce voyage était nécessaire à la santé de son père, et l'enfant parut en prendre son parti.

Le jour où l'on conduisit les deux sœurs au couvent, il y eut bien des larmes versées, même par Diane la forte ; Mme Hallot ne pouvait s'arracher aux étreintes convulsives de sa fille qu'elle recommanda comme une enfant qui avait besoin des plus grands ménagements. On entraîna Laure dans l'intérieur, et Diane promit à sa mère de veiller sans cesse sur elle et de soutenir son courage.

En voyant Diane venir la rejoindre, Laure comprit que sa mère était définitivement partie. Elle poussa des cris qui attirèrent toute la communauté. Il fallut la conduire à l'infirmerie où sa sœur la suivit, ne voulant pas s'en séparer, ainsi qu'elle l'avait promis à leur mère. Elles y restèrent plusieurs jours, et Diane répéta si souvent qu'il était mal d'affliger ainsi tout le monde, que la petite Laure finit par se calmer.

Cette excessive sensibilité qui se manifestait à

tout propos, fut très-goûtée de plusieurs religieuses. Elles vantaient l'excellent cœur de l'enfant et s'étudiaient à écarter d'elle tout sujet de chagrin. Jamais on ne la punissait pour une leçon mal sue, un devoir mal fait, une infraction à la règle, tant on craignait de provoquer ces déluges de larmes qui allaient quelquefois jusqu'à la convulsion ; tandis qu'on appréciait assez peu la bonté calme et soutenue de Diane, qui ne recherchait point les éloges. Elle travaillait avec ardeur et fut bientôt à la tête de sa classe.

Quoi qu'on fît, cependant, les occasions de pleurer ne manquaient pas à Laure que la moindre discussion avec ses compagnes bouleversait. Quand elle écrivait à ses parents elle pleurait, et si une lettre de Belgique arrivait, la pauvre enfant tout en larmes ne pouvait la lire ; elle pleurait en entendant sa sœur lui en communiquer le contenu, elle pleurait après l'avoir connu.

« Singulière manière de fêter les lettres où nos parents nous disent tant de choses tendres ! disait Diane en raillant sa sœur ; es-tu bien certaine que ce soit là de l'affection ?

— Je n'en sais rien, répondait la pauvrette éplorée ; mais il est certain que depuis le départ de notre mère mon cœur bat, même la nuit, d'une étrange façon ; je suis dans un état de frayeur continuel quoique sans sujet. »

Ces deux petites filles n'ayant jamais joué avec d'autres enfants, se trouvaient un peu mal à l'aise au milieu du troupeau bruyant qui les entourait à la récréation. On leur fit beaucoup d'avances que Diane accueillit avec réserve, ce qui lui valut le sobriquet de *la grande dame*. La nature expansive de Laure se trouva bien au contraire de ces démonstrations affectueuses auxquelles elle répondit avec effusion, de quelque part qu'elles vinssent. Elle croyait toutes ses nouvelles amies parfaites et délaissait un peu sa sœur pour elles. Mais les mécomptes ne se firent pas attendre, et à chaque déception, c'étaient des larmes nouvelles. Alors elle recherchait Diane et lui confiait ses chagrins.

« Avais-tu donc espéré, répondait celle-ci, que ces demoiselles seraient plus parfaites que nous, et ne peux-tu donc rien leur pardonner?

— Cela t'est fort aisé à dire, toi qui n'aimes rien !

— Merci du compliment, ma chère ! »

Tous les soins et les démarches de M. Hallot furent inutiles; un beau matin le banquier prit la fuite, et fit tout perdre à ses créanciers; le retour à Paris au bout de six mois fut fort triste, non cependant pour les enfants qui étaient ravis de revoir leurs parents; il devint impossible à Laure de travailler tant qu'elle n'eut pas passé un

jour à l'hôtel ; et l'on eut beaucoup de peine pour
la décider à retourner au couvent.

Elle finit enfin cette anné qui lui semblait in-
terminable ! L'éducation des deux sœurs, rentrées
à la maison, se continua avec des résultats divers.
Diane, mieux douée, acquit une instruction solide, une virilité dans les idées fort remarquable,
et parvint à peindre très-joliment. Laure, toujours frêle et rougissant au moindre mot qu'elle
prononçait, avait une telle passion pour la musique qu'elle y sacrifia des études plus sérieuses.
Elle chantait à ravir ; mais trop timide pour jamais se faire entendre dans un salon, à peine
pouvait elle, devant sa famille, donner l'essor à
sa belle voix.

Les deux jeunes filles firent enfin leur entrée
dans le monde et y eurent de grands succès. On
ouvrit les salons de l'hôtel d'Orville dont Mme Hallot fit les honneurs avec un tact exquis, et l'hiver
se passa joyeusement.

A Saugy, elles faisaient de longues promenades
dont le charme était souvent troublé par d'in-
terminables discussions ; car elles n'envisageaient
quoi que ce fût sous le même aspect.

Laure aimait passionnément les fleurs qu'elle
appelait les sourires de la terre ; elle leur attri-
buait des penchants, des sympathies, presque de
l'instinct ; elle s'exaltait à la vue de leurs tissus

délicats, s'émerveillait de la sensibilité des volu-
bilis qui se hâtent de fermer leurs corolles à l'approche de l'orage; elle allait voir le soir dormir
ses plantes favorites; et de ce que Diane ne tombait pas en extase devant la moinde fleurette,
elle lui reprochait son indifférence.

Quelque patiente et dévouée que fût Mlle d'Orville, elle s'irritait sourdement de ce reproche qui
revenait à tout propos; et quand Laure allait jusqu'à lui dire qu'elle ne savait pas l'aimer, son
premier mouvement était de se révolter contre
cette injustice; mais en regardant cette charmante créature, si délicate qu'un souffle pouvait
l'emporter, elle l'embrassait maternellement et le
le calme rentrait dans son cœur.

Une triste circonstance donna beaucoup à réflé-
chir à Mlle Hallot. Le fils du jardinier eut les
deux jambes écrasées sous ses yeux par une
lourde charrette, au moment où elle sortait du
château avec sa sœur! Laure détourna la tête
avec horreur et fut prise d'un tremblement nerveux, tandis que Diane prit la pauvre petite créature évanouie dans ses bras et la porta sur le lit
de la jardinière qui, folle de désespoir, était incapable de donner les moindres soins à son enfant; la courageuse fille, en attendant l'arrivée
du médecin qu'elle avait envoyé chercher, arrosait les jambes mutilées avec de l'eau bien froide,

pour arrêter l'inflammation. Mme Hallot, qui survint, tâchait de relever le courage de la pauvre mère.

Laure, assise sur le banc, auprès de la porte, se calma peu à peu. Elle pensa d'abord qu'il fallait que sa sœur eût le cœur bien dur pour soutenir un tel spectacle ; puis la voyant secourir l'enfant avec tant de sollicitude, elle en vint à se demander si cette sensibilité extrême (dont, au fond, elle se glorifiait bien un peu), la rendant incapable du moindre dévouement, n'était pas plutôt un défaut qu'une qualité comme ses flatteurs le lui répétaient sans cesse ? Elle eut alors la conscience de son inutilité, se promit de veiller attentivement sur elle-même et de combattre la violence de ses émotions. Elle y mit de la persévérance et finit par accompagner quelquefois sa sœur dans les visites quotidiennes que Diane faisait au petit malade, dont pourtant Laure n'approchait pas. Mais ces bonnes résolutions ne tinrent pas contre l'habitude. Diane évitait toute discussion sur ce sujet, voyant que sa sœur y mettait une aigreur que ne comportait pas leur situation mutuelle.

Un matin, par le plus beau temps du monde, les deux jeunes filles, tout en se promenant, parlaient d'avenir. Elles étaient si occupées de leurs projets que, sans s'en apercevoir, elles s'engagè-

rent dans un sentier qui leur était inconnu. Arrivées à un endroit où il se bifurquait, Diane suivit
la *traîne* qui couronnait un tertre dominant la
prairie, et Laure prit le chemin qui y descen-
dait. A peine y avait-elle fait quelques pas qu'elle
s'écria :

« Viens vite, Diane, viens admirer la plus belle
chose qu'on puisse voir, un véritable jardin du
bon Dieu ! »

Mlle d'Orville accourut et se trouva en face
d'une immense haie adossée au tertre d'où elle
venait de descendre, et le garnissant jusqu'à la
traîne.

« Admire, ma sœur, ces vignes sauvages aux
feuilles rougissantes qui grimpent jusqu'à la som-
mité des ormes de la traîne, et s'y marient aux
aigrettes soyeuses de la clématite ! Vois ce hou-
blon escaladant les branches pour retomber en
guirlandes gracieuses au milieu desquelles le fruit
de la bryonne brille comme une étincelle ! et ces
masses de gesses de toutes les couleurs ; ces éper-
vières aux étoiles d'or mélangées aux ombelles
de l'angélique qui ressemblent à des filigranes de
Gênes ! N'est-ce pas beau, cela ? aperçois-tu cette
humble coronille qui rampe sur le velours du
gazon en compagnie des marguerites et des géra-
niums rouges ? Quelles courbes hardies décrivent
ces longues branches d'églantier aux fruits de co-

rail! et ici ce n'est pas comme dans le monde :
les plantes délicates sont fraternellement abritées
par les plus robustes. La brise pour les rafraîchir
agite ces graminées dont les épis dépassent cette
masse fleurie à toutes les hauteurs. Les grandes
fougères projettent successivement leur ombre
sur ce merveilleux assemblage de fleurs dont les
nuances et les formes se marient si bien que,
malgré leur profusion, l'ensemble est plein d'harmonie et de légèreté. Tout cela pousse et vit dans
un espace où l'on récolterait à peine quelques
gerbes de blé. Leurs racines entremêlées trouvent
dans ce même sol l'élément qui convient à chacune d'elles, et toutes s'épanouissent superbes sous
le souffle du Seigneur!! »

Et Laure, l'œil animé, la voix vibrante, se tourna
vers sa sœur qui la regardait avec étonnement :

« Oh! tu ne comprends pas cela! continua la
jeune enthousiaste avec une certaine amertume;
un tel spectacle ne saurait te ravir aux vulgaires
préoccupations de la vie!

— Comme toi, ma chère Laure, j'admire cette
splendide floraison, et je confesse que je ne vis
jamais rien de plus saisissant; mais elle n'ôte
aucun charme à cette vie que Dieu m'a faite si
bonne, et j'avoue humblement qu'il me faut autre
chose que la poésie pour l'entretenir.

— Tu préfères sans doute à ces jardins du bon

Dieu *tes* massifs bien peignés, *tes* fleurs b'en alignées. ,

— Je reconnais volontiers l'infériorité de *nos* jardins que l'on soigne *surtout* pour t'être agréable. »

Laure confuse suivit avec sa sœur le magnifique buisson fleuri jusqu'au bout de la prairie. Elles montèrent dans la traîne et la quittèrent bientôt pour de petits chemins pierreux qui séparent les clos de vignes. Là, sur des tas de pierres séculaires et fort élevés, s'étalent des tapis de petits liserons roses et blancs. Diane préoccupée de cet antagonisme où semblait se complaire son amie, gardait le silence.

« Tu passes, dit Laure, sans daigner voir ces humbles fleurs qu'aucun regard humain n'a jamais profanées : chaque matin elles s'épanouissent uniquement pour le soleil vers qui elles inclinent leur corolle! C'est pour lui seul qu'elles sont belles, et quand il les a pénétrées d'un de ses rayons, elles se referment à jamais! Ce n'est pas toi, Diane, à qui le rayon de soleil dans la solitude pourrait suffire! Il te faut l'admiration de la foule. »

Diane attristée de cette dissidence qui se manifestait à toute occasion, proposa de s'asseoir au pied d'un vieil orme isolé, sur un plateau qui dominait la plaine de toute part. Silencieuse, elle laissait errer ses regards au loin, et l'autre jeune

fille embarrassée de ce silence, finit par lui de·
mander ce qu'elle regardait avec tant d'attention.

« J'aime à laisser glisser mon regard sur l'infini
de la plaine qui me conduit à l'infini du ciel, et
puis à Dieu : ce sublime spectacle me rend meilleure, je le sens!

— Aurais-tu donc vraiment une fibre sensible
aux beautés de la nature? » s'écria Laure avec une
blessante, mais sincère naïveté.

L'automne arrivait; on allait rentrer à Paris.
Les deux sœurs voulant dire adieu à leurs pauvres voisins s'attardèrent, et les étoiles brillaient
au ciel quand elles reprirent le chemin du châ
teau. Elles s'arrêtèrent un instant pour admirer
la magnificence de ce spectacle qui les émut profondément.

« Ne sens-tu pas, comme moi, ma sœur, un
invincible besoin de t'envoler vers ces sphères
brillantes, et n'as-tu jamais rêvé au bonheur dont
jouiraient deux âmes confondues dans une même
espérance, s'élançant dans l'empyrée, et demandant à ces mondes dont il est peuplé des félicités
inconnues à celui-ci?

— Ma pauvre Laure, répondit Diane avec un
triste sourire, restons ensemble sur l'humble pla-
nète où nous sommes condamnées à vivre, et que
je préfère à toutes ces nébuleuses pleines de mys-

tères. Soyons bonnes et secourables, et subissons courageusement nos épreuves ici-bas; puis laissons le reste à la volonté du Très-Haut! »

De retour à Paris, l'on fit ausculter Laure qui se plaignait de fréquentes palpitations; les médecins lui ordonnèrent le séjour des pays chauds.

Sa grand'mère habitait à Antibes une campagne tout auprès de la mer, également abritée du soleil et du vent, et il fut décidé qu'on y conduirait la jeune fille. Mais que de peines pour l'amener à cette séparation!

La famille partit enfin. A Châlon, elle s'embarqua sur la Saône et descendit le Rhône également; on était en octobre, et les arbres n'avaient point encore perdu leur feuillage. Ce voyage fut plein de charme pour les jeunes filles qui admirèrent tout à leur aise les bords gracieux de la Saône, et ceux plus sévères du grand fleuve, avec les Alpes à l'horizon. On arriva sans encombre et l'on ne resta que quelques jours chez la vieille dame. Les adieux de Laure furent déchirants : il semblait qu'elle ne dût jamais revoir sa famille....

« Diane, ma sœur, criait-elle, nous ne devions jamais nous quitter! » puis elle l'étreignait convulsivement.

Mlle d'Orville était très-sincèrement affligée de cette séparation qui, pourtant, lui fut un soulagement, tant l'excessive sensibilité de sa sœur,

devenue injuste et exigeante, lui était pénible.
Diane ne fut plus occupée qu'à rendre moins
cruelle à ses tuteurs l'absence de leur enfant;
et elle parvint à la leur faire supporter par ses
soins empressés et sa tendresse intelligente.

Vers la fin de l'hiver, M. et Mme Hallot devinrent tristes et préoccupés, cette dernière surtout.
Diane craignant de leur avoir causé, bien invo-
lontairement sans doute, quelque déplaisir, s'en
expliqua franchement avec sa mère adoptive, la
priant de lui pardonner au cas où elle l'aurait
offensée.

Mme Hallot, voulant rassurer Diane, nia qu'elle
eût le moindre sujet de tristesse. Cependant, pressée de questions, elle avoua que sa fille trouvait
à Antibes un parti inespéré.

« Qu'y a-t-il donc là de si fâcheux, chère mère?
Ne faut-il pas bien que ma sœur se marie un jour?

— C'est que, répondit Mme Hallot avec hésitation, il y a des obstacles à cette union.

— Si le parti convient et plaît à Laure, nous
lèverons les obstacles.

— J'ai lieu de croire que Laure aime déjà ce
jeune homme, et si elle ne peut l'épouser, elle
en mourra, je le crains!

— Eh bien! marions-les bien vite.

— Mon enfant, tu oublies que Laure n'a plus
de dot, ou du moins la sienne est bien minime;

et cette famille, honorablement placée, a droit d'en exiger une supérieure à notre modeste avoir; car tu connais assez ton tuteur pour savoir qu'il n'entend pas bénéficier des avantages que lui a faits ton père en l'exemptant de te rendre ses comptes de tutelle.

— Hé quoi! chère mère, dit Diane les yeux pleins de larmes, je suis riche et vous vous inquiétez de la dot de ma sœur? tout n'est-il pas commun entre nous, et ne devons-nous pas partager également?

— Chère enfant! tu oublies que Hallot ne souffrira pas....

— Mais dans deux mois je serai majeure, et n'en déplaise à mon cher et digne tuteur, il en sera fait comme je le dis. »

Aussitôt elle écrivit à Laure :

« Aime ton prétendu en toute sécurité, ma sœur chérie; ton père a si bien administré *notre* fortune que tu auras une dot qui satisfera l'ambition de ta future famille, tant grande puisse-t-elle être. Laisse-toi porter doucement par tes rêves vers un heureux avenir, car rien ne troublera ta vie tant qu'il me sera possible de la débarrasser de toute entrave.

— O ma Diane bien-aimée, répondait Laure, combien tu vaux mieux que moi, et que je me sens peu digne de ta générosité! ne t'ai-je pas

souvent méconnue parce que tu mêles la raison
à tout, même à tes plus chères affections! Par-
donne-moi ces injustices et jouis de ton ouvrage.
Mon futur est l'être le plus accompli qui se puisse
rencontrer en ce monde. Il joint une grande douceur à une fermeté de caractère, bien nécessaire,
en vérité, à l'homme chargé de la destinée d'une
pauvre créature comme moi qui fléchis sous le
moindre souffle. Sa voix est douce à mon oreille,
son regard m'électrise, et je sens que je vaux
mieux depuis que je l'aime.

— Pauvre sœur! pensa Diane en lisant ces lignes; elle porte son exagération jusque dans
cette grave affaire du mariage. Pourvu que le
prisme ne se brise pas entre ses mains débiles!
elle en mourrait. »

La gaieté était rentrée à l'hôtel d'Orville; Diane
s'occupait de faire décorer l'appartement qu'elle
destinait à sa sœur. Elle voulut broder les rideaux du petit salon, et sa mère adoptive était de
moitié dans cet ouvrage.

M. Hallot, absent depuis plusieurs jours, ne
devait rentrer que le lendemain; les deux dames
travaillaient au même métier quand un domestique remit une lettre à Mme Hallot. Celle-ci, toute
songeuse, la tint longtemps entre ses doigts sans
l'ouvrir. Enfin, elle rompit le cachet. Diane, qui
l'observait pendant cette lecture, la vit pâlir, rou-

gir, et pâlir de nouveau; puis, jetant un faible cri, elle s'affaissa dans son fauteuil.

La jeune fille, pleine d'un mortel effroi, poussa de grands cris pour appeler du secours. On accourut, et pendant qu'on allait chercher un médecin, elle fit porter la malade sur son lit, où on lui prodigua vainement les soins les plus empressés : elle n'était plus! Diane ramassa la lettre échappée aux mains de sa mère; elle y lut que la surveille on avait trouvé Laure morte dans son lit, un bras gracieusement arrondi au-dessus de sa tête et le sourire aux lèvres.

Le médecin trouva Mlle d'Orville dans un profond désespoir qu'elle comprima pourtant, afin de l'assister dans les efforts tentés pour rappeler sa mère à la vie; mais rien ne put ranimer cette martyre de l'amour maternel.

La raison de Diane était impuissante à maîtriser sa douleur. Elle ne quitta ni le chevet, ni la main de la morte jusqu'au retour de son tuteur qu'elle désirait et redoutait tout à la fois. Que de pensées douloureuses l'occupèrent pendant cette veillée funèbre! n'avait-elle pas perdu les deux êtres qu'elle aimait le plus au monde! Son isolement actuel l'effrayait moins peut-être cependant, que le coup qui allait frapper M. Hallot à l'instant où il rentrerait plein de joie, comme toujours, auprès de sa femme qu'il aimait extrêmement.

Il arriva enfin! le médecin le prépara le plus doucement qu'il lui fut possible au malheur qui l'attendait, et lui remit la lettre fatale!

Pas un mot, pas une plainte n'échappa de ses lèvres pendant qu'en face de sa femme morte, cette femme tant aimée et qui ne pouvait plus lui sourire, il lisait la lettre qui annonçait la perte de son unique enfant.

Ce morne désespoir épouvanta Diane qui s'agenouilla devant lui, saisit ses mains qu'elle arrosa de ses larmes et lui dit :

« Ne suis-je donc pas aussi votre enfant, cher père, et ne m'aimez-vous donc plus? »

Mais rien n'arrachait M. Hallot à cette effrayante torpeur; il semblait frappé dans les sources mêmes de la vie.

Il se laissa ramener sans résistance dans son cabinet, et la jeune fille s'occupa des tristes détails nécessités par la circonstance.

Quelques mois s'écoulèrent sans apporter le moindre changement à l'impassibilité absolue de M. Hallot : il n'avait pas prononcé un seul mot depuis son retour. Les médecins conseillèrent à Mlle d'Orville de le conduire en Italie pour essayer de le distraire. Au départ, un éclair de joie illumina le visage du patient, et sa fille se prit à espérer un meilleur avenir.

En mer, chaque matin on l'installait sur le pont.

où il passait la journée les yeux invariablement
fixés sur l'horizon du couchant. On le gouvernait
comme un pauvre être sans idées aussi bien que
sans volonté; il n'avait pas conscience des soins
que lui prodiguait Diane qui comptait un peu sur
les magnificences de la mer et sur sa mystérieuse
solennité pour réveiller cette âme engourdie. Mais
rien n'amena le moindre signe d'intelligence sur
ce visage inerte : rien ne lui fit rompre ce silence
obstiné.

Mlle d'Orville trouva, tout au bord du golfe de
Naples, une délicieuse villa, bâtie sur une belle
terrasse. C'est là qu'elle passait toutes ses journées, assise aux côtés de son cher malade, à l'ombre d'un énorme figuier. Le malheureux regardait
toujours l'horizon, comme s'il guettait l'arrivée
de quelque navire qui dût lui apporter une bonne
nouvelle; puis, il souriait aux vagues qui se bri-
saient sur le roc au pied de la terrasse. La tempête
seule l'électrisait, comme si ce courroux de l'air
et des eaux eût réveillé en lui des sensations
éteintes. Il était difficile alors de le décider à rentrer; et pour le calmer, il fallait l'établir devant
une fenêtre ouverte. Ces grandes crises de la nature le remuaient si profondément, que plus d'une
fois Diane dut croire qu'il allait enfin sortir de
cette mortelle atonie. Mais le beau temps revenu,
il retombait plus bas peut-être.

Une seule chose semblait apporter quelque trêve au supplice de ce précoce vieillard qui s'affaissait lentement sous l'obsession d'une pensée unique : c'était une promenade, en mer, la nuit surtout, quand la lune brillait au ciel.

Un soir qu'il semblait plus souffrant qu'à l'ordinaire, Diane craignant pour lui la fraîcheur le couvrit d'un manteau, et ordonna de ramer vers la villa. Son tuteur se tournant vers elle lui dit de ce ton suppliant du petit enfant qui demande une grâce :

« Oh! non, pas encore, ma fille, pas encore! il faut ramer vers cette ligne de lumière qui luit à l'horizon ; nous les trouverons là : car il y a bien longtemps qu'elles m'appellent! je les entends, et ma pauvre âme captive s'efforce en vain de les rejoindre. Elles sont si loin! ramez toujours. Ne rentrons pas, Diane, ne rentrons jamais! »

Et il s'affaissa dans une défaillance complète.

En entendant cette voix muette depuis si longtemps, la jeune fille eut un élan de joie bien vive. On pouvait donc espérer en cette puissante organisation encore dans la plénitude de l'âge, quoiqu'il restât bien peu de chose, hélas! de cet être si beau, et de sa vaste intelligence. Mais encore une fois il fallut renoncer à tout espoir.

Elle essaya la puissance de la musique qui agissait toujours sur le malade et lui causait des

Elle essaya de la puissance de la musique. (Page 216.)

ravissements approchant de l'extase. Sans doute
il allait sur les ailes de l'harmonie retrouver ses
chères absentes! mais alors ses nuits étaient agi-
tées, et le lendemain on le trouvait plus mal que
la veille.

Désespérée de l'inutilité de ses efforts, Mlle d'Orville se rappelant le goût passionné de son tuteur
pour l'antiquité, l'emmena à Rome; et là, se faisant érudite, elle cherchait à éveiller son intérêt
sur chaque ruine, chaque monument, chaque site
historique. Parfois la mémoire de M. Hallot lui
fournissait quelques citations; mais cette lueur
s'éteignait aussitôt, et les ténèbres se faisaient de
nouveau. Souvent quand Diane croyait en être
écoutée avec attention, il l'interrompait et témoignait le désir de changer de place : car le pauvre
homme ne se trouvait bien nulle part.

Il dépérissait visiblement : ses yeux secs et ter-
nes s'arrêtaient fréquemment sur sa pupille comme s'il eût eu quelque demande à lui faire. Enfin,
un jour il lui dit :

« Ma fille, rentrons à Paris : il faut que d'ici à
quinze jours je sois dans la chambre de ma
femme. »

L'on quitta donc l'Italie, et l'on traversa la
France en voiturin, s'arrêtant toutes les fois que
l'état du malade l'exigeait.

En rentrant à l'hôtel, il fallut porter M. Hallot

dans cette chambre qu'il désirait si ardemment revoir. Tout y était dans le même ordre qu'alors que la pauvre femme l'avait quittée sans retour. A cette vue le mari éprouva une violente secousse ; il se leva spontanément du fauteuil dans lequel on l'avait apporté, puis il y retomba. Un torrent de larmes s'échappa de ses yeux, les premières qu'il eût versées depuis son malheur !

Diane le crut sauvé, et pressant ses mains amaigries elle l'appelait des noms les plus tendres. Il lui fit comprendre qu'il voulait être mis sur le lit de sa femme. A peine y fut-il étendu que son agonie commença : agonie lente et terrible que rien ne put soulager : et le lendemain tout était fini !

Plus d'une larme avait coulé pendant ce récit qu'Alice avait dû interrompre plusieurs fois et pour cause.

« Quel modèle à suivre que cette Diane d'Orville, et qu'on est heureux d'avoir un cœur aussi vaillant ! dit Edith.

— Et dans une enveloppe aussi forte, mon enfant ; je connais des cœurs qui valent celui de l'héroïne dont vous admirez si justement l'élévation, mais qui, battant dans un corps délicat, sont impuissants, par cette raison, à réaliser tout le bien qu'ils conçoivent. »

L'on goûta assez tristement, chacun restant

sous l'impression causée par le dévouement de Diane. Raoul qui ne s'arrangeait pas de ce silence, se hâta d'expédier son dessert et dit :

« Assez de tristesse comme cela. Moi aussi j'ai mon héros, et j'attends qu'on m'octroie la permission de prendre la parole sans quitter la table, par respect pour la couleur locale ; car c'est d'un cuisinier qu'il s'agit, du cuisinier du grand Frédéric, et je vous prie de croire que ce n'est pas là un conte fait à plaisir ; je tiens cette notice d'une personne qui a connu mon héros et qui ne sait pas mentir. »

Et il fit un signe d'intelligence à la grand'mère qui fut compris par l'assistance, puis il commença :

LE CUISINIER DU GRAND FRÉDÉRIC

(Historique.)

Vers le milieu du siècle dernier, un charmant enfant, tout blond et tout rose, se distinguait au catéchisme d'Issoudun par la grande attention qu'il apportait aux instructions du curé, et par sa facilité à les comprendre.

Cet enfant, nommé Cyr Ajame, était fils d'un

pauvre cardeur de laine chargé de famille. Son
aptitude, sa docilité, un peu aussi sa jolie figure,
inspirèrent au bon curé le désir de le prendre
pour enfant de chœur; il se disait que Dieu ne
pouvait être mieux servi que par un chérubin
semblable.

Les fonctions de Cyr Ajame le conduisaient sans
cesse à la cure, soit pour allumer l'encensoir, soit
pour y remplir les burettes. Il y prenait le linge
blanc pour le service de l'autel et rapportait celui qui ne devait plus servir.

Marthon, la vieille servante du curé, engagea
son maître à garder cet enfant à demeure.

« Monsieur le curé, lui dit-elle, vous ferez une
grande aumône en vous chargeant du sort de votre enfant de chœur, car son père a bien de la
peine à nourrir toute sa famille ; et comme ce
sont des gens discrets, ils pâtiraient toute leur
vie plutôt que de faire connaître leur détresse.
D'ailleurs, vous n'êtes pas servi comme vous le
devriez être, mon cher maître; car me voilà bien
cassée de vieillesse, et cet enfant me serait d'un
grand secours. »

Et comme le curé objectait le surcroît de dé-
pense occasionné par la présence de Cyr dans une
maison où tout devait appartenir aux pauvres, la
vieille servante s'écria :

« Eh! n'est-il pas pauvre aussi, le cher petit? Et

de ce qu'il aime mieux jeûner que de tendre la main. est-ce une raison pour ne pas s'occuper de lui? Que sera donc sa nourriture dans votre maison? et n'*aurons-nous* pas assez de vieilles soutanes pour habiller votre petit serviteur sans qu'il vous en coûte rien? »

Le curé, plein d'affection pour l'enfant, ne demandait qu'à être convaincu ; il accéda au désir de Marthon, et Cyr Ajame fut installé le jour même au presbytère. Le pauvre enfant fut si content de sa nouvelle condition qu'il ne savait comment en témoigner sa reconnaissance. Heureux de se voir en si bon lieu, bien chauffé, bien couché, bien nourri, et n'ignorant pas qu'il devait à l'intercession de la vieille Marthon la jouissance de tous ces avantages, Cyr fut plein de soins et de prévenances pour elle. Il plumait ses volailles, épluchait les légumes, allait au puits, à la cave, au bûcher, et tenait la cour d'une grande propreté. Quelquefois même il aidait la servante à faire la cuisine, ce qui plaisait beaucoup au garçon.

Mais toutes ces occupations ne nuisaient point au service de l'autel où le curé disait sa messe paroissiale, et qui n'avait jamais été mieux tenu. Les burettes antiques reluisaient comme au sortir des mains de l'orfévre. Cyr, dans ses moments de loisir, courait les bois, les champs, les prés, et en rapportait des fleurs et de grandes herbes dont il faisait des bouquets prodigieux que tout le monde admirait sur l'autel. Le curé était enchanté. Pour récompenser son enfant de chœur, il lui enseigna à écrire et à calculer; tous les soirs il lui donnait une leçon, et les rapides progrès de l'écolier rendirent cette tâche douce au maître.

La santé de Marthon déclinait chaque jour. Cyr, qui lui était fort attaché, ne souffrit plus qu'elle prît la moindre peine; il la suppléa presqu'en toute chose, sans que leur maître s'en doutât, Marthon ne voulant pas l'attrister en lui faisant connaître son état de souffrances.

Un déplorable accident vint enfin dévoiler la vérité. Un vendredi, pendant que le curé disait la messe assisté de son enfant de chœur, Marthon, malgré son extrême faiblesse, voulut aller chercher elle-même à la cave des œufs et des légumes pour préparer le dîner. Elle s'affaissa sur les degrés et resta étendue à terre sans pouvoir se relever. Cyr Ajame ne l'ayant pas trouvée au retour de l'église, parcourut la maison, fut très-alarmé en la voyant dans ce triste état, et poussa un cri qui fit accourir le curé. Tous les deux relevèrent la malheureuse fille, et le jeune homme, qui avait déjà quinze ans, la porta sur un lit. Le médecin, qu'il amena bientôt après, reconnut que Marthon était frappée de paralysie, et qu'elle ne se remet-

trait jamais assez bien pour reprendre ses occupations.

Cet arrêt consterna le curé. Outre qu'il était
très-attaché à Marthon qui le servait depuis qua-
rante ans, il songeait avec effroi qu'il lui faudrait
modifier ses habitudes. Sa vieille servante l'avait
accoutumé depuis longtemps à des soins minutieux et à une exactitude rigoureuse ; il ne rentrait jamais par un temps humide sans trouver au
coin de son feu des chaussures pour remplacer
celles qu'il avait aux pieds ; son chocolat était
toujours cuit à point, son dîner servi à la minute,
et personne ne s'entendait mieux que Marthon à
préparer une tasse de café limpide et parfumé.
Tout se réunissait pour rendre son service agréable au maître qui ne pouvait espérer la remplacer.

Le vieillard, ainsi troublé dans son bonheur intime, envoya chercher Perpétue, sœur de Marthon, pour soigner la pauvre malade. C'était une
vieille fille à la mine revêche qui, de tout temps,
avait repassé les aubes et les surplis de M. le
curé, et qui prenait soin du linge de l'église.

Perpétue accepta avec empressement la propo-
sition que lui fit le curé de remplacer sa sœur
dont elle avait envié plus d'une fois la position.
Mais qu'elle était loin de posséder le bon naturel,
l'intelligence et l'activité de Marthon !

15

Tous ces incidents avaient retardé le dîner de
deux heures, et le curé se préoccupait, malgré
lui, de la façon dont il lui faudrait vivre désormais. Les bons repas que lui faisait Marthon, en
maigre surtout, l'avaient rendu difficile, et il n'o-
sait penser à la triste chère que lui réservait sa
nouvelle servante. Il était si soucieux qu'il ne regarda même pas le potage que Cyr posa sur la
table. C'était une excellente purée aux croûtons,
ce qui commença de rassurer le saint homme.
Mais son étonnement fut extrême quand l'enfant
de chœur lui servit un vol-au-vent de quenelles
d'anguille, relevées de queues d'écrevisses et d'o-
reilles de chardon.

Levant alors les yeux sur son serviteur, il lui
dit d'un ton de doux reproche :

« Cyr, mon enfant, il n'est pas séant qu'un prêtre fasse prendre des mets chez le traiteur, un
jour d'abstinence surtout !

— Monsieur le curé, ce vol-au-vent a été fait
chez vous, dans votre propre tourtière.

— Que me dis tu là ! s'écria le maître tout ré-
conforté ; quoi ! cette vieille Perpétue que je ne
croyais bonne à rien, possède un semblable talent culinaire ? Il me semble reconnaître la main
de ma pauvre Marthon, qui se perfectionnait chaque jour.

— Monsieur le curé, dit Perpétue, de sa voix

criarde, en apportant des croquettes d'omelette farcies d'oseille, je ne sais pas faire la cuisine et, ne le saurai jamais; j'ai la tête dure, et d'ailleurs à mon âge l'on n'apprend plus rien. C'est votre grand enfant de chœur qui a tout fait, comme il a bien l'air d'en avoir la coutume.

— Que dit donc cette fille? Ce n'est pas toi assurément qui cuisines ainsi? et où l'aurais-tu appris d'ailleurs?

— Chez vous, mon cher maître; il y a plus de deux ans que je remplace la pauvre Marthon qui ne pouvait presque plus rien faire.

— Et je ne l'ai pas su!

— Elle craignait trop de vous affliger, la brave créature pour vous en instruire!

— Mais la pâtisserie? elle n'y a jamais été bien forte.

— Monsieur le curé, quand j'en ai le temps, je vais passer quelques heures chez mon oncle le pâtissier, et je l'aide à faire sa besogne; il me laisse même inventer des gâteaux que sans doute l'on trouve bons, puisque mon oncle a la vogue!

— C'est bien cela que je remarquais que Marthon faisait des merveilles en vieillissant! Mon garçon, tu ne me quitteras plus, et je te donnerai de bons gages; car il n'est pas juste que tu me serves pour rien, quand tu pourrais gagner beaucoup d'argent ailleurs.

— Ferai-je donc jamais assez pour vous, mon cher maître, qui me comblez de bienfaits depuis mon enfance ? Je ne demande d'autre faveur que celle de passer ma vie auprès de vous.

— Mon pauvre enfant, cet engagement ne sera pas de longue durée, dit le vieillard en souriant mélancoliquement ; j'ai soixante-seize ans !

— Monsieur le curé, Dieu bénit ses serviteurs, et il vous reste encore beaucoup de bien à faire en ce monde. »

Cyr Ajame, certain désormais de ne plus quitter son maître qu'il aimait par-dessus tout, imaginait chaque jour quelque ragoût, quelques entremets nouveaux, afin de lui être agréable ; et il était toujours heureux dans ses essais.

Deux ans après, il y eut grande solennité à l'occasion de l'anniversaire séculaire du martyre de saint Cyr, patron de la paroisse. Pour donner plus de pompe à la cérémonie, le curé convia tout le clergé des environs. Les offices terminés, les invités devaient dîner à la cure.

« Cyr, mon garçon, dit-il à son jeune serviteur, il faut te signaler ! N'épargne rien de ce qui sera nécessaire pour faire un bon dîner. La saison n'est pas propice, mais je m'en remets à toi du soin de bien faire les choses. Il s'agit de fêter dignement notre saint patron, qui est le tien en particulier ; fais en sorte que chacun se retire satisfait de l'hospitalité de ton vieux pasteur. »

Le jeune homme se surpassa, stimulé par le désir de faire honneur à son maître; il servit un repas comme l'on n'en avait jamais vu à dix lieues à la ronde, en cette saison surtout.

A ce repas assistaient le prieur de Saint-Cyr et celui de Saint-Paterne, les supérieurs des capucins et des minimes, les chanoines et quelques curés des environs. Mais le personnage important de cette réunion était l'abbé de la Prée, riche couvent de Bernardins, bâti sur les bords de l'Arnon dans une ravissante position. Cet abbé, fort expert en gastronomie et très-étonné de trouver un tel régal chez un simple curé, ne put s'en taire.

« J'ignorais absolument, monsieur le curé, dit-il, que votre ville offrît de telles ressources culinaires, et je regrette fort de n'en avoir pas usé toutes les fois que Sa Grandeur nous fait la grâce de visiter notre pauvre abbaye.

— Hélas! mon révérend, un humble curé comme moi ne saurait recourir au traiteur; ce repas est tout simplement servi par un de mes anciens enfants de chœur qui fait ma cuisine à l'ordinaire.

— Comment, curé, tout, la pâtisserie, les aspics, les purées de volaille?

— Et même les entremets, mon révérend, répondit l'excellent homme, plein d'un innocent orgueil en entendant louer les talents de son petit serviteur.

— Et, curé, vous faites tous les jours pareille chère? Mais savez-vous bien que vous êtes mieux traité qu'une éminence! Vraiment, votre enfant de chœur peut rivaliser avec toutes les célébrités en ce genre. Faites appeler ce garçon, je vous prie, afin que je lui fasse mon compliment. »

Cyr Ajame, averti, parut le bonnet de coton à la main, tout de blanc vêtu et d'une propreté irréprochable. Le bon curé le regardait avec complaisance, jouissant déjà du plaisir qu'allaient faire au jeune homme les éloges de l'abbé de la Prée.

« Mon garçon, dit celui-ci d'un ton protecteur, tu as une rare aptitude pour la cuisine, et il serait malheureux, en vérité, que de semblables dispositions restassent sans culture. Viens à la Prée, et pour peu que tu montres de docilité, l'on y fera quelque chose de toi, et je me chargerai de ta fortune. »

Le jeune homme salua en silence et jeta sur son maître un regard plein d'anxiété.

L'abbé qui l'observait, dit nonchalamment :

« Vous permettez, n'est-ce pas, monsieur le curé?

— Mon révérend, dit le vieillard avec une dou-

Viens à la Prée, l'on y fera quelque chose de toi. (Page 230.)

loureuse résignation, je dois me trouver heureux d'avoir cette occasion de vous être agréable.

— Eh bien! jeune homme, continua l'abbé sans faire plus d'attention au déplaisir visible du vieux prêtre, c'est entendu : je vais faire quelques visites en ville, et ce soir nous couchèrons à la Prée. »

Quand tous les convives furent partis, Cyr accourut tout éploré :

« Mon cher et vénéré maître, s'écria-t-il, me laisserez-vous donc partir ainsi! Je ne peux pas vous quitter! Je ne le veux pas! Ne me refusez pas le bonheur de soigner vos derniers jours, je vous en supplie!

— Hélas! mon cher enfant, répondit le curé, d'une voix émue et les yeux humides, ce désir du révérend équivaut à un commandement, et je ne puis que m'incliner devant les ordres de mes supérieurs. J'avais si bien compté, pourtant, veiller sur ta jeunesse et la préserver des fautes qui compromettent l'avenir en ce monde et dans l'autre! Mais Dieu en dispose autrement, et il faut accepter cette épreuve avec un cœur humble et reconnaissant.

« Avant de nous séparer pour toujours, Cyr, laisse-moi te dire encore que sans le bon témoignagne de la conscience, il n'y a ni bonheur ni tranquillité. Dans ton métier, mon ami, les tentations sont fréquentes ! Que l'amour de Dieu et le souvenir de ton vieux pasteur te préservent d'y succomber ! »

L'abbé, fier de sa conquête, invita tous les gentilshommes du voisinage à venir juger du savoir-faire de son jeune cuisinier, dont la renommée s'étendit rapidement. Chacun s'empressa d'envoyer à l'abbaye du gibier gros et menu, afin d'avoir le droit d'user largement de l'hospitalité des moines

Monseigneur de Bourges qui tenait grand état de maison à Paris, et résidait rarement dans son diocèse, étant en tournée pastorale, fit annoncer sa visite à la Prée. Il y avait deux ans à peu près que Cyr Ajame était chargé du bonheur temporel des dignitaires de l'abbaye. Le révérend voulut étonner l'archevêque (qui avait une table fort recherchée) par la chère délicate qu'il lui offrirait. Il fit venir des provisions de loin ; on chassa dans les bois des moines, et l'Arnon, rivière profonde et encaissée qui recèle de magnifiques poissons, fut pêché à fond. Entre autres belles pièces on retira une carpe de vingt livres. Le cuisinier la piqua finement, l'emplit de beurre frais bien assaisonné et pétri avec des fines herbes et du jus de citron ; puis, l'ayant enveloppée de papier huilé, il la mit à la broche devant un feu doux et soutenu. Quand elle fut cuite à point et bien dorée,

Cyr Ajame la posa doucement sur un ragoût de foies d'oiseaux, de langues et de laitances de carpes, garni de queues d'écrevisses et de champignons des bois.

C'était le plat capital du somptueux dîner offert à Son Éminence.

Fort surpris de trouver une table ainsi servie dans une abbaye perdue au milieu des terres, l'archevêque s'écria :

« Ce n'est certes pas, mon cher abbé, un cuisinier de Bourges qui peut avoir apprêté cette superbe carpe, dont la saveur n'a rien qui l'égale ; je les connais tous, et celui de l'archevêché, sans contredit le meilleur du diocèse, est loin d'égaler l'homme qui fait de tels dîners.

— Monseigneur, répondit l'abbé avec une fausse modestie qui cachait mal son orgueilleuse satisfaction, de pauvres reclus comme nous ne peuvent traiter Votre Grandeur qu'avec leurs propres ressources. Le cuisinier de notre maison, enfant élevé dans la cure d'Issoudun, suffit seul à notre service.

— Voyons donc un peu ce phénomène !

— Monseigneur, répondit l'abbé très-alarmé, Cyr Ajame n'est sans doute pas en état de paraître décemment devant Votre Grandeur.

— Que dites-vous là, mon cher abbé, répliqua malicieusement le prélat qui jouissait de l'embar-

ras visible du révérend; c'est précisément revêtu
des insignes de sa profession qu'il me plaît de le
recevoir. »

Il fallut bien faire appeler le jeune cuisinier qui
se présenta, comme chez le curé d'Issoudun, en
veste et tablier blancs, exempts de toute souillure.

« Et quoi! c'est là ce fameux artiste? un enfant! plaisantez-vous, l'abbé!

— Ah! monseigneur! » répondit celui-ci en s'inclinant humblement.

Et de fait, Cyr était si petit, si blond, si rose,
qu'ont l'eût volontiers pris pour une jeune fille
déguisée.

« Le sujet semble joindre à son incontestable
talent une propreté rare, ajouta monseigneur,
en jetant un regard investigateur sur le jeune
homme.

— Ainsi qu'une grande économie et une probité irréprochable, dit l'abbé cédant à un mouvement d'orgueil intempestif. Sa Grandeur peut
voir que si le sujet est mince, sa valeur est
grande!

— Si grande, en effet, mon cher abbé, qu'on
doit craindre qu'elle ne soit, pour votre sainte
maison, un perpétuel écueil; et comme il serait à
déplorer qu'un talent semblable se rouillât dans
un lieu d'abstinence, vous allez me céder cet enfant de notre Berri; je veux qu'il étonne et Pa-

ris et la cour par la nouveauté des mets qu'il sait si bien apprêter.

— Sa Grandeur dispose de tout dans la maison de ses indignes serviteurs, répondit l'abbé se contenant à peine.

— Jeune homme, dit l'archevêque en mettant un double louis dans la main du cuisinier, vous me suivrez à Bourges demain au matin. »

Cyr Ajame s'inclina profondément tout en lançant un coup d'œil narquois au révérend.

Huit jours plus tard, l'enfant du Berri, comme l'appelait son nouveau maître, s'installait à Paris en qualité de premier chef, dans les vastes cuisines de l'hôtel de Mgr de Bourges. Là il fit merveilles, et fut bientôt prôné par tous les gastronomes de la capitale. Toutes les personnes admises à la table du prélat s'entretenaient du prodigieux talent de son premier chef.

Un soir, à Versailles, l'ambassadeur du grand Frédéric aborda l'archevêque et lui dit :

« Monseigneur, il n'est bruit dans le monde que du cuisinier de Votre Grandeur. Y aurait-il indiscrétion à demander où elle a fait cette précieuse trouvaille?

— Dans une obscure abbaye de mon diocèse.

— Me permettrez-vous une question que vous trouverez sans doute assez étrange, mais que vous excuserez quand vous en connaîtrez le but et le motif ? Le talent de cet homme mérite-t-il réellement l'éloge qu'on en fait ?

— Si monsieur le baron veut bien partager demain le dîner d'un pauvre prélat, répondit l'archevêque avec un sourire contenu, il en pourra juger par lui-même. »

L'ambassadeur accepta avec un plaisir marqué cette invitation qu'il avait bien un peu provoquée. Le lendemain il était avant midi dans le cabinet de Mgr de Bourges, en compagnie de quelques gourmets distingués. Pendant tout le repas, il fut silencieux et recueilli, en homme appelé à prononcer sur une grave question.

Après le dîner, qui fut exquis, le diplomate savourait son café d'un air préoccupé; et comme il gardait toujours le silence, l'archevêque s'approcha doucement, et lui dit à mi-voix :

« Soyez franc, monsieur le baron, le dîner n'a pas répondu à votre attente, et vous trouvez que mon cuisinier usurpe sa réputation?

— Bien loin de là, monseigneur ! le talent de cet homme est au-dessus de tout ce que l'on peut imaginer.

— Mais alors, seriez-vous donc indisposé?

— Hélas ! monseigneur, je ne suis qu'embarrassé, fort embarrassé; et si Votre Grandeur veut bien m'accorder quelques moments d'attention, elle jugera si j'ai lieu de l'être. »

Conduisant alors le prélat dans un coin du salon, il continua ainsi :

« Monseigneur, le cabinet de Versailles me charge de porter au roi, mon maître, en réponse à son message, des paroles qu'il entendra difficilement. Cependant, s'il acquiesçait aux propositions qu'elles renferment, les deux États y trouveraient leur avantage, et Votre Grandeur, sans quitter son fauteuil, peut amener cet heureux résultat.

— Eh quoi! s'écria l'archevêque en souriant, vous voulez que je m'immisce ainsi dans les secrets de cabinet !

— Votre Grandeur ignore peut-être, continua l'ambassadeur, que le roi, mon maître, est servi par quatre cuisiniers différents qui sont, chacun à son tour, de quartier pendant un mois. Sa Majesté s'arrange assez bien de l'Allemand, de l'Espagnol et de l'Italien; mais le grand Frédéric prétend que la France est mal représentée dans ses cuisines. Il m'a chargé de lui ramener quelque sujet hors ligne, et cela avec une insistance qui m'impose la nécessité de réussir; mais, moins heureux que vous, monseigneur, j'ai cherché vainement jusqu'à ce jour; ce rare phénix est encore à trouver !

— Et, baron !...

— Et, monseigneur, je cherche comment je

pourrais supplier Votre Grandeur de céder son fameux cuisinier au roi, mon maître. Cette conquête le mettrait en belle humeur, et j'obtiendrais d'emblée la solution importante qui maintiendra la bonne harmonie entre les deux royaumes.

— Qu'à cela ne tienne, monsieur l'ambassadeur! Vous emmènerez mon cuisinier, et vous direz au roi de Prusse que je n'aurais fait ce sacrifice à aucun autre qu'à lui, entendez-vous?»

Aussitôt arrivé à Berlin, l'ambassadeur se rendit au palais, et avant toutes choses, il parla au roi du cuisinier sans pareil qu'il lui amenait, et surtout de la façon dont il se l'était procuré. Frédéric voulut le voir sur-le-champ; car ayant la prétention d'être grand physionomiste, il assurait pouvoir juger toute personne à première vue.

En voyant entrer Cyr Ajame, le roi s'écria avec une vivacité voisine de la colère :

« Que m'amenez-vous là, baron? Quelque donzelle déguisée, ou tout au moins un blanc-bec qui ne pourra tenir en bride le moindre marmiton, et qui gâtera toutes les sauces !

— Que Votre Majesté daigne en essayer avant de prononcer!

— Je vous prends au mot, baron, et veux vous confondre en vous invitant au dîner que ce morveux nous servira demain. Qu'il se tienne bien, car l'Italien a fait merveille aujourd'hui ! Qu'on le fasse reconnaître dans ses nouveaux domaines. »

Quoique fort troublé par l'accueil de son redoutable maître, Cyr Ajame se mit à l'œuvre sans plus tarder, et servit le lendemain au roi un dîner comme Sa Majesté n'en avait jamais mangé, ce qui la disposa si favorablement que le diplomate réussit dans sa mission pacifique, ainsi qu'il l'avait prévu.

Les cuisiniers de Frédéric le suivaient à l'armée, ayant chacun son matériel et ses provisions dans des fourgons à ses ordres; car le roi tenait à être aussi bien servi sous la tente que dans son palais; luxe étrange chez ce prince qui affectait une grande simplicité en toute autre chose.

Comme il s'entretenait volontiers avec les gens de peu, il eut plus d'une occasion de remarquer la vive intelligence du cuisinier qui l'amusait de ses promptes reparties. Il se plaisait à lui parler de ce peuple de France, si difficile à contenir et à satisfaire, et de la façon dont il le gouvernerait s'il en était le roi, ajoutant qu'il l'aurait bientôt discipliné. Le serviteur lui ripostait avec toute l'indépendance d'un véritable Issoldunois que, pour y réussir, il faudrait une main plus douce et une humeur plus flexible que celles de Sa Majesté, les Français n'étant pas aussi endurants que les sujets du roi de Prusse. Le grand roi, si terrible à son noble entourage, souffrait volontiers certaines libertés de langage aux gens de la classe inférieure qui l'approchaient ; et il dut à Cyr Ajame de connaître plus d'une vérité qui, sans la familiarité à laquelle il l'admettait souvent, ne fût jamais arrivée jusqu'à lui. Frédéric finit par estimer singulièrement son cuisinier, précisément pour l'indépendance de son caractère ; et celui-ci s'attacha également à son royal maître qui lui disait quelquefois :

« Tiens, Cyr, je ne dîne réellement que lorsque tu es de service.

— Eh bien ! répondait résolûment le serviteur, que Votre Majesté me laisse l'honneur de la servir toute l'année !

— Ne faut-il pas que je maintienne dans mes cuisines l'équilibre européen ? » répliquait Frédéric en riant.

A la mort du grand Frédéric, auquel il avait fini par ressembler singulièrement, Ajame se retira dans une maison écartée de l'un des faubourgs de Berlin, où il s'enferma pendant vingt ans sans autre distraction que celle qu'il prenait à élever des rossignols ; goût fort répandu dans la capitale de la Prusse à cette époque.

Mais en vieillissant, M. Ajame sentit se réveiller en lui l'amour du sol natal, si longtemps engourdi, et il revint à Issoudun où l'attendaient bien des mécomptes. On l'y avait complétement oublié, et ce fut à peine si sa famille voulut bien le reconnaître. Puis, tout y avait changé d'aspect, et les coutumes n'étaient plus les mêmes. Il continua de vivre dans l'isolement, et acheta la maison de la maîtrise tout proche de l'ancienne cure, dont il voyait le toit de ses fenêtres. Là, il passait de longues heures dans son jardin abrité par l'église où il avait été jadis enfant de chœur, pensant au vieux curé, à Marthon, seuls êtres, avec le grand Frédéric, qu'il eût aimés dans sa vie.

« Est-ce que vous avez réellement connu cet homme, grand'mère? demanda Oscar.

— Oui, mon enfant, je l'ai souvent vu chez mon père depuis 1813 jusqu'en 1817, époque où je suivis mon mari; et c'est de sa propre bouche que j'ai recueilli les faits consignés dans cette notice. Il y joignait le récit d'une foule d'anecdotes échappées à ma mémoire. Quand je le connus, il était atteint d'une surdité si grande que tout commerce dut nécessairement cesser entre lui et le reste du monde qui finit par l'oublier de nouveau. Il fallait la patiente bonté de ma mère pour l'accueillir, et la bienveillance infatigable de mon père, toujours acquise à tous les malheur et à toutes les infirmités. »

La vieillesse de M. Ajame se prolongea au delà du terme ordinaire, et quand il prit possession de sa dernière demeure, il ne laissa ni regrets, ni souvenirs après lui.

« Si, pourtant, grand'mère, dit Alice ; je vais quelquefois dans une petite rue qui porte son nom. »

La séance avait été plus longue que d'ordinaire et chacun s'empressa de rentrer dans sa famille.

SEPTIÈME GOUTER

Édith avait passé la matinée avec sa grand'mère pour l'aider à mettre en ordre les papiers qui remplissaient les tiroirs et les cartons de son bureau. En les classant elle avisa un cahier portant cet intitulé : *les Inséparables*.

« Qu'est-ce donc que cela, grand'mère? dit-elle; encore une histoire bonne à lire aux goûters?

— C'est celle de mon enfance et du temps que j'ai passé en pension; mais les faits et gestes de la pauvre petite Lucile pourront-ils vous intéresser, après tout ce que vous venez de lire?

— En doutez-vous, grand'mère! je réponds pour tous; et en leur nom je demande la faveur d'une audition complète.

— Qu'il en soit comme tu le désires, ma chérie, mais sous ta responsabilité; vous ne retrouverez rien de la vive Lucile dans la vieille femme aux rides nombreuses qui ne connaît plus d'autre bonheur que celui qu'elle peut vous donner.

— Ce qui reste de l'enfant dont vous parlez, vaut encore mieux que tout au monde : des trésors de tendresse, et surtout un complet oubli de soi qui inspire amour et respect à tout venant! N'est-ce donc rien, cela?

— Taisez-vous, petite flatteuse, et terminons notre besogne, car voici l'heure de l'invasion. »

La bruyante troupe, en effet, tarda peu à envahir la chambre de Mme Moreau, et entraîna Édith au jardin en dépit de sa résistance. La grand'mère l'y suivit. Édith ayant obtenu à grand'peine un instant de silence, dit :

« Qui parmi vous est doué d'une longue haleine? Voici une histoire qui nous touche au cœur puisque bonne maman y joue le rôle principal. »

Et elle montra le gros cahier.

« Donne-le-moi, dit Oscar; quand je serai fatigué, je le passerai à un autre.

— A moi, dit Mignonne en se redressant, je veux lire ma part de l'histoire de la petite Lucile. »

Et elle sauta au cou de sa grand'mère.

« Et moi aussi, » s'écria-t-on en chœur.

L'on convint que Mignonne commencerait, et
que chacun aurait son tour par rang d'âge, en allant du plus jeune à l'aîné. Mignonne prit donc
position sur son petit tabouret; sa sœur lui passa
le cahier, et après avoir toussé deux ou trois fois,
elle commença :

LES INSÉPARABLES

I

Les trois petites filles.

Lucile Laporte, Sarah Verneuil et Clémence de
Villement s'étaient liées d'une étroite amitié, et
dans le pensionnat où elles furent élevées, on ne
les désignait que sous le nom d'*Inséparables*.

Lucile était une pauvre enfant maladive que ses
parents craignirent plus d'une fois de perdre ;
aussi lui donnait-on généralement quelques années
de moins que son âge réel. Son père, riche marchand de laines, ne permettait pas qu'on la con-
traignît en aucune manière. Les médecins ayant
déclaré que tout travail était contraire à la santé
de l'enfant, Lucile fut laissée entièrement à elle-
même.

M. Laporte habitait à l'extrémité du faubourg
une vaste maison située au milieu d'un enclos
baigné par la rivière. A partir de la mi-juin, une
soixantaine de femmes *charpissaient* la laine des
toisons brutes sans la rompre; des ouvriers la-
vaient ces toisons dans de grands paniers plongés
dans l'eau, et on les étendait ensuite sur des
draps dans l'enclos, disposé à cet effet en compar-
timents gazonnés.

L'enfant, chétive mais intelligente, inspirait une
affection presque maternelle à toutes les ouvrières, sur lesquelles elle exerçait un certain empire
dû à sa constante sympathie pour ces pauvres
femmes. Avaient-elles une grâce à demander,
quelques réclamations à faire, Lucile était toujours chargée du message auprès de son père
qui, l'aimant comme on aime l'enfant que l'on
craint sans cesse de perdre, ne savait rien lui
refuser.

Lucile accompagnait souvent les ouvrières qui
demeuraient presque toutes dans le voisinage,
quand, après la journée de travail, elles rentraient
dans leur maison pour apprêter le repas du soir.
L'enfant aidait à mettre le couvert dehors, car à
cette époque tous les habitants du faubourg sou-
paient au grand air devant leur porte. La petite
fille allait de table en table, toujours conviée avec
instances à prendre sa part du maigre souper de

la famille. Cette enfant qui restait sans appétit à
la table abondante et délicate de son père, mangeait avec un plaisir extrême les mets grossiers
qui lui étaient offerts avec tant de cordialité, ce
qui lui valut d'acquérir de bonne heure l'habitude
de la frugalité ; en revanche, elle demandait à sa
mère les restes du dessert qu'elle destinait aux
enfants de ses pauvres voisines. Enfin elle entrait
à toute heure chez elles, furetant dans leur maison afin de s'assurer s'il y manquait quelque
chose d'essentiel ; dans ce cas elle tâchait de le
leur procurer, et n'y épargnait ni sa petite bourse
ni celle de son père.

Bien que Lucile n'eût rien appris encore de ce
que l'on enseigne aux enfants de son âge, elle ne
manquait pas cependant d'une certaine instruction. D'abord elle observait avec attention ce qui
se passait autour d'elle. Elle écoutait ce qui se
disait à la table de son père qui exerçait une large
hospitalité. M. et Mme Laporte, voyageant alternativement pour leurs affaires, avaient toujours
quelque chose à raconter des pays qu'ils avaient
vus, et répondaient avec complaisance aux inter-
minables questions de l'enfant ; et enfin Lucile
passait une bonne partie de la journée chez sœur
Blanchard, pauvre religieuse que M. Laporte avait
recueillie lors de la destruction des couvents, et
qui tenait une petite école dans une partie retirée

de cette vaste maison. Ce fut là qu'elle apprit à lire, seule chose, avec le catéchisme et les prières, que pût enseigner la bonne religieuse.

Lucile aimait beaucoup la lecture, surtout celle des vers. Elle lut et relut si souvent un volume de Racine qu'on lui avait donné, qu'elle sut bientôt par cœur les deux tragédies qu'il contenait. Elle en déclamait très-bien les principaux morceaux, quoique, certainement, elle n'en sentît pas toutes les beautés. Chacun s'étonnait de voir cette frêle et pâle enfant se passionner en récitant des tirades d'*Esther* ou d'*Athalie*. Elle disait aussi d'une façon fort dramatique les principaux épisodes de l'Ancien Testament que lui racontait sœur Blanchard. C'est ainsi qu'elle apprit sa langue sans s'en douter.

Lucile était laide et on le lui avait souvent dit sans ménagement et en s'apitoyant sur elle, ce qui développa chez cette enfant une grande méfiance et une susceptibilité de caractère qui allait quelquefois jusqu'à la souffrance. Ses parents l'aimaient tendrement et prenaient bien garde de ne pas la blesser ; mais elle n'en croyait pas moins qu'une fille comme elle ne flatterait jamais leur amour-propre.

M. le marquis de Villement, riche propriétaire des environs, avait eu plus d'une fois l'occasion d'apprécier M. Laporte, soit en lui vendant ses laines, soit dans les rapports de voisinage; car ils avaient des propriétés contiguës. L'ancien marquis était frappé des vues larges et généreuses de cet homme de bien. Dans ses rares visites au négociant, M. de Villement remarqua Lucile dont la vive et précoce intelligence lui plut singulièrement. Il en parla à sa sœur, vieille demoiselle qui tenait sa maison depuis la mort de la marquise, comme d'une charmante compagne pour Clémence de Villement, plus âgée d'un an. La chanoinesse fit quelques difficultés d'admettre dans l'intimité de sa nièce une enfant à qui elle supposait des manières communes. Le marquis, ne tenant aucun compte des répugnances de sa sœur, obtint de M. Laporte la promesse de lui amener Lucile, non sans quelque opposition de la mère qui, en femme prudente, pensait qu'il faut que chacun reste dans sa sphère.

Le jour où Lucile dut aller à Villement, sa mère l'habilla avec le plus grand soin; elle l'examina minutieusement, la fit tourner et retourner, puis marcher et faire la révérence. La pauvre dame sentait bien que sa petite fille serait fort empruntée chez le marquis, et cette infériorité probable de l'enfant la faisait souffrir. Elle l'accabla de recommandations et lui dit de bien faire attention à tout ce qu'on lui dirait au château.

On fit très-bon accueil au négociant et à sa fille.

Lucile fut d'abord interdite en face d'un luxe et d'une tenue de maison dont elle n'avait aucune idée. Les grandes manières de la chanoinesse et la distinction de Clémence la frappèrent ainsi que la dignité de cet intérieur aristocratique. Mais elle se remit bientôt et répondit avec une rare présence d'esprit à l'espèce d'examen que lui fit subir Mlle de Villement.

Les deux petites filles se prirent de passion l'une pour l'autre. Clémence, naturellement indolente et qui vivait entièrement isolée des enfants de son âge, fut charmée de la vivacité et des allures de sa nouvelle connaissance qu'on laissait se développer en pleine liberté ; tandis qu'elle, Clémence, était élevée dans une grande contrainte ; et elle comprit alors qu'il y avait un autre monde que celui où elle avait vécu jusqu'à ce jour. Après avoir parcouru le parc ensemble, les deux petites filles se trouvèrent aussi liées que si elles se fussent connues depuis longtemps.

De retour chez sa mère, Lucile lui vanta beaucoup la bonne éducation de Clémence et parla avec vivacité du penchant qu'elle avait pour elle, de la charmante réception qu'on lui avait faite, et des instances de toute la famille pour qu'elle revînt souvent au château. Mme Laporte secouait la tête, quoique flattée cependant de l'accueil fait à sa fille.

« Mais, chère maman, l'on dirait que vous n'êtes pas satisfaite de la manière dont on m'a reçue ?

— Si vraiment, mon enfant, j'en suis fort heureuse ; mais je vois avec peine cette liaison entre Mlle de Villement et toi.

— Et pourquoi donc cela, maman ? si vous saviez comme elle est charmante !

— Je n'en doute pas ; mais vous n'êtes pas sur le même pied dans le monde, et cette amitié-là pourrait bien te donner plus de peines que de plaisirs. »

Lucile fut frappée des paroles de sa mère et ne les oublia pas. Malgré tout, Mme Laporte la laissa retourner à Villement fort souvent pendant les deux années qui précédèrent le départ de Lucile pour Tours où on la mit en pension.

Car il fallut bien enfin s'occuper de son éducation ; et quand elle eut treize ans, sa mère la conduisit dans le pensionnat de Mme Lasneau qui lui avait été désigné comme le meilleur par un de ses correspondants.

A Villement, Lucile s'était liée avec Sarah Verneuil, petite fille de la fermière du marquis, et que l'enfant préférait à Clémence. Sarah, née à Villement, était bien jeune quand ses parents l'emmenèrent avec eux ; elle avait à peine dix ans lorsque son père, officier d'artillerie fort distingué, fut pris d'une affection de poitrine qui ne laissa bientôt plus d'espoir de le sauver. Sa emme consacra les vingt mille francs de sa dot à satisfaire toutes les fantaisies du pauvre mourant. Les médecins avaient assuré qu'un climat plus doux et plus égal allégerait ses souffrances, et Mme Verneuil l'emmena dans un petit port de Provence parfaitement abrité, où le malade se trouva si bien que sa femme et sa fille espérèrent le conserver encore; mais bientôt, ennuyé de ce séjour, il voulut aller en Italie, où il visita Rome et Florence; puis, ne se trouvant bien nulle part, il ne parla plus que de la Suisse, assurant que l'air vif des montagnes lui rendrait ses forces. On s'empressa de l'y conduire; il la parcourut tout entière, séjournant là où il se plaisait. Sentant approcher sa fin, le malheureux voulut revenir en France pour y mourir, et quand sa femme le perdit, elle était à bout de ressources.

Sarah, leur unique enfant, était toute la joie de son père qu'elle ne quittait jamais d'un seul instant. Elle l'accompagnait dans toutes ses promenades et il s'entretenait avec elle comme si l'enfant eût été d'âge à le comprendre, ce qui développa prématurément son intelligence.

M. Verneuil ne négligeait aucune occasion d'instruire sa fille. Au bord de la Méditerranée il lui apprit l'histoire et la géographie des contrées que baignent ses eaux. En Italie, il la faisait chanter et dessiner, et pendant leur séjour en Suisse, il l'occupa de botanique et d'histoire naturelle. Le matin ils partaient ensemble pour aller à la recherche de quelque beau site dont elle pût rapporter un croquis. En face de cette puissante nature, il l'entretenait de la grandeur de Dieu; puis il parlait de sa fin prochaine avec une pieuse résignation. L'enfant se préparait ainsi, et à son insu, à se contenter de peu en cette vie et à espérer beaucoup en l'autre.

M. Verneuil mourut à Pau. Sa femme revint à Villement, chez Mme Lenoir sa mère, ramenant Sarah qui avait alors treize ans passés. La pauvre femme mourut au bout de quelques mois, succombant à la fatigue et au chagrin. Elle recommanda avec les plus vives instances à sa mère de faire donner à la pauvre orpheline une éducation très-soignée qui pût développer les rares aptitudes de l'enfant pour toutes choses, et dont elle pourrait se faire une ressource dans l'avenir.

Sarah, déjà fort ébranlée par la mort récente de son père bien-aimé, ressentit un si violent chagrin de cette nouvelle perte que sa grand'mère ne crut pas devoir s'en séparer encore; elle la laissait errer toute la journée dans les champs et dans la prairie; souvent on la trouvait assise au bord du ruisseau, occupée à regarder le ciel et à écouter le murmure de l'eau, le visage baigné de larmes.

Mais, rentrée à la maison, elle ne montrait point son grand chagrin pour ne pas ajouter à celui de sa grand'mère.

Quand Sarah fut un peu remise de ce cruel coup, elle s'occupa du ménage, secondant Mme Lenoir dans la surveillance de la laiterie et de la basse-cour. Clémence, qui la rencontrait quelquefois, l'emmena au château où sa tante ne l'admit dans sa familiarité qu'après s'être assurée que cette société pourrait être profitable à sa nièce; l'amitié de celle-ci diminua beaucoup l'amertume du chagrin qui emplissait le cœur de Sarah, sans pourtant le dissiper entièrement. Elle prit aussi Lucile Laporte en grande affection, et une année se passa rapidement ainsi.

Elle approchait de quatorze ans, et comme sa raison était plus formée que celle des jeunes filles de cet âge, grâce au contact continuel de son père qui était un homme de mérite, Sarah alla trouver sa grand'mère, lui rappelant les dernières paroles de Mme Verneuil; et elle la pria de la conduire dans la pension où l'on avait mis sa chère Lucile Laporte.

Clémence de Villement ne connut jamais sa mère, qu'elle perdit peu d'années après sa naissance. Mlle Olive de Villement, sœur de son père, se fit chanoinesse et renonça au mariage pour tenir la maison de son frère et élever sa nièce.

Mlle Olive était une personne austère, bonne sans charme, charitable sans indulgence, et portant très-haut l'orgueil de son nom ; enfin, elle avait une perfection froide qui n'éveillait aucune sympathie, et elle n'aimait rien au monde hors son frère et Clémence. L'éducation de l'enfant se ressentit de cette rigidité qui comprimait tout élan. Emprisonnée en quelque sorte dans le château qu'elle ne quittait pas sans sa tante, elle ne faisait jamais un seul geste, ne prononçait pas une parole qui n'eussent été dictés par la chanoinesse. Son intelligence, ainsi comprimée, s'ignora longtemps elle-même. A douze ans elle était très-grande, et belle déjà. Sa nature indolente s'arrangeait assez bien de ce programme qui, ayant un article pour toute heure de la journée, la dispensait de vouloir par elle-même.

Clémence apprit peu de chose pendant la première partie de son enfance qu'elle passa solitairement à entendre de pieuses légendes, ou bien l'histoire des hauts faits de tous les Villement ; ce qui lui donna un peu plus d'orgueil qu'il ne convenait à un cœur aussi généreux que le sien. Plusieurs fois ce bon petit cœur avait essayé de se manifester au dehors ; mais la chanoinesse en avait promptement réprimé les élans : ainsi elle la gronda vertement un jour qu'elle la vit rentrer sans bottines. L'enfant ayant rencontré dans les champs une pauvre petite mendiante qui marchait nu-pieds, lui avait mis ses bottines, et ensuite, l'amenant au château, elle l'avait chargée de tous les vivres qu'elle put se procurer à l'office; car, si l'on trouvait bon qu'elle fît l'aumône, on ne lui permettait pas de causer familièrement avec les malheureux qu'elle secourait.

La pauvre Clémence vivait fort tristement au château, quand son père y amena Lucile Laporte d'un an moins âgée qu'elle, petite fille pâle et maigre, mais dont l'esprit faisait bien vite oublier l'extérieur peu attrayant. L'année suivante, Mme Lenoir, fermière du château, recueillit une de ses petites-filles devenue orpheline qui était d'un an plus âgée que Mlle de Villement. Cette enfant, d'une beauté remarquable, quoique tout opposée à celle de Clémence qui était blanche et blonde, avait un teint brun à reflets dorés et de beaux yeux noirs.

La jeune châtelaine, heureuse d'avoir trouvé deux charmantes compagnes, se livra d'autant plus à l'affection qu'elles lui inspirèrent, que jusqu'alors elle n'avait pas eu de petites amies. Mais Mlle Olive regardant toute sympathie comme une faiblesse de l'âme, recommandait à sa nièce de ne pas se laisser aller à l'amitié qu'elle éprouvait pour ses jeunes compagnes, et Clémence en arrivait quelquefois à se la reprocher comme une faute.

Elle lui avait mis ses bottines. (Page 258.)

Sarah, qui avait beaucoup voyagé, parlait souvent de la Suisse avec enthousiasme, et inspirait à Clémence un vif désir de voir ce beau pays ; celle-ci fit tant d'instances à son père, qu'il fut décidé qu'on y passerait l'été suivant.

Au retour de ce voyage, vers la fin de l'automne, Clémence, en arrivant à Villement, courut à la ferme pour embrasser sa chère Sarah et parler de la Suisse avec elle. Mais Sarah n'y était plus ! sa grand'mère l'avait mise en pension.

« Ma chère tante, dit Clémence en rentrant au château, je suis vraiment honteuse de mon ignorance ; obtenez donc de mon père, s'il vous plaît, qu'il veuille bien me mettre en pension avec Sarah !

— Quelle idée ! mon enfant, s'écria la chanoinesse ; une fille comme vous ne quitte pas sa famille. »

Clémence, toujours fort soumise, ne répliqua pas.

A quelques jours de là, elle pressa son père de la conduire en ville pour y voir Lucile, espérant la déterminer à venir passer quelques jours au château. Quelle ne fut pas sa peine en apprenant que Lucile était avec Sarah ! En revenant. elle fit tant d'instance à son père, qu'il lui promit de la réunir à ses deux amies ; et un mois après, elle était au nombre des élèves de Mme Lasneau.

II

Le pensionnat.

Il y avait trois ans que les *inséparables* étaient
en pension : Sarah avait dix-huit ans, Clémence
dix-sept et Lucile seize. C'était par un beau jour
de mai; le dîner achevé, les élèves, avant d'entrer
en récréation, étaient réunies comme d'habitude
dans la grande salle d'étude, dite le *pensionnat*,
pour rendre grâces à Dieu. Mlle Amaury, la prin-
cipale sous-maîtresse, avait déjà fait le signe de la
croix et se disposait à réciter l'Angélus, quand
survint Mme Lasneau. Un léger tressaillement
parcourut le cercle des élèves qui, debout et les
mains jointes, attendaient que l'on dît la prière;
car *madame* ne se montrait que dans les occasions
solennelles.

Mme Lasneau était une ancienne religieuse de
l'Union chrétienne, ordre non cloîtré qui se con-
sacrait à l'éducation des jeunes filles. Lors de la
fermeture des couvents, ne se croyant point déga-
gée de ses vœux, elle établit un pensionnat malgré la difficulté des temps, et s'associa les demoiselles Amaury, trois sœurs bien dignes de la seconder.

Quoique fort âgée et d'une santé délicate, Mme
Lasneau du fond de son appartement gouvernait sa maison d'une main ferme. Elle était crainte
et respectée des élèves qui, du reste, la voyaient
fort rarement; sa présence inaccoutumée était
donc le présage de quelque grand événement.
Elle prit place au milieu des sous-maîtresses, récita l'Angélus avec onction; et la prière terminée,
les élèves, sur un signe d'elle, restèrent immobi-
les à leur place.

« Mes chères filles, dit-elle d'une voix lente et
grave, une honteuse action a été commise dans
cette maison, et je n'essayerai pas de vous dire la
profonde douleur que nous en ressentons. On a
pris l'argent qu'une de vos compagnes a reçu der-
nièrement de sa famille. L'enfant n'a porté aucune plainte; seulement elle fut étonnée, elle qui
se croyait au milieu de véritables sœurs, de ne
plus retrouver sa bourse là où elle l'avait mise;
et son étonnement ne nous a pas échappé. Car,
mes enfants, notre œil, comme celui de Dieu, est
sans cesse ouvert sur vous.

« L'élève qui a commis ce larcin n'a certainement pas eu conscience de l'énormité de sa faute;
triste conséquence du peu d'attention qu'elle prête
aux enseignements religieux que l'on reçoit ici.
Comment une jeune personne bien née comme
vous l'êtes toutes, mes filles, a-t-elle pu se dégra-

der à ce point! Depuis cinquante ans que je suis dans l'enseignement, c'est la seconde fois seulement qu'un fait semblable se produit. A la première, j'étais encore à mon couvent : on tendit l'église en noir, et un jeûne général fut ordonné.

« Je ne veux point connaître la coupable : il me faudrait la renvoyer! Et qui peut dire ce qu'il adviendrait de cette pauvre âme en péril! Ici, du moins, les bons exemples qu'elle recevra de nous chaque jour, la ramèneront au bien.

« A genoux, mes filles! récitons dévotement le chapelet pour que Dieu ait pitié de cette brebis égarée, et lui envoie la contrition qui, seule, peut la faire absoudre. »

Le chapelet fini, madame ajouta :

« Ainsi que moi, mes enfants, vous respecterez ce triste secret. »

Puis elle sortit lentement.

Les pensionnaires qui avaient à peine osé lever les yeux pendant cette admonition, commencèrent alors à s'agiter et se groupèrent par coteries. Une jeune fille de quinze ans, extrêmement pâle, continuait seule de prier. Personne ne semblait s'apercevoir de son trouble; mais l'on chuchotait et les jeux ne s'organisaient pas. L'on finit cependant par évacuer le pensionnat.

Clémence et Lucile allèrent dans la salle de

dessin qui communiquait avec le pensionnat par une porte vitrée, et où se trouvait un piano.

« La connaissez-vous? dit Clémence.

— Non. Je n'ai pas voulu lever les yeux pendant le discours de madame, de peur d'ajouter à la confusion de la malheureuse.

Eh bien! regardez devant vous, au fond du pensionnat. »

Et elle lui désigna la pâle jeune fille.

« Eudora! s'écria Lucile, est-il possible? elle, si charmante malgré sa *taquinerie*, je ne l'aurais jamais crue capable d'une bassesse.

— Sarah est déjà auprès d'elle. Noble cœur! ni le blâme qui pèse sur sa *compagne*, ni une fausse délicatesse ne l'en ont éloignée! On la voit toujours là où il y a une larme à essuyer. Ah! Clémence, quel exemple, et que nous sommes petites auprès d'elle!

— Quoi, Lucile, vous l'approuvez?

— Je fais plus, Clémence, je l'admire!

— Eh bien! moi, je ne tiendrai jamais la main au coupable, de peur d'encourager le mal.

— On doit flétrir le mal, mais non le coupable; et il ne faut pas les confondre ensemble. N'avez-vous donc pas entendu madame nous désigner la charité comme la vertu la plus méritoire aux yeux de Dieu, car elle est si difficile à exercer? D'ailleurs, savons-nous bien ce qui a pu pousser Eudora à cet acte d'indélicatesse, et sa conduite ne peut-elle avoir quelque excuse ? »

Clémence fit un geste d'incrédulité.

« Quand bien même elle n'en aurait aucune, continua Lucile avec animation, est-ce bien à nous, les compagnes de la pauvre fille, de renchérir sur la sévérité de madame, et de nous montrer sans pitié ! »

Clémence n'était pas convaincue.

« Regardez sa tête appuyée sur l'épaule de Sarah ! Votre cœur ne s'émeut-il donc pas à la vue de cette détresse profonde ?

— Oh ! si, en vérité, Lucile, je me sens près de pleurer ; mais le devoir....

— Eh ! laissez-vous donc aller à ce bon mouvement et n'outrez pas votre morale comme vous le faites toujours ! Notre véritable devoir, à nous, faibles, n'est-il pas de consoler ceux qui souffrent. »

Sarah vint les rejoindre.

« Cette pauvre Eudora est dans un état qui me navre, dit-elle à ses amies ; j'essaye en vain de remonter son courage ; elle ne peut même pas pleurer et elle a parfois des tressaillements qui m'inquiètent. »

On se trouvait en hiver : toute la maison était chauffée par des poêles, excepté la salle de musique où l'on entretenait un bon feu de cheminée ;

les élèves, au nombre de douze au plus, pouvaient aller ensemble s'y chauffer les pieds pendant la récréation, assises sur un banc semi-circulaire.

Une dizaine de folâtres enfants montèrent à la salle de musique pour causer tout à leur aise du grand événement de la journée, mais en ayant bien soin de s abstenir avec affectation de nommer qui que ce fût.

Eudora s'étant sentie envahir par un frisson glacial, monta machinalement pour se chauffer aussi; elle prit en silence l'une des places vacantes sur le banc. Aussitôt la petite troupe s'envola comme une nuée d'oiseaux effarouchés; restée seule, la pauvre fille fondit en larmes.

En voyant rentrer au pensionnat les petites filles d'un air comiquement indigné, les inséparables devinèrent ce qui venait de se passer au salon.

« Montons auprès de cette pauvre affligée, dit Sarah; il serait cruel de l'abandonner ainsi à son chagrin.

— Allez-y la première, vous qui lui avez déjà parlé, répondit Lucile, et nous vous suivrons de près.

— Vous parlez sans doute pour vous seule, dit Clémence avec une nuance de froideur hautaine.

— Clémence, Clémence! vous mentez à votre

cœur généreux ! Ne l'écoutez pas, Sarah ! Allez vite vers Eudora qui souffre là-haut ! Je réponds de Clémence ! elle viendra.

— Allons ! recrutez quelques compagnes parmi les bonnes et les simples de cœur, afin que notre arrivée n'ait pas l'air d'une affaire arrangée ; car il faut bien prendre garde d'humilier la pauvre enfant. Soyez gaies et aimables pour rendre un peu de sérénité à cette affligée. »

En entrant dans la salle, Sarah trouva sa compagne la tête appuyée sur la cheminée et tellement absorbée par son chagrin qu'elle n'entendit pas approcher d'elle. La charmante fille pencha la tête d'Eudora en arrière et lui dit : « Vous avez mal aux yeux, ma chérie, laissez-moi vous les guérir ! »

Et elle lui souffla sur les yeux au travers de son mouchoir plié en plusieurs doubles.

« Voyons ! lui dit-elle ensuite, regardez-moi ! vous avez figure humaine maintenant.

— O Sarah ! je savais bien que vous ne délaisseriez pas la coupable ! » Et penchant la tête sur l'épaule de la jeune fille, elle pleura de nouveau.

« Séchez donc vos larmes, ma chère, et ne laissez pas voir ainsi votre peine aux indifférents ; il faut avoir le courage de supporter les maux de cette vie !

— Oui ; mais une faute !!!

Une faute étant le plus grand de tous, demande un plus grand courage. Mais j'entends monter, laissez-moi souffler encore sur vos yeux et faites bonne contenance, nous reparlerons de tout cela une autre fois. »

Clémence et Lucile entrèrent suivies de cinq à six autres jeunes filles. L'on parla de mille choses sans faire attention à Eudora qui se remit assez pour pouvoir entrer à l'étude quand on sonna la cloche.

A l'heure où l'on allumait les quinquets, les pensionnaires, profitant des quelques instants qui leur étaient accordés, se disséminaient dans toute la maison, Eudora se trouvait toute seule à la salle de dessin, assise devant le piano dont une de ses mains parcourait machinalement le clavier, tandis que de l'autre elle soutenait sa tête alourdie. Dans sa préoccupation, n'ayant pas entendu ouvrir la porte, elle tressaillit quand la voix enfantine d'une petite fille de huit ans se fit entendre.

« Eudora, dit l'enfant, voulez-vous m'embrasser ?

— Oh oui ! bonne petite Laure. »

Laure était la pensionnaire dont on avait pris la bourse.

« Eudora, si vous pleurez comme cela, moi je vais pleurer aussi, dit Laure s'asseyant sur les genoux d'Eudora. «Tout à coup le pensionnat s'illumina. En levant les yeux sur la porte vitrée, les deux pensionnaires rencontrèrent le regard bienveillant de Sarah fixé sur elles, et elles se rendirent à l'étude.

Le soir, les jeunes filles étaient à genoux sur quatre files, et l'une des demoiselles Amaury récitait les prières; puis Mme Lasneau, que personne n'avait entendue venir, récita d'une voix pénétrée un des sept psaumes de la pénitence pour *celles de ses élèves dont le cœur n'était pas ouvert à la charité en ce jour.* Cet œil qui semblait lire jusque dans les replis du cœur, remplissait les élèves d'une crainte salutaire.

III

La confidence.

Mme Lasneau, fidèle aux anciennes coutumes de son couvent, ne permettait pas aux jeunes filles de se coiffer elles-mêmes; toutes portaient les cheveux en bandeaux lisses dits *à la vierge*, coiffure peu usitée à cette époque où toutes les femmes, jeunes et vieilles, avaient les cheveux frisés. Tous les matins, deux des demoiselles Amaury et une nièce de Mme Lasneau qui s'occupait des *petites*, s'installaient dans un vaste cabinet de toilette situé au-dessus du vestibule et coiffaient toutes les pensionnaires; il y avait toujours à la *peignerie* trois élèves que l'on peignait, et au moins trois autres qui attendaient leur tour.

Le lendemain de la réprimande, Eudora entra seule à la peignerie déjà occupée par six élèves. Les trois qui attendaient leur tour pour être coiffées sortirent aussitôt. Mlle Bonne Amaury, la plus habile *peigneuse* des trois, coiffa Eudora dont la chevelure était magnifique; les deux autres maîtresses s'étonnèrent de n'avoir personne à peigner. En vain demandèrent-elles qu'on leur envoyât quelqu'un, la peignerie ne s'emplit de nouveau qu'alors qu'Eudora l'eut quittée.

Pendant la récréation, ce même jour, Sarah rencontrant le regard suppliant de sa compagne, lui proposa de l'accompagner à la peignerie. Ce cabinet, tenu fort propre, servait de parloir aux élèves qui avaient quelque chose de particulier à se dire; il était convenu entre elles que nulle n'avait le droit d'aller interrompre celles qui l'occupaient déjà; la porte, qu'il était défendu de fermer, donnait sur le vestibule du petit dortoir, à l'extrémité duquel était l'appartement de Mlles Bonne et Rose Amaury qui, allant et venant, pouvaient surveiller ce qui ce passait dans la peignerie.

Eudora se voyant seule avec Sarah, lui dit en

sanglotant : « Mon Dieu! ma chère amie, que ces demoiselles sont cruelles pour moi, et qu'elles pratiquent mal cette charité dont a parlé madame!

— Du courage, pauvre enfant! vous avez fait une grande faute, et plus la punition est amère, plus vite vous serez relevée de votre chute.

— Comment pouvez-vous m'aimer encore, moi qui suis tombée si bas dans l'opinion de toute la pension?

— Parce que, si vous avez cédé à la tentation dans un mauvais moment, je suis bien sûre qu'il n'y a pas eu bassesse chez vous.

— Ni bassesse, ni tentation, Sarah!

— Je ne comprends pas, alors.

— J'ai voulu tout simplement jouer un tour à Laure qui aime beaucoup l'argent. Je devais remettre sa bourse là où je l'avais prise, quand l'enfant aurait un peu pleuré; mais son exclamation ayant attiré l'attention des maîtresses, j'ai perdu la tête, et craignant qu'on ne trouvât cette bourse entre mes mains, j'ai couru la jeter dans le jardin au beau milieu d'un massif; et depuis j'ai en vain cherché le moment favorable pour remettre l'argent à sa place, quelqu'une des élèves rôdant sans cesse aux alentours du dortoir. Allez chercher cette maudite bourse, Sarah, vous la trouverez derrière le piédestal de Flore. »

Sarah courut au jardin et en rapporta l'argent de Laure qu'elle lui remit immédiatement, puis elle revint rejoindre Eudora. « Pourquoi, lui dit-elle, n'avoir pas avoué tout cela à madame?

— J'étais si confuse qu'il m'eût été impossible de m'avancer au milieu du cercle pour parler à madame quand toutes ces demoiselles avaient les yeux fixés sur moi; et puis, n'avais-je pas eu l'intention de tourmenter Laure, jusqu'aux larmes même! J'étais accablée par cette révélation de ma conscience qui se faisait à mesure que je cherchais les moyens de me disculper de cette odieuse accusation de vol; et quoique je ne fusse pas descendue si bas, je me suis sentie bien coupable encore, et je n'aurais rien trouvé à dire en ma faveur si j'avais eu la force de parler. »

Sarah descendit raconter tout cela à ses deux amies, et les amenant dans la peignerie :

« Maintenant, dit-elle à Eudora, que la restitution est faite, il faut reprendre votre contenance habituelle; ces demoiselles vous ont fait expier votre faute, et vous devez avoir le courage de supporter leurs regards impertinents : d'ailleurs, ne sommes-nous pas avec vous?

— Montons au salon, dit Lucile, et nous verrons! »

Sarah entra la première, donnant le bras à

18

Eudora; Lucile et Clémence venaient ensuite tenant la petite Laure par la main.

Le banc semi-circulaire était occupé par cinq
grandes, et la conversation, fort animée à l'entrée
des *inséparables*, cessa tout à coup. Celles-ci prirent place auprès du feu sans rien dire; il y eut
un moment d'indécision parmi les premières oc-
cupantes qui restèrent cependant.

Après s'être chauffée un instant, Lucile dit à
Eudora : « Ma chère, prenez votre harpe et accom-
pagnez-nous le joli duo de ma tante Aurore; Sarah fera Frontin. »

Eudora prit en tremblant sa harpe des mains
de Clémence qui venait de l'accorder; elle préluda
un instant pour se remettre un peu.

L'émotion contenue des chanteuses communiqua
un charme particulier à cette musique déjà si jolie; les voix étaient plus vibrantes et l'accompa-
gnement plus expressif que d'ordinaire; les cinq
grandes subirent si bien le charme de ce petit
concert, qu'elles en oublièrent leur conspira-
tion.

Sarah, voulant mettre à profit ces bonnes dispositions, alla au piano et joua avec beaucoup
d'entrain une valse de sa composition. Lucile prit
Eudora, Clémence une autre jeune fille, et les
quatre dernières suivirent cet exemple. Cette
gaieté, factice d'abord, devint bientôt de bon aloi,

et chacune des jeunes filles, s'amusant pour son propre compte, ne songea plus à Eudora.

Les danseuses tout essoufflées s'étaient jetées sur les chaises qui meublaient le salon quand la porte de la chambre de *madame* s'ouvrit sans bruit; elle parut sur le seuil, et de ce ton solennel qu'elle ne quittait jamais, elle dit :

« Bien , mes filles ! je suis contente de vous ! »

Or, il y avait bien des choses dans ce peu de mots ! car madame ne prodiguait pas les louanges.

Eudora serra la main de ses alliées avec effusion, et la cloche appelant chacune à son devoir, il fallut quitter le salon.

Quelques jours après il ne restait plus de traces de cet orage, si ce n'est dans le cœur désolé d'Eudora.

« Assez comme cela, mes enfants, dit Mme Moreau; les quatre petits ont fort bien lu, fort bien dialogué ; ne manquez pas de le dire à vos parents que vous allez retrouver.

— Mais, grand'mère, dirent les petites filles en chœur, nous ne pourrons jamais attendre à jeudi pour connaître le reste de l'histoire de notre petite Lucile.

— Mes chères petites, *savoir attendre* est une vertu très-bonne à pratiquer. D'ailleurs, il y en a long encore à lire, et le reste du cahier remplira toute une séance. »

Il fallut bien se soumettre, mais non sans réclamer contre cette rigoureuse décision.

HUITIÈME GOÛTER

Ce jour-là, il faisait une chaleur étouffante ;
impossible de courir dans le jardin ni même de
rester à l'ombre du catalpa. Les enfants s'instal-
lèrent dans le vestibule, l'endroit le plus frais de
la maison ; et après y avoir apporté le fauteuil
de leur grand'mère, on se disposa à entendre la
lecture.

Raoul s'empara du cahier ; après avoir sollicité
l'attention générale avec quelque emphase, il commença ainsi :

Suite des *Inséparables.*

LES INSÉPARABLES

(Suite.)

IV

Scènes diverses de la vie de pension.

Par une belle matinée, les portes vitrées du *pensionnat* donnant sur le jardin étaient ouvertes. Chaque jeune fille assise devant son pupitre, le visage tourné vers la muraille, ne pouvait voir ce qui se passait dans l'étude ni connaître si elle était particulièrement observée, et si ses mouvements étaient épiés sans qu'elle s'en doutât. Dans chacun des angles de la salle siégeait une maîtresse assise devant sa table et faisant calculer une élève.

Comme il était rigoureusement défendu de parler à l'étude, une pensionnaire avait-elle quelque communication à faire, elle écrivait un billet, y mettait l'adresse, et le faisait passer de main en main jusqu'à ce qu'il fût arrivé à destination. S'il avait à franchir un de ces redoutables angles occupés par les surveillantes, il fallait des miracles de ruse et d'industrie pour y réussir.

Ce jour-là donc, un billet de cette espèce était en circulation tout ouvert, afin que chacune en prît connaissance. Il se trouvait aux mains de Clémence qui, après l'avoir lu, se disposait à le passer à sa voisine quand on lui saisit le bras. Elle se retourna avec vivacité et vit madame qui lui dit :

« Lisez ce billet à haute voix, mademoiselle. »

Clémence obéit avec répugnance.

Or, voici ce que contenait le billet :

« Mesdemoiselles, tenez-vous bien, madame est aujourd'hui d'une humeur *massacrante.* »

« Vous connaissez cette écriture sans doute ?

— Oui, madame, je la connais.

— Veuillez bien alors me désigner l'auteur du billet.

— Est-ce bien à moi que madame fait cette demande, s'écria Clémence avec un mouvement de révolte inaccoutumé.

— Mais oui, à vous-même, mademoiselle, reprit tranquillement Mme Lasneau.

— Madame, dit la jeune fille avec une certaine hauteur, je suis désolée de ne pouvoir y satisfaire.

— Et pourquoi cela, s'il vous plaît ?

— Parce qu'*une Villement* n'a jamais dénoncé personne.

— Vous oubliez que je pourrais ordonner !

— Même alors, madame, je ne pourrais obéir. »

Après un moment de silence, madame ajouta :

« Savez-vous au moins ce qui a motivé cette obligeante remarque ?

— Oui, madame.

— Veuillez me le dire, mademoiselle.

— C'est que madame a pris sa robe feuille morte aujourd'hui. »

A ces mots, un léger bruit de rires mal étouffés parcourut les bancs.

« Ah ! dit madame d'un ton doucement railleur, et.... quel est le vêtement qui signale ma bonne humeur ?

— Madame prend alors sa robe couleur pensée.

— Voilà qui fait grand honneur à la sagacité de mes élèves ! Ainsi, mademoiselle *de Villement*, j'emporte votre refus de me faire connaître l'auteur de cette judicieuse remarque ? »

Clémence s'inclina en silence.

« Il suffit ! rasseyez-vous et continuez votre devoir. »

Clémence, fort rouge et le cœur gros de larmes que son orgueil contenait à grand'peine, salua et se rassit ; car on ne parlait à madame que debout.

Aussitôt l'étude achevée, la pauvre fille s'enfuit dans l'un des coins les moins fréquentés du jardin où ses deux amies l'eurent bientôt rejointe.

« Vous connaissez cette écriture sans doute? » (Page 279.)

« Me donner ainsi en spectacle à toutes ces petites filles! s'écria-t-elle aussitôt qu'elle les aperçut, c'est abominable! Ah! si je ne devais pas
sortir aux vacances prochaines, je ne resterais pas
un jour de plus dans cette maison. »

Et elle donna un libre cours à ses larmes.

« Voyons, ma chérie, lui dit Sarah, calmez-vous
donc un peu.

— Me calmer, quand on vient de me faire une
telle injure!

— Mais, ma chère, dit Lucile, cette injure a été
faite à bien d'autres, et je ne sache pas que vous
y ayez jamais fait grande attention.

— Oh! c'est bien différent!

— En quoi donc, s'il vous plaît? En vérité je
vous trouve charmante de croire que nos noms
obscurs n'ont pas aussi leur lustre à conserver !

— Encore vos éternelles discussions! dit Sarah.
Il me semble, Clémence, que vous n'envisagez
point la chose avec votre bon sens ordinaire; si
j'étais à votre place, je n'admettrais pas qu'on pût
m'offenser aussi facilement, et je n'attacherais
aucune importance à ces puérilités.

— Vous avez raison, Sarah, répondit Clémence
en essuyant ses larmes, je ne dois pas *permettre* à
de telles offenses d'arriver jusqu'à moi. »

Et elle quitta ses amies.

« Elle ne sort d'un excès d'orgueil que pour tomber dans un autre, dit Lucile en la voyant s'éloigner.

— Vous êtes peu indulgente pour votre amie, Lucile; où en trouverez-vous une plus charmante? Au lieu de vous livrer franchement à son affection dont vous devriez être fière, vous n'en jouissez qu'avec défiance; et c'est bien mal à vous, en vérité. Si Clémence pèche par un peu d'orgueil, vous êtes ombrageuse, vous, et toujours prête à suspecter les intentions de vos compagnes. N'est-ce donc pas de l'orgueil aussi que cette grande susceptibilité?

— J'ai tort, Sarah, pardonnez-le-moi, vous si parfaitement bonne; mais voulez-vous répondre à une question que je n'ai pas encore osé vous faire, malgré ma grande confiance en vous?

— Parlez, ma chère; vous savez que je dis toujours la vérité.

— Eh bien! je suis très-étonnée qu'une fille de votre valeur soit en quelque sorte la complaisante de Mlles de Villement.

— Avant de vous répondre, laissez-moi vous dire à mon tour que vous faites bon marché de la dignité d'une pauvre orpheline condamnée à vivre de son travail. J'estime trop le caractère de Mlles de Villement, tante et nièce, et je me respecte trop pour accepter le rôle humiliant que vous me

prêtez; je vais au château parce que j'y suis reçue avec égards et bienveillance.

— Vous n'y êtes pourtant pas sur un pied d'é-
galité parfaite?

— Non certes, car je n'oublie point que je suis
la petite-fille de la fermière de ces dames qui
semblent ne pas se le rappeler, et je me tiens à
ma place sans m'abaisser jamais. Je me trouve
heureuse d'être leur obligée, car elles mettent
une délicatesse infinie dans nos rapports. Tenez,
Lucile, rien n'est de plus mauvais goût que cette
irritation contre les gens plus élevés que nous :
cela frise l'envie. »

Lucile resta pensive et serra la main de son
amie en la quittant.

Le lendemain, on composait en histoire, et l'é-
tude était surveillée par Mlle Joséphine Lasneau,
nièce de madame, qui se tenait dans le coin le
plus reculé de la salle près de la table de la dernière division. Thaïs, grande et belle créole, mais
fort paresseuse, était placée entre Clémence et
Sarah. Quoique fort spirituelle, cette élève savait
peu de chose, car elle travaillait le moins possible ; et pourtant elle ne pouvait prendre son parti
d'avoir toujours l'une des dernières places aux
compositions.

« Clémence, dit-elle, laissez-moi copier votre
composition, je vous prie ; j'ai une migraine

affreuse et mon esprit me refuse tout service. Soyez tranquille, je ne vous compromettrai pas, ajouta-t-elle en voyant l'air peu satisfait de sa compagne, car je parsèmerai votre devoir d'assez de fautes pour le rendre méconnaissable.

— Thaïs, je suis désolée de vous refuser ; mais je ne prête jamais une composition.

— Craignez-vous donc que je prenne votre place ? répondit Thaïs, avec un mouvement d'épaules.

— Si ce n'est la mienne, ce sera celle d'une autre qui aura beaucoup plus travaillé que vous pendant tout le mois.

— Singulier scrupule, dit Sarah, et qui donne à penser. Tenez, Thaïs, j'ai fini ma copie et vous pouvez prendre mon cahier ; hâtez-vous, car vous n'avez pas trop de temps. »

A la récréation, Clémence dit à son amie :

« Il est vraiment inouï, Sarah, qu'avec un jugement si sûr et une conscience si délicate, vous ayez favorisé cette fraude et trempé dans ce mensonge.

— En vérité, ma chère, vous exagérez toujours ! Le mensonge qui sert Thaïs en la tirant d'embarras, est tout à fait innocent.

— Il n'y a pas de mensonge innocent devant Dieu, et je ne pense pas que la complaisance doive aller jusque-là. »

Après un moment de silence, Sarah dit :

« Il se peut que je n'aie pas assez réfléchi et que je me sois engagée un peu légèrement. Eh bien! pour racheter cette faute, je ne donnerai pas ma composition ce soir, quoiqu'elle me semble très-bonne.

— Mais le mensonge n'en subsistera pas moins et, sachez-le-bien, il vous causera plus d'une humiliation secrète, quoique nous ne soyons que trois à le connaître. Qui sait s'il ne faudra pas le continuer longtemps encore !

— Peut-être ai-je eu tort ; rien de tout cela ne s'est présenté à mon esprit. »

Personne ne soupçonna la fraude. Thaïs eut une bonne place et reçut force compliments. Mlle Amaury dit que la jeune fille venait de prouver, ce qu'on savait bien d'ailleurs, qu'elle n'avait qu'à vouloir pour réussir.

Mlle Bonne qui affectionnait particulièrement Sarah, s'étonna qu'elle n'eût pas composé ; elle la pressa de questions pour connaître le motif d'une négligence inexplicable. Sarah, forte de son sacrifice, soutint d'abord assez bien ces interrogations bienveillantes ; mais elle se renouvelèrent souvent, car la maîtresse entrevoyait quelque chose d'insolite dans cette affaire, et Sarah commençait à en souffrir ; ayant rencontré le regard attristé de Clémence, comme elle répondait à Mlle Bonne

pour la dixième fois, elle éprouva cette humiliation profonde et intime prédite par son amie.
Puis Thaïs voulant soutenir sa nouvelle réputation, il fallut l'aider constamment à faire devoirs
et compositions ; et cette complicité soutenue
devint un véritable supplice pour le cœur honnête de Sarah.

Lucile ne montra pas une grande sympathie
pour la souffrance de son amie; elle l'en railla
même au lieu de la consoler; car elle était tant
soit peu moqueuse, et Clémence lui faisait la
guerre à ce sujet, disant que ce travers lu seyait
plus mal qu'à toute autre.

« Et pourquoi cela, je vous prie !

— A cause de votre incontestable supériorité.
Qui donc exercera l'indulgence si ce n'est vous,
et à qui est-elle plus facile ?

— Ne peut-on s'amuser un peu des ridicules
d'autrui ?

— Non, on ne le peut pas. Je comprends que
dans un mouvement d'impatience on puisse blesser son prochain ; mais la raillerie et le persi-
flage demandent une grande liberté d'esprit; le
mal que l'on fait en les employant est toujours
prémédité, et par cela même, il reste sans
excuse.

— Si tout le monde était rigoriste comme vous,
où serait donc le plaisir ?

— Partout ailleurs que dans la peine d'autrui. »

Lucile sentait bien que son amie avait raison, car son cœur ne manquait pas de générosité ; mais son amour-propre ne lui permit pas d'en convenir sur l'heure. Elle se rendit au pensionnat où elle trouva une partie des grandes élèves groupées devant la porte-fenêtre, moitié dans le jardin, moitié dans l'appartement. C'était un jeudi ; chacune travaillait à quelque ouvrage d'aiguille. Lucile prit sa broderie de fort mauvais humeur. Se tournant bientôt vers une de ses compagnes qui se tenait près d'elle, elle lui dit avec impatience :

« Vraiment, ma chère amie, vous êtes insupportable ! vous voyez que je fais un ouvrage très-délicat et vous venez vous placer précisément devant mon jour !

— Oh ! Vérenne n'en fait jamais d'autres, dit une jeune fille. Si pendant la récréation l'on a besoin de silence pour finir un devoir en retard, pour apprendre une leçon mal sue, c'est juste le moment qu'elle choisit pour chanter et faire du *tapage*.

— Mon Dieu ! mesdemoiselles, quel si grand mal ai-je donc fait pour vous mettre ainsi toutes contre moi ! je ne suis pourtant pas plus mauvaise qu'une autre !

— Peut-être; mais quand il vous plaît de faire une chose, vous vous occupez fort peu de savoir si vous gênerez ou non.

— Est-ce donc un si grand péché que de ne pas penser à tout?

— Certainement c'est un péché, ma chère, dit Sarah; un bon cœur est toujours occupé de ce qui peut faire plaisir au prochain; j'aime à croire que vous n'êtes pas égoïste, mais vous agissez tout comme.

— Personne, dit Clémence, ne peut mieux vous adresser cette observation que Sarah, elle qui s'oublie constamment pour obliger tout le monde!

— Oh! s'écria Vérenne en sautant au cou de Sarah, c'est qu'elle est bonne entre les bonnes, elle! Que je voudrais donc lui ressembler!

— Que vous êtes étourdie! Si l'on vous avait vue embrasser Sarah, elle eût été punie ainsi que vous.

— A-t-on jamais vu un pareil règlement, aussi! s'écria Lucile; ne pas seulement permettre à des amies de s'embrasser! Moi, j'appelle cela tout simplement de la tyrannie.

— Ma chère, répondit Clémence, nous n'avons pas à discuter les règlements de la maison, mais seulement à nous y soumettre.

— On vous trouve toujours du parti de l'autorité, vous!

— N'est-ce donc pas mon devoir ?

— Ah ! voilà le grand mot lâché !

— Riez tant que vous voudrez ; mais il est très-utile de savoir s'y plier sans effort.

— Il me semble entendre Mlle Olive, votre tante. Savez-vous bien, ma chère, que ce grand amour du devoir n'est pas exempt d'orgueil ?

— Et quand cela serait ? mieux vaut le placer là qu'ailleurs.

— Mais si on ne le plaçait pas du tout ? » dit Sarah.

Les jeunes filles se mirent à rire.

« Mesdemoiselles ! mesdemoiselles ! cria la petite Laure accourant hors d'haleine ; congé ! congé pour demain !

— En quel honneur ? demanda Thaïs.

— En l'honneur de la *nouvelle*. Ne la voyez-vous pas là-bas, sur la pelouse, auprès du grand sapin ? Ses parents viennent de partir.

— Quelle toilette et quelle tournure ! poursuivit dédaigneusement la créole en regardant vers le point indiqué.

— Regardez-la un peu, mesdemoiselles, dit Vérenne, n'a-t-elle pas l'air d'une oie sauvage dans une basse-cour !

— La comparaison n'est pas heureuse, répondit Lucile ; vous oubliez certainement que vous étiez passablement ridicule en débarquant de Cagliari, votre patrie !

— Oh ! je ne l'ai jamais été à ce point. Mais je vais aller voir un peu ce qu'est cette *nouvelle*, et pourquoi elle a l'air si effarouché.

— Ah ! Sarah l'aborde. La *nouvelle* rougit et pleure, elle lui baise les mains. Je suis sûre qu'elle l'aime déjà !

— Cela me raccommode un peu avec son étrange tournure, dit Thaïs. Comment se nomme-t-elle, dites, Vérenne ?

— Armide, s'écria celle-ci d'un ton emphatique.

— Armide, grand Dieu ! a-t-on jamais vu s'appeler Armide ! Mais d'où sort-elle ? »

En effet, Sarah voyant la détresse de cette pauvre enfant, l'avait abordée ; et, lui ayant pris le bras, elle lui fit faire le tour de la grande pelouse.

« Pourquoi, ma chère petite, lui dit-elle, ne vous mêlez-vous pas aux jeux de vos nouvelles compagnes ?

— Comment oserais-je les aborder ? Elles ont l'air si moqueur ! Moi qui croyais qu'on était bon en pension, et qui étais si contente de venir ici ! J'en ai bien du chagrin maintenant !

— Consolez-vous, chère belle ; vous serez bientôt accoutumée. Voulez-vous que je sois votre petite maman ?

— Oh ! oui, dit l'enfant en lui baisant les mains. Moi, je n'en ai pas de maman ; je sens que je vous aime déjà !

— Et moi aussi, je vous aime, Armide. Tenez, voilà Eudora qui vous aimera aussi. Courez un peu dans le jardin avec elle.

— Cette enfant me semble bien vulgaire, dit Thaïs à Sarah qui reprenait son ouvrage; je doute que vous puissiez jamais en faire quelque chose.

— Pourquoi donc? Je l'aimerai si bien? »

A cet instant, deux petites filles qui se poursuivaient entrèrent dans le vestibule. Celle qui craignait d'être prise jeta si vivement la porte après elle, qu'elle faillit enserrer l'autre. Une des grandes qui travaillait près de là, jeta un cri perçant, chose extrêmement défendue chez Mme Lasneau. Sa nièce, chargée de la surveillance des récréations, parut aussitôt comme si elle eût surgi de terre, et demanda qui avait crié ainsi.

On garda le silence.

« Mademoiselle Thaïs, j'ai reconnu votre voix ainsi que celles de Mlles Lucile et Sarah, et je vais vous marquer un mauvais point. Si je me trompe, dites-le-moi. »

Or, le mauvais point était la plus grande et à peu près la seule punition que l'on infligeât chez Mme Lasneau, qui avait le rare talent de maintenir la discipline de sa maison au moyen de cette punition toute morale. Une liste des élèves et des différents cours qu'elles suivaient était affichée dans le pensionnat où tout le monde pouvait la

consulter. Chaque bonne leçon, chaque bon devoir valait un *bon point*, récompense dont on était
très-sobre. Les leçons mal sues, les infractions **au**
règlement des classes étaient punies d'un *marqué* (il en fallait dix pour faire un mauvais point).
Le premier de chaque mois on lisait solennellement cette liste devant toutes les maîtresses et
toutes les élèves réunies. Les jeunes filles qui
n'avaient pas manqué un seul bon point et n'a-
vaient eu aucun marqué recevaient un *très-content*
des mains de *madame;* celles qui avaient suffisamment de bons points recevaient un simple
content, eussent-elles même trois marqués. Les
paresseuses et les indisciplinées n'obtenaient rien
du tout. Mais la malheureuse qui, dans le courant
du mois, avait eu un mauvais point (on n'en donnait que dans les cas graves), et qui avait attendu
le jour formidable dans des angoisses que l'on ne
comprend plus quand on est éloigné de cet heureux âge, était là, pâle et tremblante en entendant proclamer sa punition dont on avait une
terreur d'autant plus grande qu'elle reposait uniquement sur l'opinion. Certaines pensionnaires
refusaient de jouer avec celle qui avait un mauvais point.

« Mademoiselle, dirent successivement les trois
jeunes filles, je vous assure que je n'ai pas poussé
ce cri.

— Eh bien, nommez la coupable. »

Personne ne répondit.

« Puisqu'il ne vous convient pas de me répondre, mesdemoiselles, vous ne trouverez pas mauvais que je vous marque. »

Après le départ de la sous-maîtresse, Thaïs s'écria :

« Voilà qui est affreusement injuste ! Me punir quand j'ai donné ma parole, cela passe toute mesure ; mais si l'on espère que j'irai demander grâce, l'on se trompe fort ; j'aime mieux subir ma punition, tout inique qu'elle puisse être, que de leur donner cette satisfaction.

— Moi je protesterai hautement, dit Lucile, contre ce système de délation que l'on applique à tout.

— Et moi, j'accepterai cette punition imméritée par simple équité, dit Sarah.

— Voilà qui est fort, par exemple !

— Mais oui, mesdemoiselles, par équité. Nous faisons tant de fautes qu'on ignore et qui mériteraient bien d'être punies, qu'en vérité c'est justice que d'acquitter sa dette sans murmurer quand l'occasion s'en présente.

— Il faut que cette Doris ait bien peu de cœur, dit Thaïs avec amertume, pour s'être enfuie aussitôt qu'elle a vu Mlle Joséphine ; car c'est bien elle et les petites qui ont crié, c'est de la lâcheté ou je ne m'y connais pas.

— De quoi vous plaignez-vous, dit Clémence, ne vous a-t-elle pas laissé le plus beau rôle? »

On quitta l'ouvrage, car l'heure du souper allait sonner.

V

La distribution des prix.

Les vacances approchaient; on allait distribuer les prix, ce qui, chez Mme Lasneau, se faisait toujours avec un certain apparat. Toutes les pensionnaires travaillant chacune dans son coin, se préparaient aux grands examens de fin d'année. Personne ne songeait à abuser de la grande liberté laissée aux élèves pendant ce dernier mois d'études. Les unes avaient un dessin, un tableau à finir : quelque morceau de piano à perfectionner, quelque charmant ouvrage d'aiguille à parfaire. Tous les recoins de la maison étaient occupés, et les maîtresses allaient d'un groupe à l'autre, offrant leur aide et donnant des encouragements.

Les *inséparables* s'étaient emparées de la peignerie et y avaient attiré Eudora qu'elles faisaient travailler afin de lui faire obtenir un prix dans sa division. Lucile, celle des trois dont l'intelligence était la plus prompte et la mémoire la plus heureuse, avait une rare aptitude pour tout travail d'esprit. C'était sans contredit l'élève la plus forte du pensionnat. Sarah s'en rapprochait, et même elle avait le jugement plus sûr. Lucile tenant à partager ses prix avec son amie, la poussait, en même temps qu'elle s'arrêtait pour lui laisser le temps d'arriver.

On parvint, au milieu de ces grands travaux, à la semaine qui précède la distribution. Un jour, les élèves prenaient leur demi-heure de récréation dans le jardin. Elles se répandirent tumultueusement sur la grande pelouse ; puis, après le premier moment de confusion, elles se groupèrent par coteries, ce qui avait toujours lieu si quelque *grand événement* se préparait. Or, il s'agissait ce jour-là de décider à qui l'on donnerait le *grand prix*, décerné par les élèves elles-mêmes, et l'on se demandait réciproquement à qui l'on accorderait sa voix, et quelle était la pensionnaire qui, tout en restant irréprochable aux yeux des *maîtresses*, avait su être agréable à ses compagnes. Les *moyennes*, qui faisaient les propositions, parlèrent de Lucile.

« Elle n'aura pas ma voix, dit Thaïs la créole, dont la paresse était proverbiale dans la pension ; elle fait trop sentir sa supériorité.

— Et puis, ajouta une autre, on ne peut rien lui dire, tant elle est susceptible.

— Et Clémence? demandèrent les moyennes.

— Oh! pour celle-là, s'écria la fille d'un riche armateur de Bordeaux qui parlait à tout propos des millions de son père, elle est insupportable avec sa simplicité affectée.

— Oui, dirent quelques pensionnaires, elle se donne *des tons*, et elle vous accable de sa distinction. On dirait qu'elle pose toujours ou pour Minerve ou pour Junon.

— Nous n'en voulons pas, crièrent les petites; parce qu'elle nous regarde du haut de sa grandeur.

— Qu'avez-vous à dire contre Sarah?

— Oui! oui! Sarah! cria le troupeau des petites. Sarah est bonne.... et complaisante.... et modeste.... »

Un *flot* de moyennes se précipita vers le lieu où se tenaient les inséparables, ainsi qu'Eudora et la petite Laure. L'on prit Clémence à part. Quelques instants après celle-ci fit signe à Lucile de la venir rejoindre. Sarah, voyant tous les yeux fixés sur elle et chacune se parler bas, se douta du sujet de la conférence; et, allant vers ses deux amies, elle les emmena dans un coin écarté du jardin.

« Mes chéries, leur dit-elle, réunissons nos efforts pour faire une bonne action. Il s'agit de relever une pauvre créature de son humiliation, et de lui rendre confiance en elle-même. Vous n'avez point oublié les confidences d'Eudora? vous avez vu combien sa conduite a été exemplaire depuis sa malheureuse affaire de la bourse? combien son caractère s'est assoupli? Elle, jadis si taquine et si mordante, est aujourd'hui douce et humble, toujours prête à s'effacer devant ses compagnes et à les servir. Faisons-lui décerner le *grand prix* pour la réhabiliter entièrement.

— Y pensez-vous! s'écria Clémence avec indignation; faire donner le *grand prix* à une élève coupable d'une faute aussi grave!

— Clémence, le repentir, si agréable au Seigneur, n'est-il donc rien à vos yeux! Certes, depuis six mois, Eudora a déployé plus de vertu que la meilleure d'entre nous pendant l'année entière.

— Il aurait bien mieux valu ne pas faillir.

— Oh! Clémence, que vous comprenez mal la miséricorde, cette vertu qui nous rapproche des anges! Si Dieu était aussi rigoureux que vous, qui donc oserait lever les mains vers lui! »

Après avoir gardé le silence pendant quelques instants, Clémence dit :

« Peut-être avez-vous raison ; mais j'ai été élevée dans un si grand respect du devoir, que j'excuse difficilement une faute.

— Ma chère, dit gravement Sarah, le premier de tous les devoirs est d'aimer le prochain comme soi-même et de lui être miséricordieux ; et c'est bien là le plus difficile à remplir.

— Je crois bien ! s'écria Lucile. Il se trouve parfois de si vilain prochain ! »

Cette saillie fit rire les trois jeunes filles. Puis Sarah, s'adressant toujours à Clémence qu'elle ne trouvait pas convaincue :

« Si, comme Eudora, nous avions commis quelque énorme faute, et que nous ne pussions nous la pardonner, ne serions-nous pas bien heureuses que l'on nous fournît une occasion de rentrer en paix avec nous-mêmes ?

— Oui, sans doute ; et pourtant je suis choquée, extrêmement choquée de devoir donner ma voix à Eudora.

— C'est que vous ne vous rappelez pas assez la sublime parole de l'Évangile : « Il y a plus de joie au ciel pour la venue d'un pécheur que pour celle de quatre-vingt-dix-neuf justes. »

— Allons, je me rends, en confessant que vous valez mieux que moi. Travaillons donc pour Eudora ; mais qu'elle l'ignore, la pauvre fille, car un échec ajouterait encore à son découragement. »

Laure, pour endoctriner les *petits bancs*, s'accusa de n'avoir pas su prendre la plaisanterie d'Eudora qui n'avait caché sa bourse que pour la corriger de son avarice ; elle l'en avait même remerciée.

Le grand jour approchait. Les pensionnaires en état de composer un dessin ou un tableau travaillaient séparément dans les chambres des maîtresses et dans diverses cabinets, afin que personne ne connût le sujet qu'elles traitaient. De ce nombre étaient Sarah, qui peignait très-bien le paysage à l'huile, et Clémence, habile à traiter l'aquarelle.

Après avoir été jugés par deux artistes, les tableaux, aquarelles et dessins furent exposés dans la salle qui ne devait s'ouvrir que pour la distribution des prix. Les deux jours qui séparaient l'examen général de cette cérémonie, furent employés par les pensionnaires à tresser des guirlandes qui devaient orner les blanches murailles du pensionnat. Ce temps fut aussi mis à profit pour conquérir des voix à Eudora. Laure répondit des *petits bancs*.

Ces deux jours de repos firent grand bien à tout le monde, tant chacune, élèves et maîtresses, s'étaient fatiguées par le travail exagéré de cette fin d'année. Les parents éloignés arrivaient ; les enfants s'occupaient des préparatifs du départ ; enfin, tout était joie et confusion dans cette maison, d'ordinaire si calme et si réglée.

Le matin du jour si impatiemment attendu, l'on fut plus recueilli. Le *pensionnat* s'emplit peu à peu, et à trois heures l'on ouvrit la salle de dessin. Quel ne fut pas le ravissement de Clémence en découvrant un charmant paysage à l'huile représentant un site de Willement, où on la voyait chaussant une petite mendiante! Cette scène de son enfance avait été traitée par Sarah avec un talent supérieur, et son amie fut profondément touchée de cette intention.

Parmi les aquarelles s'en distinguait une parfaitement finie, qui reproduisait la scène du salon de musique, où Eudora, la tête appuyée sur l'épaule de Sarah, lui racontait son chagrin.

Cette similitude d'intention émut les deux amies jusqu'aux larmes. Lucile se mêlait aux différents groupes, et recueillait les éloges donnés au talent de ses deux amies.

La cérémonie commença par un petit concert où Lucile se distingua par la netteté et l'expression de son jeu. Elle chanta avec Sarah un duo qui fut vivement applaudi.

On vota solennellement pour le grand prix. Chaque élève, l'une après l'autre, déposa son billet dans l'urne placée aux pieds de Mme Lasneau ; ensuite Mlle Amaur déroula les billets, et lut

successivement à haute voix le nom écrit sur chacun d'eux. D'abord Eudora crut, en entendant
prononcer le sien, qu'on voulait se moquer d'elle ;
mais quand elle eut bien compris que la majorité
de ses compagnes lui décernait le prix, ce ne fut
qu'en chancelant qu'elle alla chercher la couronne
de marguerites que Madame lui remit, en l'engageant à se faire couronner par une élève de son
choix.

La pauvre fille, ployant sous le poids de son
émotion, vint devant Sarah, et là, ne pouvant plus
se soutenir, elle tomba à genoux, et cacha sa figure dans les mains de son amie en la baignant
de ses larmes.

On proclama ensuite le prix d'excellence, comprenant toutes les études, et qui ne se donnait
pas tous les ans, faute de sujets. Lucile, nommée
la première, ne respira pas tant que le nom de
Sarah n'eut pas retenti à son oreille. Les deux
amies se couronnèrent réciproquement. Clémence
eut quelques prix : on n'en était pas prodigue chez
Mme Lasneau, ce qui les rendait très-précieux.

VI

Le départ.

Le lendemain de cette journée si remplie fut triste pour les élèves de la première division. Leur éducation était terminée, et elles allaient rentrer dans leurs familles. Il fallait donc se séparer après avoir vécu de la même vie, après avoir partagé peines et joies pendant des années entières! Qui pouvait dire qu'on se reverrait jamais, et ce que le monde gardait à toutes ces jeunes filles qui quittaient cette maison le cœur rempli d'espérances!

Les *inséparables* étaient désolées entre toutes. Clémence allait rejoindre son père, nommé à une mission diplomatique dans une petite cour d'Allemagne. Lucile retournait chez ses parents, et Sarah devait passer quelques années encore à la pension en qualité de sous-maîtresse, pour s'exercer à l'enseignement. Cette séparation après tant d'années passées dans une si douce intimité la navrait.

« Qui me rendra jamais, leur dit-elle tout en larmes, qui me rendra cette liaison si précieuse pour moi, pauvre isolée en ce monde! Qui sait si mon souvenir trouvera place au milieu des affections dont on va vous entourer?

— O chère injuste et chère inconséquente, qui ne devrait jamais douter de nous! Comment pouvez-vous craindre d'être remplacée dans nos cœurs, vous, l'amie la plus sûre et la plus aimable qui soit au monde! »

Après une scène d'attendrissement qui bouleversa les inséparables, Sarah, la plus raisonnable des trois, dit en essuyant ses yeux :

« Mes amies, il n'est pas bien de se laisser aller ainsi au chagrin; faisons-nous fortes, au contraire, pour supporter les épreuves qui nous attendent dans ce monde que nous ne connaissons pas.

— Oh! oui, répondit Clémence, tout ne sera pas roses dans notre vie !

— Dans la tienne surtout, ma chère Sarah, dit Lucile, pauvre fille destinée à vivre au milieu d'étrangers qui pourront bien ne pas savoir t'apprécier!

— Lucile, nous avons perdu en grandissant l'habitude de nous tutoyer ; ne la reprenons pas, ma chère! Nous n'occuperons pas le même rang dans le monde qui trouverait malséant cette familiarité ostensible, n'ayant rien à voir dans le sentiment qui la légitime.

— Sarah a raison, fit observer Clémence; un *tu*

de plus ou de moins ne fera rien à notre affection, et il y va de sa dignité.

— N'allez pas croire, mes chéries, que je me plaigne de la place que le sort m'assigne! Mon Dieu! le bonheur me sera peut-être plus facile qu'à vous deux, comblées des dons de la fortune. Je demanderai peu au monde, et j'attendrai beaucoup de mes efforts.

— Sarah, le charmant tableau que vous m'avez donné me sera toujours précieux, et fera le plus bel ornement de ma chambre. Que mon talent n'est-il égal au vôtre?

— Clémence, j'attache aussi le plus grand prix à votre aquarelle; et pourtant, je serais toute disposée à la céder à l'une de nos compagnes qu'elle rendrait à la fois heureuse et fière.

— Je vous comprends, chère généreuse. Donnez-lui le petit tableau; je saurai bien vous en faire un autre.

— Vos cartons sont pleins, dit Lucile; donnez-moi cette belle vue de Villement faite de souvenir.

— Tout excepté cela, ma chère; cette vue a été retouchée par le maître.

— Voilà encore vos exagérations de probité.

— Mais, non, il n'y a pas d'exagération. Songez donc que c'est au moyen des choses sans importance que l'esprit de fraude s'insinue dans les cœurs honnêtes et les vicie insensiblement. Si le mal se montrait toujours dans sa difformité, qui donc y succomberait? »

Puis, ouvrant ses cartons :

« Choisissez l'une et l'autre tout ce qui vous plaira.

— Clémence, dit Sarah après avoir pris ce qu'elle désirait, pour que le don de votre aquarelle soit un véritable bienfait, il ne faut rien lui enlever de sa grâce; ce n'est donc pas à moi de t'offrir. »

Eudora qui n'allait jamais en vacances parce qu'elle n'avait pas de mère, entra dans la salle de dessin à la recherche des inséparables. Clémence détacha le petit tableau suspendu au mur, et le lui offrit en disant :

« Gardez-le en souvenir des bons jours que nous avons passés ensemble dans cette maison. »

La pauvre Eudora, surprise et charmée, restait interdite. Enfin elle s'écria :

« Oh ! que Dieu vous protége toutes les trois, vous qui pratiquez si bien la charité ! Je ne vous oublierai jamais, quoique sans doute je ne doive plus vous revoir. »

Les inséparables dormirent peu la nuit suivante, et le lendemain au matin elles se quittèrent en faisant mille projets d'avenir.

« Ah! dit Alice, que je reconnais bien ma petite Lucile, allant fureter dans la pauvre demeure de ses voisins et y apportant, en secret, ce qui manque à leur bien-être!

— Et qui importune sans cesse ses parents en leur faveur! ajoute Édith.

— Et qui mange leur soupe aux choux comme si c'était de la crème à la vanille! s'écria Zoé avec admiration.

— Et qui, j'en suis sûre, débarbouillait les marmots! »

Cette observation un peu personnelle de Mignonne, et faite avec une certaine malice, réjouit fort l'assistance.

« Et que sont devenues vos inséparables? demanda Oscar.

— La belle Clémence fit un brillant mariage et mourut jeune encore sans laisser d'enfants. Quant à Sarah, après avoir fait plusieurs éducations, elle se fixa en Russie et y vivait dans l'aisance; mais en vieillissant l'amour du sol natal s'est fait sentir plus vivement chaque jour, et est arrivé à l'état de nostalgie. Elle a donc pris la grande résolution de revenir en France pour y finir ses jours, et je l'attends incessamment.

— Tant mieux, s'écria Mignonne; que je vais être contente de voir cette petite fille qui prenait toujours le parti des faibles! Je suis sûre de l'aimer beaucoup.

— Chère belle, répondit la grand'mère, cette petite fille n'a plus de dents et ses cheveux sont tout blancs. Heureusement la perfection morale a survécu à tout le reste. Vous en jugerez bientôt.

— Adieu, grand'mère! adieu grand'mère, » s'écria chacun à l'envi.

Et la vieille dame était heureuse d'entendre résonner ce mot répété avec un accent si affectueux par toutes ces bouches roses.

NEUVIÈME ET DERNIER GOUTER

La porte du salon de Mme Moreau s'ouvrit avec fracas, et les enfants firent irruption; mais soudain ils s'arrêtèrent, s'étant aperçus que leur grand'mère n'était pas seule. Interdits et confus, ils restaient là, indécis, quand Mignonne s'avançant gentiment vers la dame assise auprès de sa bonne maman, lui dit en faisant une petite révérence :

« Mademoiselle, voulez-vous permettre que je vous aime un peu?

— Je veux que vous m'aimiez beaucoup, mon cher ange, et je vous le rendrai bien. »

Tous les enfants vinrent alors saluer Mlle Sarah et lui furent présentés nominalement. Ils lui témoignèrent tout le plaisir qu'ils avaient de voir auprès de leur aïeule une personne d'un si grand mérite.

« Mes pauvres amis, répondit la vieille demoiselle, je crains fort de mal répondre à votre charmant empressement; car je vous enlève votre bonne maman qui veut bien me suivre aux Pyrénées, dont les eaux me sont nécessaires. »

Les enfants baissèrent tristement la tête.

« Mais vous aurez besoin d'un chevalier pour vous protéger? Quel dommage que vous ne puissiez pas partir quinze jours plus tard! dit Oscar avec une contrariété bien marquée.

— La chose peut s'arranger à notre satisfaction mutuelle, mon cher enfant. Sarah doit faire deux saisons, et tu pourras nous venir rejoindre si ton père y consent.

— O la perle des grand'mères! s'écria le jeune garçon l'œil brillant de joie, qui sait toujours arranger les choses à la satisfaction générale!

— Je vois que l'âge ne l'a pas changée, dit Mlle Verneuil. Lucile m'a raconté comment vous employiez vos loisirs du jeudi; et pour me faire pardonner le trouble que je viens jeter dans vos plaisirs, je vais vous lire un épisode de la vie d'un de mes cousins. Vous pouvez regarder comme exact tout ce qu'il contient, car je n'y ai rien ajouté de mon cru.

— Prêtez bien toute votre attention à cette lecture, mes enfants; Sarah possède au plus haut degré le talent de bien lire; talent rare et en même temps précieux, et que je voudrais voir à chacun de vous.

LE RETOUR DE SIBÉRIE

(Histoire véritable.)

Ernest Richemann, fils d'un officier alsacien, avait douze ans lorsqu'il devint orphelin, et tomba à la charge de Mme de Lorié, sa sœur d'un premier lit, de vingt ans plus âgée que lui. C'était à la fin de 1807, alors que M. de Lorié venait d'être nommé grand maître des menus plaisirs du roi de Westphalie.

Le grand maître absorbé par les soins nombreux de sa charge, et sa femme tout occupée de ses plaisirs, s'inquiétaient peu de ce que faisait l'enfant qui leur était échu, croyant remplir suffisamment leurs devoirs envers lui en l'envoyant externe dans la meilleure institution de la capitale. en lui donnant tous les maîtres nécessaires à compléter son éducation, et enfin ne laissant jamais sa petite bourse à sec.

Les jours de congé, Ernest errait tristement

dans les salons du palais où se faisaient perpétuellement d'incessants apprêts de fête, et il assistait aux répétitions des pièces qui devaient être
jouées devant la cour. L'on ne pouvait dire qu'il
fût malheureux, car il jouissait d'une entière liberté. Seulement, jamais une caresse, jamais un
seul mot affectueux ne vint réjouir le cœur aimant de l'orphelin.

Il rencontrait souvent dans le palais une charmante petite fille de six ans qui, après l'avoir
bien regardé pendant plusieurs jours, s'en vint à
lui avec la confiance de son âge. Ernest conquit
promptement les bonnes grâces de l'enfant en
consentant à jouer avec elle et en faisant tout ce
qu'elle voulait. La petite Wilhelmine lui dit un
jour :

« Où est donc ta maman, Ernest ?

— Ma mère est au ciel, petite Wilhelmine.

— Vient-elle t'embrasser tous les soirs dans ton
berceau, et te chante-t-elle de beaux airs pour
t'endormir ?

— Mon enfant, personne ne m'embrasse jamais,
moi !

— Jamais répéta la petite fille tout attristée ! »
Puis regardant son compagnon avec un charmant
sourire, elle lui sauta au cou et l'embrassa bien
fort.

Ernest pleura.

Alors le prenant par la main, elle l'entraîna sans lui rien dire dans un dédale de corridors obscurs jusqu'au pied d'un escalier de service qu'elle lui fit monter. Au troisième étage, elle s'arrêta et frappa à une porte. Une dame, jeune encore, dont la douce physionomie contrastait singulièrement avec la beauté altière de Mme de Lorié, vint lui ouvrir.

« Tiens, mère, lui dit Wilhelmine, voilà un petit frère que je t'amène : sa maman est au ciel; personne ne l'embrasse jamais, et cela le fait pleurer. Embrasse-le, mère, et aime-le bien pour le consoler ! »

Depuis ce jour, Ernest devint le compagnon assidu de Wilhelmine, dont les parents le traitèrent en fils.

Le pauvre garçon s'attacha à cette famille avec toute l'ardeur d'un cœur aimant et blessé de l'indifférence des siens. De taciturne qu'il était, Ernest devint confiant et gai. Son dévouement pour sa petite amie était extrême : il inventait mille jeux pour l'amuser; et pour être de toutes ses promenades, il veillait très-tard afin de finir ses devoirs. Il la portait dans les chemins difficiles, soit pour que ses petits pieds ne fussent pas souillés par la boue, ou qu'ils ne se heurtassent point aux pierres du sentier. S'il y avait bal au théâtre de la cour, Ernest prenait Wilhelmine dans ses bras pour qu'elle pût voir les dames à son aise, de la loge qu'ils occupaient derrière la toile.

Les jours de gala, ils suivaient tous les deux M. de Lorié qui, au milieu d'une troupe de domestiques et de décorateurs, passait l'inspection des salons avant de les ouvrir au public; et cette revue les amusait beaucoup. Wilhelmine dansait devant les grandes glaces et se faisait des mines, tandis qu'Ernest cueillait pour elle, à la dérobée, quelque jolie fleur dans les massifs qui décoraient l'appartement.

Un jour où l'on donnait une brillante fête à l'occasion d'une grande victoire remportée par les armées françaises, le principal salon était décoré de drapeaux et de panoplies; au-dessus de chacune d'elles un cartouche contenait le nom de l'une des nombreuses victoires qui signalaient la France à l'admiration du monde entier; et Wilhelmine obligeait son ami à les lui lire tous.

« J'aimerais bien mieux les lire moi-même, dit-elle.

— Veux-tu que je t'enseigne à lire, dis? ma chérie!

— Oh! oui, mon petit Ernest! commençons tout de suite; tu verras comme je serai sage!

— Petite, il n'en faut rien dire à ta mère afin de la surprendre. Si tu t'appliques bien, dans six mois tu pourras lire ta prière dans son livre d'heures. Pense donc un peu comme elle sera contente ! »

Et plusieurs fois le jour depuis lors, Ernest donna une leçon de lecture à sa petite amie, dont les progrès furent vraiment surprenants.

On était à la fin d'août. Un matin, Ernest déjeunait chez Wilhelmine lorsqu'on apporta un bulletin de la grande armée. La petite fille s'en empara, et comme son père, impatient d'en connaître le contenu, goûtait peu la plaisanterie. l'enfant mutin ouvrit le papier et lut très-distinctement ce qu'il contenait. Le père, étonné, regardait sa fille que la mère pressait déjà dans ses bras. Les questions précipitées se confondaient avec les réponses, et le résultat de cette joyeuse confusion fut un redoublement d'affection pour l'orphelin; car Wilhelmine étant d'une santé fort délicate, ses parents effrayés par les médecins n'avaient point osé s'occuper encore de son éducation.

Quand les enfants se retrouvèrent seuls ensemble, Ernest dit à sa petite élève :

« Ma chérie, il faut écrire maintenant; et comme tu es une petite fille très-appliquée, dans six mois, c'est-à-dire pour la fête de ta mère, tu seras en état de lui écrire une lettre. Sais-tu que tu auras sept ans passés alors? »

Wilhelmine, enchantée à l'idée d'écrire une

lettre, et surtout de l'envoyer par la poste, se mit
sans plus tarder à la besogne; et comme l'avait
dit son jeune maître, six mois après elle écrivait
déjà très-passablement.

Ernest était de toutes les fêtes de famille chez
le premier valet de chambre; le jour tant attendu, l'on était au dessert quand la servante apporta une lettre que le facteur venait de lui
remettre. La mère de Wilhelmine, à qui elle était
adressée, la tint quelques instants dans sa main,
cherchant de quelle part elle pouvait lui venir.
Le cœur de l'enfant bondissait dans sa petite poitrine; son souffle était haletant, et elle n'osait
lever les yeux. Ernest la regardait avec un indi-
cible plaisir. Quand on vit, en lisant la lettre,
qu'elle était bien de Wilhelmine, ce furent des
caresses, des pleurs de joie, des folies à n'en plus
finir. On invita Ernest à dîner pour le dimanche
suivant; et ce jour-là, au dessert, sa chère écolière lui offrit une jolie petite montre d'argent
avec sa chaîne. Bien habile qui pourrait dire lequel des deux enfants fut le plus heureux!

« Ma Wilhelmine, s'écria le jeune garçon, je
te jure de ne jamais porter d'autre montre que
celle-ci! »

Ernest avait déjà seize ans et sa petite amie
neuf quand, un dimanche, il se leva en même
temps que le jour pour aller au loin, dans la

campagne, cueillir un délicieux bouquet qu'il apporta en triomphe à Wilhelmine. N'ayant trouvé personne à l'appartement, il parcourut le palais et finit par rencontrer le premier valet de chambre qui lui apprit que sa femme était partie la nuit même pour Paris, emmenant sa fille qu'une vieille tante voulait faire élever auprès d'elle.

« Et comme nous sommes sans fortune, ajouta-t-il, nous serions coupables de ne pas sacrifier notre bonheur pour assurer celui de cette chère enfant. »

Ernest en entendant cela, pleurait comme pleurent les garçons de son âge quand quelque chagrin imprévu vient à les frapper.

« Si au moins elle m'avait dit adieu ! s'écriait-il amèrement au milieu de ses larmes.

— Mon pauvre Ernest, c'est bien malgré elle que votre petite écolière est partie sans vous voir ; mais vous savez combien sa santé demande de ménagements ! Et nous avons craint pour elle ces pénibles adieux. C'est bien assez de la fatigue du voyage ; le chemin est si long d'ici à Paris ! »

Ernest ne parut pas au déjeuner de sa sœur ; il resta tout le jour enfermé dans sa chambre, la tête entre les mains, et le cœur navré de se trouver encore une fois seul au monde.

Vers le soir, M. de Lorié entra chez le jeune

homme et lui demanda s'il était malade : sur sa
réponse négative il ajouta :

« Tant mieux, car le roi t'ayant remarqué plusieurs fois, je ne sais où, m'a demandé ce que
faisait un grand garçon de ton âge à flâner ainsi
dans le palais; et le ministre vient d'envoyer un
ordre d'admission à l'École militaire, dans laquelle
tu entreras demain, après avoir rendu grâces à
Sa Majesté. »

L'espoir de porter bientôt l'épaulette fit une
heureuse diversion au grand chagrin d'Ernest, et
une fois entré à l'école, il ne tarda pas à se distinguer parmi ses condisciples; mais il ne parta-
gea point leurs plaisirs.

Redevenu taciturne et rêveur, il regardait souvent sa montre dont la vue lui rappelait sa chère
Wilhelmine, et les jours heureux qu'il avait passés
auprès d'elle. Ces souvenirs pleins d'innocence
préservèrent Ernest des fautes dans lesquelles
tombent souvent les jeunes gens livrés trop tôt à
eux-mêmes. A force de rêver à sa petite amie il
l'idéalisa si bien, qu'il la confondit dans son imagination avec l'ange gardien dont sa mère avait
souvent entretenu son enfance.

En 1812 il sortit de l'école avec l'épaulette de
sous-lieutenant, et fut chargé de conduire un détachement de conscrits westphaliens à l'armée
de Russie. Il avait à peine dix-huit ans, mais il

était grand et fort comme un homme de vingt-
quatre.

Mme Delmas, nouvelle mariée qui venait de passer sa lune de miel en Suisse, rentrait en France
par Gex.

Dans l'hôtel où elle était descendue, entendant
parler d'une grotte fort curieuse qui se trouvait
dans les environs, elle témoigna le désir de l'aller visiter immédiatement, malgré tout ce que
put lui dire son mari qui prétendait que, con-
naissant le sous-préfet de Gex, il était plus convenable de lui faire une visite avant tout; d'autant
plus qu'ils pourraient recueillir auprès de lui des
renseignements qui rendraient cette excursion
doublement intéressante. Mais la jeune femme insista avec ce charmant despotisme de l'être aimé,
et M. Delmas demanda des chevaux pour la conduire à la grotte en renom.

Arrivé au bord d'un petit torrent fort encaissé,
le jeune couple descendit de voiture, en recom-
mandant au cocher d'aller faire reposer ses chevaux à l'auberge d'un village qu'on apercevait à
quelque distance. M. Delmas cherchait à s'orienter
pour se diriger vers le but de leur course, sur les
indications un peu vagues qu'il avait reçues, lorsque sa femme, craignant de s'égarer, aborda un

garçon meunier qui passait près de là chargé d'un sac de blé.

« Mon ami, lui dit-elle, pourriez-vous nous enseigner quelqu'un qui voulût, moyennant récompense, nous conduire à la grotte célèbre qui se trouve dans ces environs ?

— Madame, j'aurai moi-même cet honneur si vous voulez bien le permettre, trop heureux de vous rendre ce léger service. Veuillez m'attendre un instant, s'il vous plaît ; je vais déposer mon fardeau et je suis à vous.

— Voilà un meunier singulièrement poli, » dit Mme Delmas pendant que le jeune homme s'éloignait.

Son mari se disposait à lui répondre, lorsqu'ils furent abordés par la meunière qui les avait aperçus. Cette femme les pressa avec tant de bonne grâce de se reposer dans sa maison, qu'il eût été désobligeant de ne pas accepter sa cordiale invitation. Elle fit entrer les voyageurs dans une chambre fort propre, et leur ayant servi du laitage et des fruits, elle les engagea à se rafraîchir.

Après avoir pris une tasse de lait qu'elle trouva exquis, Mme Delmas dit à la meunière :

« Je crains bien, madame, d'avoir été indiscrète en acceptant l'offre que m'a faite votre garçon meunier, de nous mener à cette grotte ; car son temps vous appartient.

J'aurai moi-même cet honneur. (Page 322.)

— Oh! madame, il est ici comme chez lui, et
ne travaille que quand cela lui plaît; personne du
reste ne pourrait mieux vous guider, car il connaît toutes les pierres de la montagne et jusqu'au
moindre brin d'herbe. »

Le garçon rentra muni de torches de résine et
l'on partit.

Le sentier était inégal et rempli de débris des
roches supérieures ; mais cette nature en désordre
était ravissante. Partout où les fissures du rocher
pouvaient recéler quelques parcelles de terre vé-
gétale croissait une belle plante, un élégant ar-
buste, ou bien tout simplement quelque humble
fleurette. Ailleurs, des tapis de mousse veloutés
et diaprés de mille teintes, préparaient un nouveau sol à une végétation plus parfaite. Puis venait un chaos de blocs entassés sans ordre et dont
quelques-uns, posés en équilibre, semblaient prêts
à tomber au moindre souffle de la brise. Cette
nature puissante et sauvage agissait vivement sur
la jeune femme dont l'œil brillant et le tein
animé témoignaient du plaisir qu'elle éprouvait à
se trouver dans ces solitudes.

« Mon Dieu! que tout cela est beau! s'écria-
t-elle enfin. Que j'aimerais donc à passer ici ma
vie! »

Son mari qui la regardait avec bonheur, car
elle était bien jolie en parlant ainsi, surprit un

sourire contenu, effleurant les lèvres de leur
guide.

La grotte était spacieuse : des stalactites pendant de tous côtés décoraient la voûte à une
grande hauteur, et produisaient un effet magique
en réfléchissant la lumière des torches. Les sta-
lagmites avaient formé, avec le secours des siècles,
une prodigieuse quantité de colonnes de toute
dimension qui, tantôt isolées, tantôt réunies en
faisceau, s'élevaient de terre à des hauteurs iné-
gales, mais sans pouvoir atteindre à la voûte.

Un petit ruisseau sortant d'un bassin qui semblait de cristal, murmurait dans un des coins les
plus reculés de la grotte et se perdait sous le roc
Ce lieu, ainsi éclairé, ressemblait à ces palais de
fées dont on rêve dans l'adolescence.

Le guide faisait admirer en détail ces merveilles
aux voyageurs et leur donnait les explications que
fournit la science sur toutes ces formations cris-
tallines; et cela avec une clarté, une distinction
de langage qui étonnaient fort ses auditeurs.

On sortit enfin de la grotte par une seconde
issue, et Mme Delmas, un peu fatiguée d'être
restée aussi longtemps debout, s'assit sur une
large pierre, abritée par la roche qui surplombait,
festonnée de mille plantes grimpantes. Son mari
s'étant placé à côté d'elle, le guide se tint à une
distance convenable. L'abîme s'ouvrait à leurs

pieds, et de ce point élevé ils découvraient de magnifiques perspectives.

« Mon ami, dit M. Delmas au garçon meunier,
ne vous offensez pas si je vous dis que je comprends difficilement qu'un jeune homme qui,
comme vous, a cette distinction de manières dé-
celant une bonne éducation, se trouve vêtu de
toile et de bure et perdu dans les montagnes. Y
aurait-il indiscrétion à vous demander le mot de
cette énigme?

— Monsieur, je n'ai aucune raison de taire que
je ne suis pas né dans l'humble condition où vous
me trouvez. Vous voyez en moi un pauvre officier
que sa mauvaise fortune a relégué dans ces solitudes.

— Et pourquoi n'êtes-vous pas à votre corps,
puisqu'aucune infirmité ne vous empêche de servir?

— Ce serait une longue histoire à vous raconter, monsieur, et qui pourrait être sans intérêt
pour vous.

— Votre extrême obligeance vous donne droit
à tout notre intérêt, dit la jeune femme. Veuillez
donc nous dire cette histoire, je vous en prie, si
toutefois cette prière n'est pas indiscrète.

— Oh! madame! s'écria le jeune homme, en
s'inclinant respectueusement. Je servais en qualité de sous-lieutenant à l'armée de Russie, et j'ai

subi comme mes frères d'armes toutes les vicissi-
tudes de cette mémorable campagne, trop bien et
trop souvent décrite pour que je vous en entre-
tienne.

« Au passage de la Bérésina, étant le plus jeune
officier de mon régiment, je fus commis à la garde
de notre ambulance. Je n'avais pas vingt ans alors.
Tous les blessés étaient campés tant bien que mal
sur les bords glacés du fleuve, attendant pour
passer sur l'autre rive que les troupes valides
eussent traversé le pont. L'ennemi approchait et
déjà l'on pouvait voir au loin ses éclaireurs. La
confusion se mit partout, et l'on commença de
rompre le pont malgré les vives réclamations des
malheureux que nous gardions, et qui venaient
de verser le plus pur de leur sang pour la gloire
du pays. Tout était désordre en cet instant suprême, et la voix de l'humanité ne put se faire
entendre. Le pont sauta : toute chance de salut
nous fut enlevée, ainsi qu'à un certain nombre de
militaires de tous grades et de toutes armes qui
n'avaient pu le franchir. Nous restâmes donc prisonniers des Russes qui, ayant compté sur une
capture plus importante, massacrèrent impitoya-
blement nos pauvres blessés, malgré les efforts
désespérés de la poignée de braves qui les gar-
daient. Ce fut une affreuse scène, je vous jure, et
dont l'horreur troubla longtemps mes nuits. Cet

acte de barbarie consommé, l'on dirigea les survivants vers la Sibérie. Nous étions dans un dénûment absolu. Les Cosaques qui escortaient le détachement dont je faisais partie, prenaient un odieux plaisir à aggraver encore notre misère. Rien ne pourrait vous donner une juste idée du raffinement de leur cruauté, ni des souffrances qu'ils nous infligèrent. Tout ce qui, dans nos misérables vêtements, était à leur convenance, nous fut inhumainement enlevé, et remplacé par de sordides haillons. Vous dire tout ce que nous endurâmes d'outrages pendant ce trajet qui dura cinq mois, est chose impossible. De temps en temps l'on renouvelait notre escorte; et chaque nouveau détachement nous semblait toujours le plus cruel. Ces misérables trouvaient moyen de diminuer nos rations déjà si exiguës, et ils nous refusaient jusqu'à la satisfaction d'étancher notre soif dévorante avec de l'eau, trouvant la neige de la route suffisante pour l'apaiser. On nous accablait de bourrades sans motif aucun, et malheur au retardataire dont la fatigue ralentissait le pas.

« Je me trouvais à côté d'un vieux sergent d'artillerie tout couvert de cicatrices, et je lui donnais le bras pour le soulager un peu dans sa marche. Je ne sais pourquoi nos bourreaux s'acharnaient surtout après ce vieillard dont l'air

vénérable et la barbe blanche auraient dû les toucher. Quand ses jambes lui refusaient service, je
le portais sur mes épaules afin de lui éviter les
coups dont on l'accablait sans pitié.

« — Ne vous fatiguez donc pas inutilement,
mon brave camarade, me disait-il. Laissez-moi
mourir au bord du chemin. Un peu plus tôt, un
peu plus tard, il faudra bien m'abandonner dans
ce désert. Si ma pauvre vieille était seulement là
pour vous donner une goutte de sa bonne eau-
de-vie ! Ah ! c'était là une maîtresse femme ! Toujours secourable, ne craignant pas de parcourir
les rangs pendant que la mitraille pleuvait comme
grêle, pour fortifier le soldat et l'encourager ; et
ne revenant jamais à la cantine sans rapporter
un blessé sur son épaule ! Aussi, comme ils l'aimaient tous ! comme ils la considéraient ! C'était
elle qui gardait la bourse des officiers. Chaque
fois que la digne femme mit au monde un de ses
six garçons (ils sont tous morts au service de la
France, petits et grands, Dieu ait leur âme !) elle
appelait l'officier qui commandait la colonne et
le priait de faire faire halte un instant, histoire
de rire, seulement le temps d'envelopper le petit
braillard ; puis l'on se remettait en route avec un
garçon de plus, avant que la queue de la colonne
eût pu savoir de quoi il était question. Les petits
drôles ne manquaient pas de bonnes à moustaches

pour les secouer pendant que la mère parcourait les rangs. Mais la pauvre créature est morte de froid dans cette Russie maudite. Que voulez-vous que je fasse au monde où je reste tout seul, à présent que je ne suis plus bon à rien ! »

« Et une larme gelait aux cils du pauvre homme.

« Quand le soir je le déposais dans le bouge infect où l'on nous enfermait pour passer la nuit, et que je me couchais bien près de lui afin qu'il n'eût pas quelque membre gelé à son réveil, le vieillard me disait :

« — Mon jeune ami, Dieu vous rendra tout ce que vous faites pour moi ; et quand je serai auprès de lui avec ma femme et mes six garçons, ce qui ne tardera pas, je l'espère, nous le prierons si bien et si fort de vous accorder ce que vous demanderez, qu'il ne pourra nous refuser.

« Et vous verrez par ce qui va suivre, ajouta le narrateur en souriant tristement, qu'on oublie aussi facilement au ciel que sur la terre.

« Quand le froid était trop rigoureux, le sommeil devenait difficile dans notre réduit. Pour ne pas littéralement geler, nous étions forcés de nous exercer à la lutte ; et quand nos forces presque éteintes étaient ranimées, je frictionnais le vieux sergent avec un lambeau de drap. La vermine nous rongeait tous. Cette hideuse saleté dans laquelle nous croupissions était certaine-

ment pour moi la souffrance la plus vivement
sentie. Quoique depuis l'ouverture de la campagne il m'eût fallu renoncer aux délicatesses
de la propreté recherchée à laquelle j'avais été
accoutumé, encore avais-je toujours eu un peu de
linge à ma disposition. Mais nos chemises même
nous avaient été prises, et cette privation était
la plus cruelle de toutes celles que j'endurais
chaque jour.

« Si nos bourreaux parvenaient à s'emparer de
quelque animal immonde, ils nous le jetaient en
pâture, retenant une quantité proportionnelle du
peu de vivres qu'on nous délivrait chaque soir;
et il nous fallait dévorer cette affreuse proie sous
peine de mourir de faim!

« L'instinct de la conservation est si ancré au
cœur de l'homme que nous qui, naguères, ris-
quions notre vie chaque jour, nous disputions
jusqu'à la peau de ces odieuses bêtes pour soutenir notre triste existence. Et pourtant, la mort
n'eût-elle pas été un bienfait pour nous tous!
étrange contradiction du cœur humain!

— Oh! mon Dieu! s'écria Mme Delmas; mais
ce n'étaient pas là des hommes!

— Peut-être, madame, dans leur fanatique
ignorance ne nous regardaient-ils pas comme
leurs semblables! Ces malheureux sont placés
si bas dans l'échelle de la civilisation, que la

notion de la fraternité humaine est perdue pour eux ; peut-être se croyaient-ils en droit de nous traiter comme des animaux nuisibles, et de nous infliger tout ce qui se peut endurer sans mourir ; car ils étaient comptables de nos personnes, et chaque fois que l'un de nous achevait sa triste vie, l'autorité s'inquiétait de constater si cette mort n'était pas occasionnée par la violence de nos gardiens.

« Je dois avouer que plus d'une fois je fus près de céder à la tentation d'en finir avec une si misérable existence. Sans famille, sans ami pour me pleurer, je croyais ne devoir compte de ma vie qu'à moi-même. Mais ma bonne mère m'avait enseigné à prier Dieu, et aussitôt que j'élevais mon âme vers lui, je retrouvais mon courage.

« Notre extrême détresse provoqua plus d'une fois cependant, la pitié des habitants du pays que nous traversions ; et malgré la vigilance de nos gardiens, ils parvenaient à nous donner quelques secours. La charité ingénieuse des femmes imaginait mille moyens pour détourner l'attention de nos cerbères qu'elles enivraient le plus souvent ; et profitant de leur sommeil, elles nous apportaient un bon repas et aussi quelques vêtements que nous dissimulions avec le plus grand soin sous les guenilles qui nous couvraient. Sans cette intervention toute providentielle, aucun de nous, bien certainement, n'eût atteint le terme de ce long et douloureux voyage.

« Mon vieux compagnon, le sergent d'artillerie, ne pouvant supporter plus longtemps les fatigues et les privations de la route, succomba dès le second mois. Depuis quatre jours il ne pouvait plus marcher, et les Cosaques nous avaient laissé faire un traîneau grossier sur lequel nous avions étendu le moribond enveloppé d'une vieille pelisse de fourrure, présent d'un juif intendant d'une grande seigneurie. Nous le traînions tour à tour, afin de ne pas avoir les mains gelées.

« Un soir, quand nous le déposâmes dans l'espèce de cave où nous devions passer la nuit, il n'existait plus! je lui fermai les yeux, enviant la mort qui le délivrait du cruel supplice que nous endurions tous. Le matin, avant de partir, nous l'ensevelîmes sous la neige, regrettant de ne pouvoir le rendre à la terre ; mais elle était trop durcie par la gelée pour qu'on pût la creuser.

« Un tiers seulement de notre petite caravane parvint en Sibérie. Là, notre sort devint plus supportable. On nous laissait à peu près libres ; et quoique notre solde fût très-faible, tout est à si bon marché dans ce pays que nous y vivions très-passablement. J'obtins la permission de chasser ; j'étais heureux et adroit, et bientôt je retirai un certain profit des peaux que j'allais vendre à *Narim*, petite ville dont je n'étais éloigné que de quelques lieues.

« Un jour, je trouvai le marchand à qui je vendais mes peaux fort embarrassé dans un calcul assez compliqué ; je lui offris mes services, et en dix minutes, j'eus établi clairement son compte. Le brave homme émerveillé de *tant de science* comme il le dit, me pria de donner quelques leçons à ses fils. Je m'installai en ville avec la permission de l'autorité, et je réunis sept à huit élèves. Quoique la rétribution que l'on m'accordait fût légère, elle me permit néanmoins de réaliser quelques économies qui devaient m'aider, un jour peut-être, à rentrer dans ma chère patrie ; car, quoique bien faible, l'espoir de la revoir n'était cependant pas éteint dans mon cœur. Mais après trois ans d'un triste exil sur cette terre lointaine où ne parvenait aucun bruit du reste du monde, le découragement m'envahit peu à peu, et je fus pris d'une nostalgie qui, jointe aux ravages de ce rude climat, me retint au lit pendant six mois. Ma forte constitution me tira de cette crise, et aussitôt que je pus marcher, l'on me dirigea vers Irkhoutz dans une contrée un peu moins froide, mais plus étrangère encore à tout ce qui se passe en Europe. Cette longue maladie avait bien diminué mes ressources, et je ne pus rien y

ajouter pendant les quatre autres années que je
passai encore en exil.

« Dans ce nouveau pays où nous n'étions sou-
mis à aucune surveillance ostensible, je trouvai
d'autres compagnons d'infortune qui, comme moi,
désespéraient de voir réaliser le rêve si longtemps caressé du retour en France. Parmi eux
j'eus bientôt distingué un Genevois avec qui je me
liai intimement. Sa gaieté ranimait mon courage
si souvent prêt à m'abandonner. Ah ! il faut avoir
été comme nous à mille lieues de sa patrie, privé
de toute communication avec elle, pour bien comprendre le chagrin qui nous minait !

« En 1820, le hasard fit tomber en nos mains
un lambeau de journal, portant la date de 1815.
Il nous apprit que la paix était faite et les prisonniers échangés. N'en pouvant croire nos yeux,
nous lûmes cent fois ces lignes, et nous pensâmes
devenir fous, tant notre joie était grande. Nous
résolûmes de partir ensemble, et personne parmi
les Russes ne s'y opposa.

— Quoi ! pas un de ces hommes ne vous avait
dit que vous étiez libres ! dit Mme Delmas.

— Je ne pourrais assurer que la population en
sût quelque chose ; mais bien certainement l'autorité n'avait aucun ordre nous concernant ; car
en Russie, personne ne se permet d'agir d'après
sa propre impulsion.

« Je voyageai en compagnie du Genevois, et nous mîmes en commun notre pauvre bourse, nous promettant de ne nous séparer que sur la frontière de France. Nous nous dirigions tant bien que mal dans ces contrées à moitié désertes où nous rencontrions moins de sympathie qu'alors qu'on nous menait prisonniers en Sibérie. Nous étions encore sur le territoire russe quand nous vîmes la fin de nos faibles ressources, et plus d'une fois nous dûmes endurer la faim ou bien vivre d'herbes et de racines ; car la charité ne nous fournissait pas toujours la nourriture qui nous était nécessaire.

« En entrant en Prusse nous tombâmes épuisés à la porte de la maison la plus apparente d'un village de la frontière ; là, une jeune femme apporta une jatte de lait à chacun de nous, et nous la bûmes avec une telle avidité qu'elle en fut effrayée. Son mari survint chargé de tout ce qu'il fallait pour nous vêtir entièrement ; et nous menant au bord de la petite rivière qui bordait son jardin, il nous engagea à nous baigner et à mettre le feu à notre défroque. Le brave couple nous voyant si exténués voulut nous garder pendant une semaine pour réparer nos forces, et ne nous laissa pas partir sans nous donner quelque peu d'argent. Mais malgré ce secours, il nous fallut tendre la main plus d'une fois encore ! et pour

22

tant, en ce pays aussi bien qu'en Suisse, on se montra charitable pour nous. L'on nous donnait volontiers des habits, du linge, des chaussures, et bien rarement le charretier qui marchait à vide nous refusa une place dans sa voiture.

« Ne sachant où prendre mes parents que le vent des révolutions avait dû disperser, j'accompagnai mon ami jusqu'aux confins de sa chère république, tout près d'ici. Avant de nous séparer, peut-être pour toujours, nous fîmes une halte. Assis en face l'un de l'autre et dévorés de misère, nous récapitulâmes les maux innombrables qui nous avaient accablés, mêlés quelquefois cependant de rares éclaircies de plaisir, dues plutôt à la facilité d'oubli de notre âge qu'aux circonstances elles-mêmes. Cette communauté de souffrance et l'espoir d'un avenir meilleur qui brillait à nos yeux, avaient établi une véritable fraternité entre nous. Après être restés quelques moments en silence pour maîtriser notre attendrissement, nous nous jetâmes dans les bras l'un de l'autre, ne pouvant retenir nos larmes; puis nous nous séparâmes sans ajouter un mot.

«En touchant le sol de France, cette belle patrie que j'avais bien cru ne jamais revoir, j'éprouvai une commotion violente, et fus saisi d'un tremblement nerveux dont je ne pus me rendre maître; je tombai sans force auprès de ce moulin,

Nous tombâmes épuisés. (Page 330.)

et quand ces braves gens chez lesques je demeure
encore, vinrent à mon secours, j'étais pris d'une
violente fièvre. Ils me recueillirent avec une charité qui se changea bientôt en affection.

« Pendant les trois grands mois que je fus en
danger, ils m'ont soigné comme l'enfant de la
maison. Quand j'entrai en convalescence, je leur
racontai ma triste histoire. Ils m'engagèrent chaleureusement à rester auprès d'eux jusqu'à ce
que j'eusse pu faire reconnaître mon identité et
être réintégré dans mon corps. J'acceptai ce nouveau bienfait avec un redoublement de reconnaissance. Aussitôt que ma santé me permit d'aller à
Gex, je me présentai à l'autorité avec une demande au ministre de la guerre, en priant qu'on
voulût bien la lui faire parvenir.

« Jugez de mon douloureux étonnement quand,
après dix mois d'anxiété, j'appris que mon régiment n'existait plus et qu'on se refusait à reconnaître mon identité, se basant sur ce que j'avais
été mis au nombre des officiers morts au passage
de la Bérésina. Un sombre désespoir me saisit, et
la tentation de suicide m'obséda de nouveau.
Qu'avais-je à faire désormais dans une société
qui me refusait une place et même jusqu'à mon
nom ? Que devenir en ce monde où pas un cœur
ne m'était ouvert, où pas une main ne se tendait
vers moi ?

— N'aviez-vous donc pas en France un seul ami à qui vous pussiez vous adresser? dit M. Delmas.

— Si, vraiment! Il me restait des parents et une amie d'enfance, dont le doux souvenir a plus d'une fois endormi mes douleurs sur la terre d'exil. Je leur avais écrit aussitôt que je pus le faire, après mon arrivée en France; mais sans doute mes lettres ne les trouvèrent pas aux lieux où je les avais laissés, car elles restèrent toutes sans réponse.

— Et pourquoi alors ne vous être pas mis à leur recherche?

— Hélas! monsieur, répondit l'officier en rougissant, je ne possède rien au monde, pas même les habits qui me couvrent! et je ne puis me résoudre à mendier sur notre belle terre de France!

— Que devîntes-vous alors, monsieur? dit la jeune femme de sa douce voix.

— Mes braves hôtes touchés de mon désespoir essayèrent de l'adoucir.

« — Il n'y a pas lieu de jeter le manche après la cognée, dit le meunier. Le temps porte remède à tout, comme disait ma bonne femme de mère. Ne cessez pas de redemander votre nom et votre dú. Il faudra bien que justice se fasse!

— Et si vous vous trouvez bien avec nous, ajouta

son excellente femme, restez-y tant qu'il vous plaira ; il y aura toujours pour vous place au feu comme à la table.

— Et la bonne, encore ! ajouta leur fils, charmant enfant de huit ans dont j'étais devenu le camarade.

— Mais, ma chère dame, objectai-je à la meunière, si l'on ne veut me rendre ni mon nom ni mes appointements, il me sera impossible de vous rembourser les dépenses que je vous aurai occasionnées. »

« Le meunier dit gravement :

« Si vous ne nous le rendez pas en ce monde, Dieu nous en tiendra compte dans l'autre ; que cela ne vous travaille pas l'esprit. Ainsi c'est entendu, tout restera comme par le passé.

« Je fus profondément touché de cette générosité si simplement exprimée ; et depuis quatre ans elle ne s'est pas démentie un seul instant.

« Ne voulant pas être trop à charge à ces braves gens, je travaille pour eux autant que je le puis, et plus, certainement, qu'ils ne le veulent. Enfin, je fais l'éducation de leur fils, garçon rempli d'intelligence.

— Et il y a quatre ans que cela dure, dit Mme Delmas en s'essuyant les yeux ?

— Oui, madame : quatre ans, sans que rien dans leur manière d'être avec moi ait pu me faire

apercevoir qu'ils se soient repentis de ce généreux
mouvement. Durant ces longues années, bien des
ministres se sont succédé au pouvoir, et je n'ai
pu réussir auprès d'aucun malgré ma persévérance. Décidément, l'on s'obstine à me tenir pour
mort.

— Monsieur, dit le jeune mari, si vous voulez
bien nous suivre à Gex ce soir, je vous présente-
rai au sous-préfet, qui est mon camarade de
collége; et peut-être qu'à nous trois, nous fini-
rons par vous faire rendre justice. D'ailleurs,
j'ai des amis bien posés à Paris, et je saurai,
aussitôt après mon retour, les intéresser à votre
cause. »

L'officier accepta cette offre avec gratitude et se
remit en marche donnant le bras à Mme Delmas
qui lui dit :

« Monsieur, ne souffrez-vous pas un peu du
manque d'éducation des gens avec lesquels vous
êtes forcé de vivre ?

— Je dois vous avouer, madame, que plus d'une
fois j'ai été choqué de leurs façons un peu fami-
lières. Je m'en accuse humblement comme d'un
mauvais sentiment : et en effet, que sont les formes là où se rencontre un cœur d'or et un esprit
plein de droiture ! Si jamais je rentre dans le
monde, peut-être me surprendrai-je plus d'une
fois à regretter la rude franchise de ces braves

gens qui font le bien avec une si touchante simplicité. »

En rentrant au moulin, les voyageurs remerciè-
rent les meuniers de leur cordial accueil et louè-
rent fort leur généreuse conduite envers l'officier
qui était allé s'habiller. M. Delmas leur fit part
des espérances qu'il fondait sur la démarche qu'ils
allaient faire.

« Que Dieu vous bénisse ! monsieur, s'écria la
meunière, car ce brave garçon-là mérite toutes
sortes de prospérités. Il n'y a pas de meilleur
cœur sur la terre ; toujours content, toujours prêt
à rendre service ! Il n'est personne dans le voisinage qu'il n'ait obligé plus ou moins. Il tient nos
comptes mieux qu'un notaire, et il a poussé mon
mari à étendre son petit commerce, l'aidant à
faire ses affaires sur les marchés et en foire. Enfin, il gouverne le moulin mieux que le meunier
lui-même ; et avec son aide rien n'est en souffrance dans la maison. »

L'officier rentra vêtu d'un habit de gros drap,
mais fait évidemment par le tailleur de la ville.
Il était chaussé de bottes neuves, et tenait à la
main un chapeau fort propre. M. Delmas le regardait avec une surprise qu'il ne cherchait pas à
dissimuler. Le jeune homme lui dit en souriant :

« Vous le voyez, monsieur, je suis mieux mis
que leur propre fils !

— N'est-ce donc pas justice, dit le meunier que vous soyez habillé selon votre rang, et serait-il convenable de vous voir vêtu en paysan comme moi ?

— Et notre chagrin est de ne pouvoir vous donner de beau drap et du linge fin, » ajouta la femme.

Depuis que l'officier avait laissé ses vêtements de travail, Mme Delmas tenait les yeux fixés sur lui avec une anxiété visible. Il tira sa montre d'argent et dit : « Je crois qu'il est temps de partir si nous voulons être à Gex pour dîner. »

La jeune femme jetant un coup d'œil sur le modeste bijou, s'écria :

« Ernest !

— Wilhelmine ! »

Et l'officier suffoqué par l'émotion pressait les mains de son ancienne amie.

« Octave, dit Mme Delmas à son mari, c'est Ernest Richemann, ce frère d'adoption dont je vous ai souvent parlé et que ma mère et moi avons cherché pendant bien des années.

— Monsieur, je suis heureux de voir se justifier la sympathie qui m'attirait vers vous. A partir de ce jour vous avez en moi un frère tout dévoué. »

Ernest était trop ému pour répondre. Il ne put que serrer fortement la main que lui tendait M. Delmas. Quand son émotion fut un peu calmée, il demanda des nouvelles de sa sœur.

« Vous savez, mon cher Ernest, que votre beau-frère n'a jamais eu de prévoyance, pas plus que sa femme. 1814 les surprit sans la moindre épargne, et ils ont vécu de privations pendant toute une année, au bout de laquelle ils obtinrent un petit bureau de poste dans l'Isère. Vous avez maintenant une charmante petite nièce. »

L'on ne pouvait trop se dire combien l'on était heureux de se revoir. Il fallut partir pourtant, et avant de monter en voiture, M. Delmas dit au meunier :

« Mon ami, si je puis jamais vous être utile, voici mon adresse à Paris; ne craignez pas de recourir à moi ! vous me trouverez toujours prêt à vous rendre service. »

Le meunier et sa femme se regardaient avec hésitation; et après un moment de silence, celle-ci faisant un effort pour parler :

« Monsieur, dit-elle, notre fils qui a été instruit par M. Ernest et qui a bien profité de ses leçons, voudrait entrer dans une école d'arts et métiers. Mais comment faire, nous qui ne connaissons personne?

— Si l'enfant est capable, je m'engage à l'y faire admettre.

— Il est fort en état d'y entrer immédiatement, dit Ernest.

— Alors, comptez sur moi; votre fils sera reçu vers la fin des vacances.

— Vous ne nous quittez pas encore, monsieur Ernest? s'écria le jeune garçon.

— Non, répondit M. Delmas; il reviendra demain au matin, et nous vous le laisserons pendant les huit jours que nous comptons passer à visiter les environs. »

En voiture, Ernest et Wilhelmine retracèrent les scènes de leur enfance avec une joyeuse volubilité, et parlèrent de tous les gens qu'ils avaient connus ensemble. Il en était beaucoup que le jeune homme ne devait plus revoir; et de ce nombre se trouvaient l'ancien premier valet de chambre et sa digne femme.

La séparation fut pénible entre Ernest et les braves gens qui l'avaient secouru si généreusement et pendant aussi longtemps. Leur fils surtout ne pouvait se faire l'idée de ne plus revoir son cher instituteur.

« Nous nous retrouverons ensemble, sois tranquille, lui disait Ernest. N'ai-je donc pas contracté une dette de reconnaissance envers ta famille et qui me lie éternellement à elle?

— Vous allez au moins pouvoir les dédommager des sacrifices qu'ils ont faits pour vous, dit M. Delmas présent à cet entretien.

— Ne parlez pas de ça, monsieur répondit le meunier; nous le regardions comme notre fils, et l'on n'accepte pas de dédommagement de ses enfants.»

Et en disant cela, il serrait la main d'Ernest. Enfin l'on se quitta.

Pendant la route, Mme Delmas dit en souriant:

« Je suis donc bien changée que vous ne m'avez pas reconnue? Je n'ai pourtant pas fait le voyage de Sibérie, moi !

— Ma chère Wilhelmine.... pardon, madame, voulais-je dire....

— Elle est toujours votre sœur; traitez-la comme telle si vous ne voulez pas nous affliger.

— Oh! merci, monsieur! Eh bien, ma chère Wilhelmine, vous oubliez que vous n'aviez pas dix ans quand nous fûmes séparés, et que vous étiez même fort peu développée pour votre âge. Pendant la visite à la grotte, et à l'instant, où ravie en extase devant les merveilles qu'elle renferme, vous sembliez prier, j'imaginai que votre figure ne m'était pas tout à fait étrangère; mais je pensai qu'elle devait m'être apparue dans un de ces beaux songes qui ne manquent jamais aux jeunes gens, quelque malheureux qu'ils soient d'ailleurs; et quand vos larmes ont coulé au récit de mes souffrances, je les ai recueillies comme un trésor qui m'appartenait.

— Mais, mon pauvre Ernest, expliquez-moi comment, au milieu de tant de traverses, vous avez pu conserver cette montre dont la vue a converti mes doutes en certitude?

— Il m'a fallu des miracles de ruses et une attention toujours en éveil pour dérober à l'avidité de mes persécuteurs ce doux souvenir des beaux jours de mon enfance; et quand la misère me réduisit à tendre la main aux passants, l'idée de la vendre ne m'est jamais venue un seul instant.

—Pauvre cher garçon!» dit la jeune femme en tendant la main à son ami, pendant que de douces larmes coulaient sur ses joues.

Ernest Richemann fut réintégré sur les états de l'armée, grâce au zèle infatigable de M. Delmas, et son arriéré lui fut payé. Il entra comme sous-lieutenant dans un régiment d'infanterie qui tenait garnison à Lyon. Le jeune homme profita d'une permission qu'on voulut bien lui accorder pour courir au moulin revoir ses amis; et il eut la satisfaction d'offrir au bon meunier le contrat d'acquisition d'un pré qu'il désirait depuis longues années. Puis il donna rendez-vous à son jeune élève qu'il conduisit à Paris à l'époque des semestres, et de là à l'école de Châlons.

Ernest devint bientôt lieutenant à l'ancienneté; il se trouvait fort heureux, passant ses congés chez M. Delmas, où l'attendait toujours le plus cordial accueil, quand 1830 éclata; et les premiers jours d'août il vit arriver dans une ville du Nord où se trouvait son régiment, M. de Lorié, sa femme et sa fille. Toujours les mêmes, toujours à bout

de ressources, plus dénués que jamais, ils venaient
lui demander le pain quotidien ! Le beau-frère
s'était compromis au point de perdre son bureau.
Il fallut vivre quatre sur ce qui fournissait bien
juste aux besoins d'un seul ! Ernest dut dire adieu
à toute espèce de distraction : plus de bruyante
table d'hôte, plus de joyeuses soirées au café,
plus de parties avec les camarades, plus de liberté, enfin ! Le pauvre jeune homme cacha cette
circonstance à ses amis Delmas, trop sûr de leur
empressement à lui venir en aide ! Il vécut ainsi
une année entière au milieu des plus grandes
privations, fuyant la société des autres officiers.

En faisant un voyage de plaisir en Belgique,
Wilhelmine arriva, avec son mari, dans la ville
qu'habitait Ernest. M. Delmas alla dès le matin
surprendre leur ami, d'autant plus empressé de
le voir qu'il lui apportait la bonne nouvelle de sa
promotion au grade de capitaine.

Très-étonné de trouver le lieutenant entouré de
sa famille, il fut surtout navré des ravages que
l'inquiétude et les privations avaient faites en lui.
M. Delmas l'emmena déjeuner avec sa femme à
qui il dit en le lui présentant :

« Wilhelmine, je t'amène un garçon indigne de
l'affection que nous lui portons. »

Mme Delmas regardait alternativement son mari

qu'elle ne comprenait pas, et l'officier dont elle
ne pouvait s'expliquer la confusion.

« Oui, ma chère amie, le lieutenant Richemann
vit depuis un an avec sa famille des 1400 fr. de
sa solde, et couche sans feu dans un galetas
obscur.

— Oh! Ernest! murmura la jeune femme avec
un accent de reproche.

— Mes bons amis, pardonnez-moi ! Pouvais-je
consentir à mettre à votre charge la famille de
ma sœur, et fallait-il que votre bonne affection
devînt pour vous une source de sacrifices incessants?

— Eh ! n'est-ce donc pas là ce qui consacre la
véritable amitié ! »

Ernest, pressé par ses amis, leur parla en détail de sa fâcheuse position, qui n'avait d'autre
compensation que le plaisir de continuer l'éducation de sa nièce, charmante enfant pleine d'intelligence et qui lui rappelait la petite Wilhelmine.
Il ne leur tut pas combien son courage était souvent ébranlé par les plaintes indiscrètes de M. de
Lorié, vieillard aimant ses aises, et semblait reprocher indirectement à l'officier de ne pas lui
rendre la vie plus douce.

« Méchant garçon, s'écria Wilhelmine, vous ne
méritez pas de recevoir le cadeau que je vous apporte.

— Et, ouvrant une boîte, elle en retira deux belles épaulettes de capitaine, en lui disant qu'il allait recevoir incessamment l'autorisation de les porter. Je vous préviens que je mets déjà quelque chose de côté pour acheter la grosse épaulette que vous ne tarderez pas à mériter, j'en suis certaine ! »

Bientôt le nouveau capitaine partit pour l'Afrique avec sa compagnie. M. de Lorié avait obtenu d'être placé dans les bureaux d'une préfecture. Ernest s'en allait le cœur plein d'espérance ; et pourtant, qui pouvait dire si l'on se reverrait jamais !

Les fatigues de la guerre d'Afrique n'étaient rien auprès de celles du voyage de Sibérie ; aussi Ernest les supporta-t-il parfaitement. Il en entretenait gaiement ses amis, et au premier assaut de Constantine il fut proclamé chef de bataillon.

« Enfin, j'ai conquis mon indépendance et dans le présent et dans l'avenir ! écrivait-il à Mme Delmas. Je vais faire donner un maître de piano à ma nièce, afin qu'elle trouve dans ses talents une ressource pour les mauvais jours. Envoyez-moi la bienheureuse épaulette que vous m'avez si affectueusement promise, et portez un toast en l'honneur du nouveau commandant. Je pars demain pour Bone. »

L'épaulette arriva ; mais Ernest Richmann ne la reçut pas : le choléra l'avait emporté la veille !

23

« En voilà un brave cœur, dit Oscar tout ému. Et bien! son sort ne me ferait pas peur; car moi, j'aime les aventures.

— Mademoiselle, dit timidement Édith, nous vous remercions de tout notre cœur du plaisir que nous a fait votre intéressante histoire.

— Et si bien lue! s'écria Mignonne avec admiration.

— C'est donc vrai que vous emmenez grand'-mère? demanda petit Georges.

— Mon Dieu, oui! mon enfant; mais comme je tiens beaucoup à conserver la place que vous m'avez faite si spontanément parmi vous, j'ai résolu de ne plus me séparer de ma chère Lucile. Ainsi, désormais nous serons deux à nous occuper de rendre vos goûters intéressants, et les histoires n'y manqueront pas. »

On s'embrassa le cœur bien gros, car c'étaient des adieux, les deux vieilles dames devant partir le lendemain au matin pour les eaux.

FIN.

TABLE DES MATIÈRES.

SIXIÈME GOÛTER.

SEPTIÈME GOÛTER.

HUITIÈME GOÛTER.

NEUVIÈME ET DERNIER GOÛTER.

FIN DE LA TABLE DES MATIÈRES.

Typographie Lahure, rue de Fleurus, 9, à Paris.

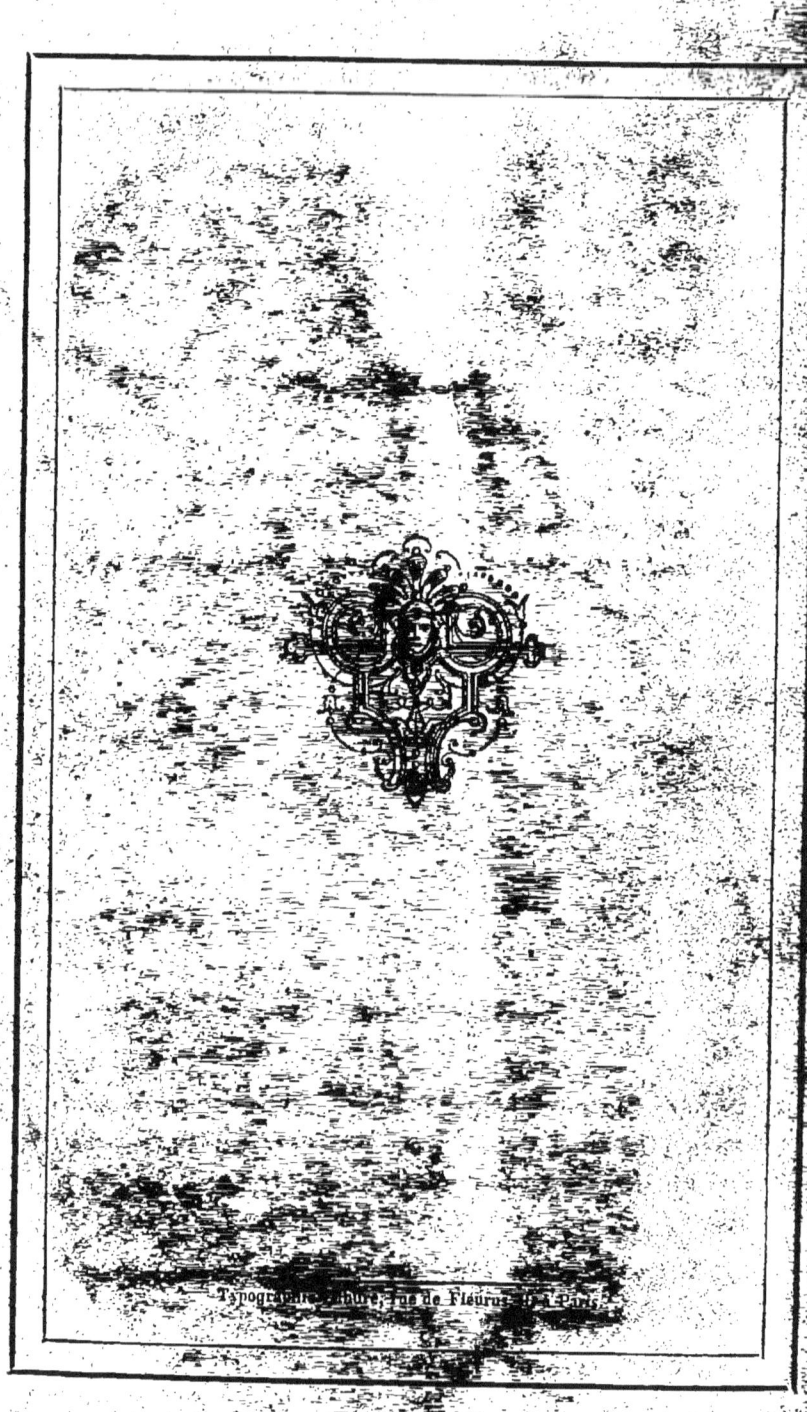

Typographie Lahure, rue de Fleurus, 9, à Paris.

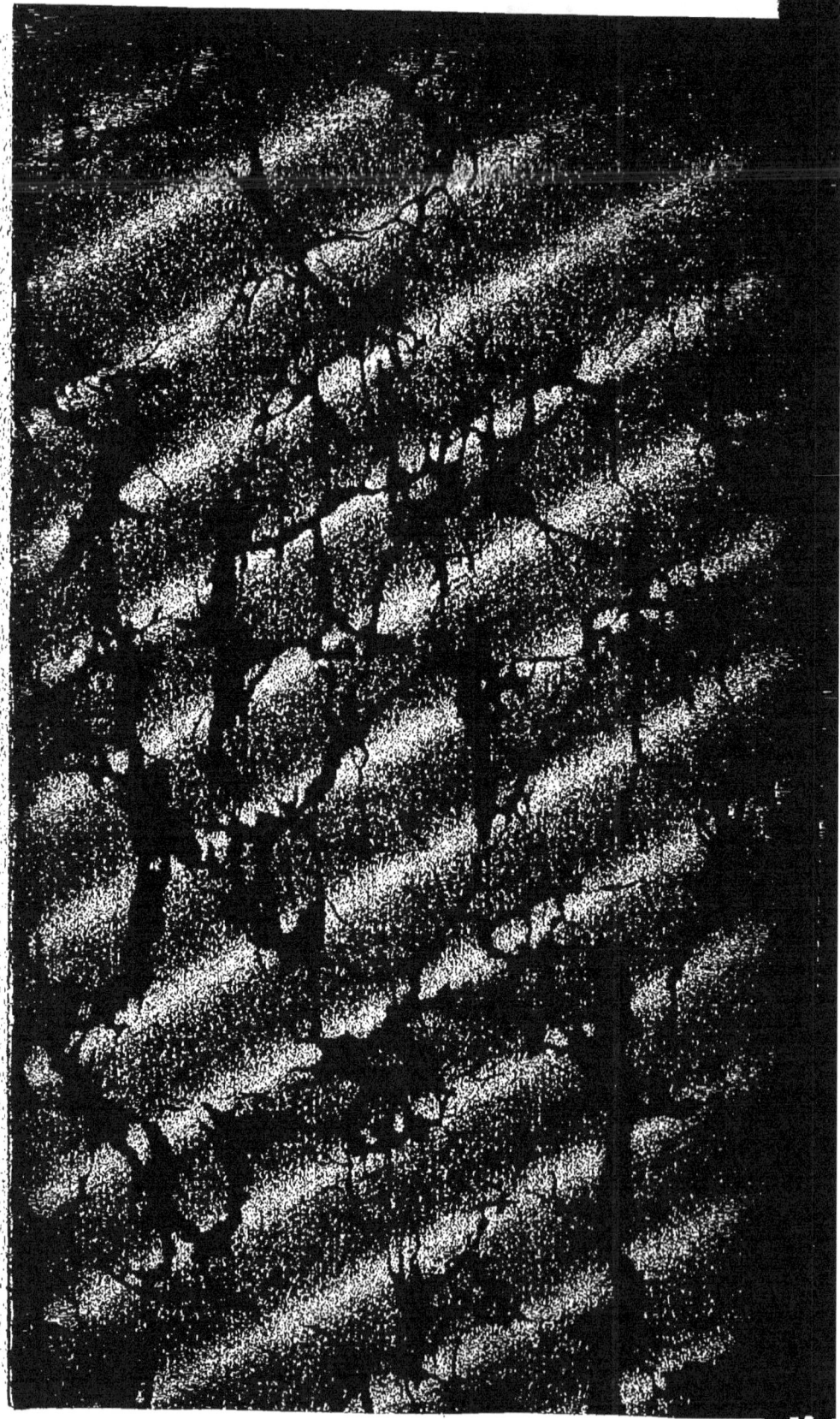

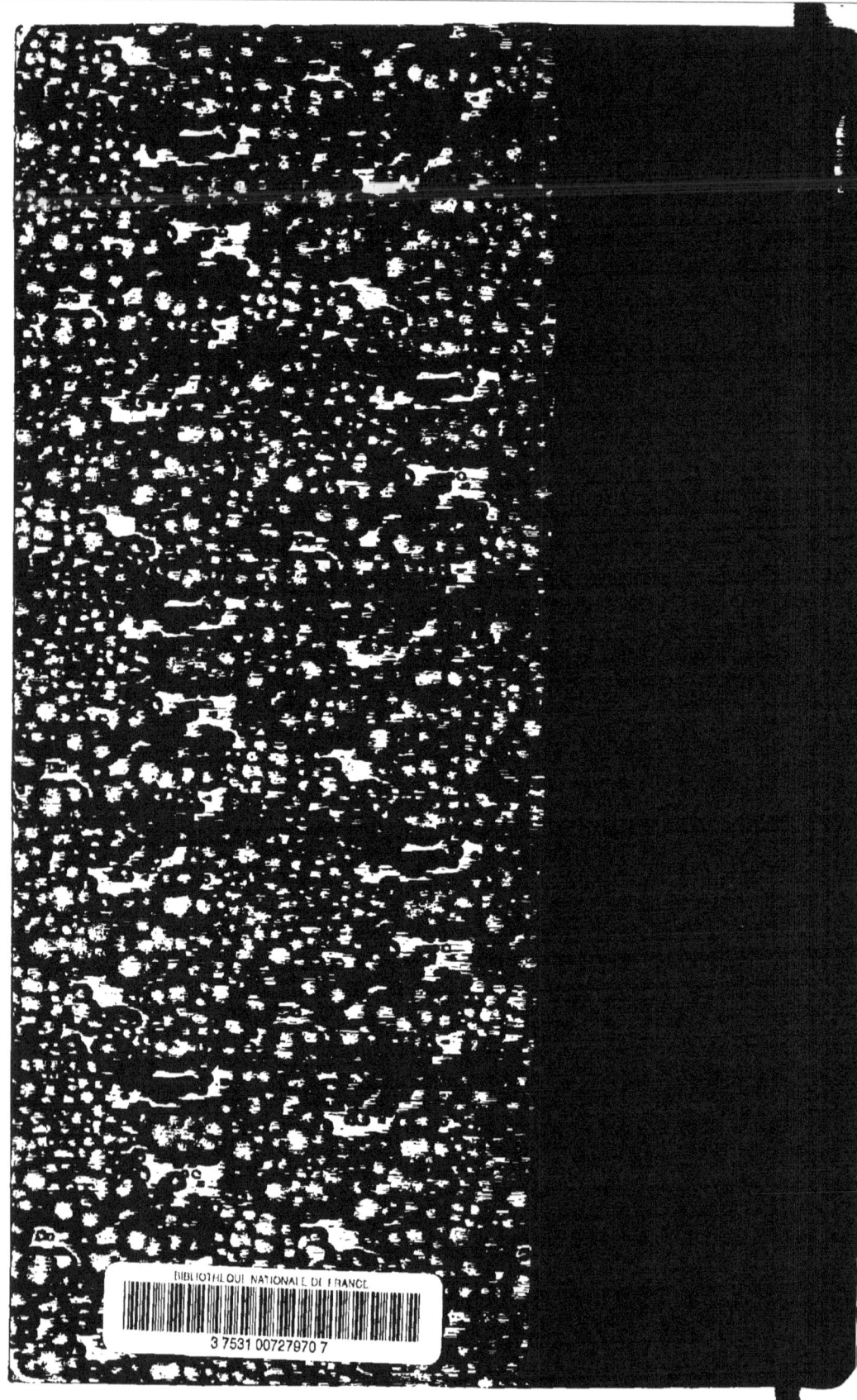

www.ingramcontent.com/pod-product-compliance
Lightning Source LLC
Chambersburg PA
CBHW050321030726
47505CB00003B/798